主な登場人物

杉井稀一郎　Ｘ県職員。大櫃見村坂上支所出向。
赤竹磨器子　杉井の部下。
巴山隆之介　大櫃見村の大地主。
巴山正隆　隆之介の長男。巴山家次期当主。
巴山晶穂　正隆の一人娘。アイドル志望の高校生。
神野 花　晶穂の同級生。晶穂とアイドルグループを組む。
神野俊作　花の父。盆栽が趣味。
宮間咲子　不動産屋の娘。花の叔母。

キチナリ　のど自慢大会司会者。ネットタレント。
マイク老原　チューブラー・ベル奏者。のど自慢大会審査係。
能代五十鈴　大物演歌歌手。のど自慢大会ゲスト。
藤江公孝　過去に人気を博したシンガー。のど自慢大会ゲスト。

喜多嶋大慈　東京で殺害された私立探偵。
山住啓吾　東京の刑事。喜多嶋殺害事件を追って大櫃見へ。
本田　県警の刑事。巴山隆之介殺害事件の調査をする。

古賀　謎のコーディネーター。

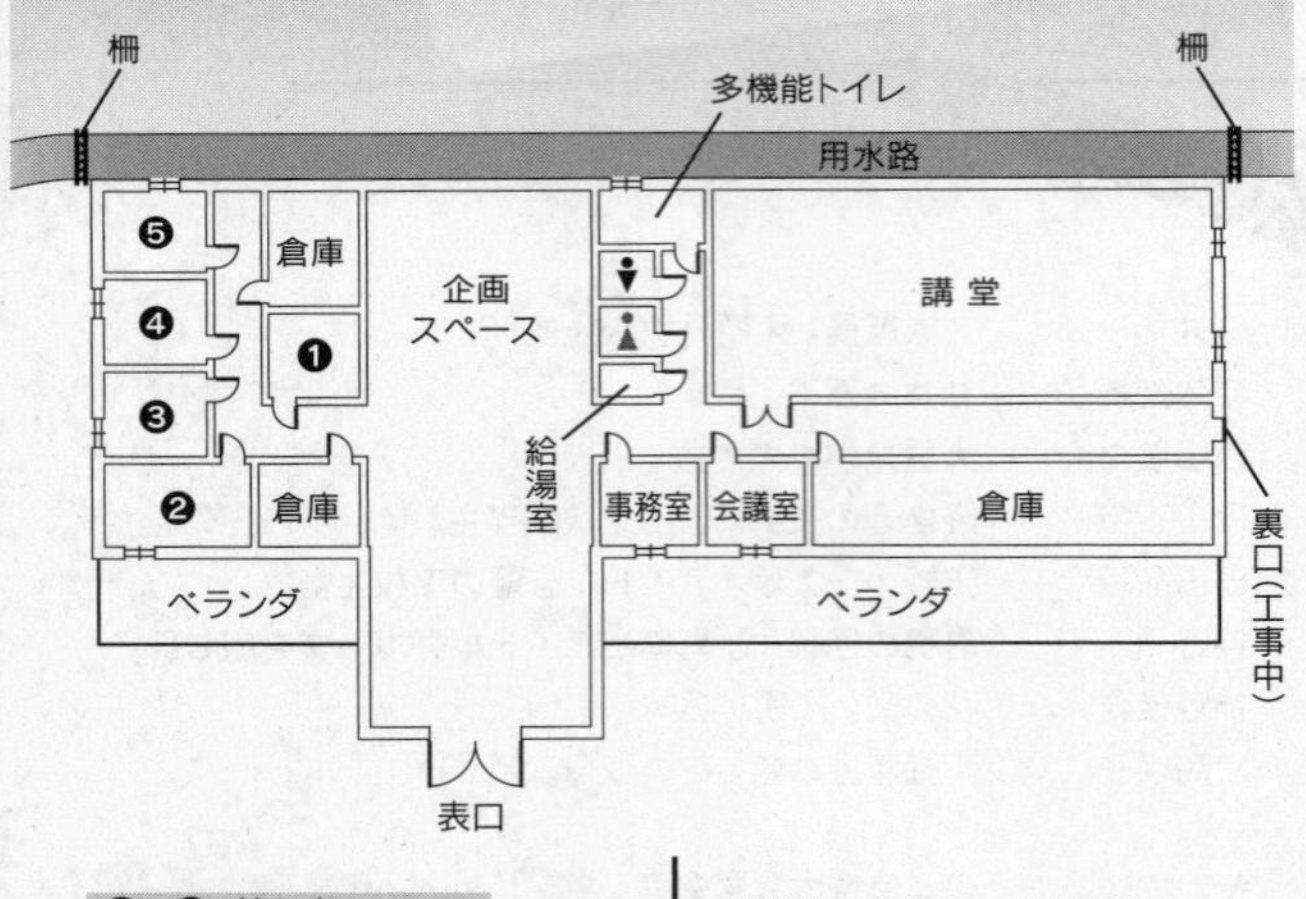

❶～❺：控え室

❶ ヒッツ☆ミー（晶穂・花）
❷ マイク老原・キチナリ
❸ 藤江公孝
❹ 能代五十鈴
❺ 巴山隆之介

⊞：窓

大櫃見村（おおひつみ）
公民館見取り図

プロローグ

〜旅の始まり

バスの定員数は四五人と書かれていた。

実際に乗っているのは六割ほどで、私にとって重要な人物は一人だけだ。金崎といって、二年前までとある企業の社長だった。通路側に座る私の一つ前の座席にいて、二人分のシートを独占している。本人は窓側で肘をつき、深い眠りの中だろう。通路側には大ぶりなリュックサック。表側にある小さなポケットはジッパーが半開きで、隙間からはストロー程の細さの透明で柔らかいホースが伸びている。ホースを辿ると座席と座席の隙間を縫って、私の席へ行き着く。私の隣も空席なので、上手く毛布で隠してステンレスの水筒を逆さに固定している。中の水はホースを通ってじわじわと、リュックのポケットを湿らせていた。

消灯時刻を過ぎた車内は蒼暗く静まっているが、寝入っている客は半分くらいだろう。残り半分はイヤフォンで音楽やポッドキャストに聴き耽るか、スマートフォンのゲームに没頭している。誰も周囲を見ていない。

「あの、何をされているんですか?」

声をかけられ、私は振り返った。後ろの席の女が通路側から顔だけ出している。その視線の向かう先、膝上のキーボードを指して私は微笑む。

「これ、ブルートゥースで胸ポケットのスマートフォンと連動しているんですよ。こうすれば画面がなくても文字が打てるから」

よく見れば女は美しい顔立ちをしていた。有名な登山具ブランドの青いフリースが似合っているし、頭も良さそうだ。

「趣味で小説を書いているんです。長距離バスの旅は物語の始まりを想起させるでしょう？　溢れ出るインスピレーションがふだんとは比べものにならない」

しかし女は頷きもせず、顔をしかめて呟いた。

「何でもいいけど、カチャカチャうるさいです」

私は急に恥ずかしくなり、無言でキーボードを折りたたんだ。

女が顔を引っ込めるのを確認すると、私は前席のリュックに伸びるホースを引っぱって回収する。水筒の口をきっちり締めてバッグにしまい、カーテンの隙間から窓の外を眺めた。高速道路を走っているため、景色は退屈だ。適度な硬さとゆとりのあるシートに身を沈め、目を閉じる。耳の奥を擦るゴリゴリした走行音に加え、ときおり跳ねた小石が車体に当たりコツンと鳴る。出番の少ない打楽器のようだ。不均等なリズムにしばし没頭していると、ふいに野太い声がした。

「何だ？　うわっ、マジかよ」

前席の金崎が目覚めたのだ。「何で濡れてんだ？　ペットボトルか？」リュックサックを大きく開けて、あれこれと確認している。

「どうされましたか？」シートの隙間から覗き込む私に、金崎は「いや、何でもない」と視線を逃がした。軽い舌打ちの後、マスクの上にブランケットを口元まで引き上げる。狸寝入りのつもりだろうが、苛立っているのが丸わかりだ。

バスは東北自動車道を降りると郡山の市街地を抜け、国道を走る。さびれたラーメン屋や閉店したバイクショップを見送り、今度は新潟方面へ向かう有料道路へ入った。サービスエリアに降りたときはすっかり真夜中で、駐車場には長距離トラックが整然と並ぶ。それらの隙間を縫って歩くと、数歩でブーツの底に雪の塊がへばり付く。息は白く、頰には冷気が糊のようにまつわりついた。

トイレの個室にまっすぐ向かい、私は旅行バッグから取り出した真新しい蛍光イエローのダウンジャケットに着替えた。帽子もおそろいの色に替えると、外へ。

喫煙スペースは休憩所の外側で、ガラス越しに見えるレストランではトラックの運転手たちが数人、駄弁りながら食事中だ。奥にある大型のテレビは東京で死んだ探偵のニュースの続報を流している。事件か事故か未だに不明らしい。テレビを外から眺めながら、自販機で買ったコーヒー缶で悴む指を解していると、近寄ってきた人物に声をかけられた。

「一本いいですか？」

例の金崎だ。目に痛い紫色の、安物のダウンジャケットに身を包んでいる。大柄だがやや猫背で、顔にはわざとらしい作り笑顔が貼り付いていた。煙草を無心した相手が、同じバスに乗っていた人間だとは気づいていないようだ。差し出された一本を、ほっとした表情で一口吸い込む。が、すぐに不思議そうに首を傾げた。

「なんだ？　これ、もしかして煙草じゃない？」

「よくお気づきで。咳止め薬ですよ。乾燥すると、どうもいけないもので」外箱を見せる。そこには《第２類医薬品》とたしかに印字されている。

「煙草かと思った。へえ、こんなのがあるんだ」金崎は苦笑し、もう一度口をすぼめて深く吸った。「全然味がしないな」

「ニコチンは殆ど入っていませんからね。つまらない冗談と思って許してください……あれ？　あなた、どこかでお見かけしたような」

私が顔を覗き込もうとすると、金崎は「あ、いや人違いっすよ」と背中を向けた。

私は喫煙所を離れ、もう一度トイレへ。個室で蛍光イエローのダウンを脱ぎ捨て、ビニール袋に詰めて口をきつく縛る。元の姿に戻ると、やや離れた場所のゴミ捨て場にビニール袋を放り込み、ようやく缶コーヒーを開けた。喫煙所では、金崎が別の誰かからもらい煙草しているのが見えた。今度こそ満足そうに一服を済ませると、紫色の襟元を直し、わざとらしく目を伏せて歩き出す。それは来た方向とは別のほうで、そのまま、乗ってきたのとは別のバスへと乗り込んでいった。

それを確認した私はコーヒー缶をゴミ箱に放り、電話を取り出してコールする。

『お疲れさま。首尾はどう？』いつも通り、年齢のわからない声の女が出た。

「やあ古賀さん。明朝のニュースには載ると思うよ。きっと見出しは《お騒がせ実業家、謎の自殺》とか《カネに塗れた人生の闇》とかだろう」

『あまり魅力的な響きじゃないわね』

「マスコミは死者への献辞が得意じゃないからね」

古賀と呼ばれた女は付き合いでくすりと笑うと、訊ねた。『で、どうやったの？　詳しく聞かせて？』

「ジアンフィディアだ。煙草に見せかけて吸引させた」

『初めて聞いた。それを摂取すると死ぬわけ？』

「遅効性なんだ。コロラドハムシという昆虫の一種が体内に有する物質で、カラハリ砂漠の部族の間では磨り潰して矢毒として使われていた」

身体の大きな生き物に使うと、何時間か、あるいは何日か遅れて効果が現れる。狩りではこれを使って弱った相手にトドメをさしていたらしいが、放っておいてもそのまま死ぬ。明日の朝、金崎はバスの中で冷たくなって発見されることになる。

「寝ている間に身体が痺れて呼吸困難を起こす。その前に嘔吐して他の乗客に迷惑をかけるかもしれないけど、だとしても結果は同じさ。既に致死量を吸い込んでいる」

あの金崎――さっきのが人生最後の一服だとはまだ気づいていないだろう――は、IT企業の社長だった。しかし会社は急成長した自身を支えきれず二年前に倒産した。賃金未払いに泣き寝入りした従業員も多い。そしてとうとう、金崎は借金取りからの逃亡を画策した。作戦はこうだ。まず、長距離の夜行バスを二つ予約する。目的地は異なるが途中まで同方向に向から路線だ。その片方に金崎が乗り、もう片方には替え玉を乗せる。そして、二つが同時刻にサービスエリアに立ち寄ったところで、本物と替え玉はそれぞれ乗ってきたものとは逆のバスに乗り込む。これにより、本物を追って現地へ先回りした人間は、まんまとその行く先を見失うという寸法だ。追っ手を撒いたところで悠々と海外へ飛び立つ計画だったのだろう。しかし、金崎がどこかに辿り着くことはもうない。それもこれも、金を貸した相手が、支払いは命で貰うと決めたからだ。

『毎度ながら、よく接触出来たわね。相手は追っ手から逃げている最中の身なのに』

「嗜好品を欲するとき油断するのは人間の性だからね」

『どうやって毒入り煙草を吸わせたの？』

「簡単さ。調査の結果、奴は禁煙中だったんだ。禁煙の方法は《自分で煙草を買わない》ってこと」

ニコチン中毒を脱出しようと志す者の中には時々いる。自分の煙草を持たないで、我慢できなくなったときだけもらい煙草をする者。金崎がまさにそうだった。

「奴は《どうしてものとき》の一本を名刺入れに隠していたんだが、名刺入れの入っていたリュックのポケットは水浸しにしてやった。《どうしてものとき》に吸えないことがストレスになって、この休憩で必ずもらい煙草をするってわけさ。喫煙所にはたまたま僕しかいなかったが、他にも人がいたら先んじて金崎に近づいて一本勧めたまでだ。そのために変装もしたけど、結果だけ見れば必要なかった」

『なるほどね』電話の向こうで古賀は咳払いし、やや駆け足に言った。『お疲れさま。で、さっきの今で悪いけど、次の話があるの』

「それは困るな。これから別件なんだ。東京に戻るのは早くても三日後だよ」

『他の人に頼んでもいいけれど、あなただって出先で同業者と会いたくはないでしょう?』

「……たまたまターゲットが僕の行く先にいるってことか?」

『そう。たまたま、ね』古賀は私の察しの良さに気分をよくしたようだった。

「ちょっと待ってくれ。こっちも忙しいんだ。下調べする時間も取れるかどうか」

『安心して。こっちで調べたから。OKならすぐにメールで送れるわ』

からかうような言い草に、私は自嘲気味に嘆息した。

「最近は金払いも遅いし、扱われ方がぞんざいじゃないかね。労働環境の改善を願うよ」

電話を終えてバスに戻ると、私は前席の人物がアイマスクをつけて寝入っているのを確認した。体格はよく似ているし、服装も同じ紫だ。しかしだいぶ若い。きっと何も知らない、アルバイト感覚で引き受けたフリーターだろう。

窓の外を見るといつの間にか雪は止み、雲間から月が顔を出していた。その光景に胸が疼き、私はカバンからキーボードを取り出す。私の小説には日記の側面もあった。思いつくままに指を躍らせる。仕事が終われば次の仕事。お金を稼ぐのは大変だ。だいたいあの古賀ときたら、こっちの苦労も知らないで。いつか一泡吹かせたい。

「だから、うるさいって」

背後から女性の声がした。

第5回 大櫃見のど自慢大会♪

Oh! Hits★Me!!

歌声に自信のあるあなた!
大声を出して発散したいあなた!
スキーだけじゃ遊び足りないあなた!
ありのままのあなたを見せてください!!

開催日時　2017年4月29日(土)
午前10時〜午後3時頃予定(途中昼休憩あり)

開催場所　大櫃見村坂上地区 公民館前広場 特設ステージ

参加資格　誰でもOK!(飛び入り大歓迎!!)
※当日エントリーの方は、午前10 時までに受付カウンター(公民館入口脇)までおいで下さい。

特別ゲスト　能代五十鈴(演歌歌手)
藤江公孝(シンガー)

司　会　キチナリ(インターネットで人気上昇中!)

審　査　マイク老原(ベル男としてテレビ出演あり)
※参加賞の粗品もあります。
当日は、ステージ前広場に多数出店予定。大櫃見グルメが集結!ぜひご賞味あれ!

事前エントリー募集中!　詳細は下記まで

大櫃見村役場 坂上出張所 企画課 担当:杉井・赤竹
TEL　*****―*―****
FAX　*****―*―****
E-MAIL　******@ oohitsumi.town.jp

掲示期間　2017年4月1日〜4月29日

第一楽章

倒叙ものはお好き？
私はふつう

三月半ばに主要道の封鎖が解けると、大櫃見村は春スキー目当ての観光客でわずかばかり賑わう。一年の半分近くを豪雪の中で過ごす村に、ようやく春の兆しが訪れるのだ。観光シーズンは五月の連休に差し掛かる頃にピークを迎えるので、のど自慢大会の開催に連休頭の四月二九日を選んだのは正解だった。

今、テレビのスピーカーと公民館の外のステージで同時に軽やかな鐘の音が響いた。その音色に、杉井稀一郎は誰かの言葉を思い出す。成功するには理由がある。周囲を納得させるだけの力がある、という意味で。今聞こえた歌声がさぞ素晴らしいものだったことは、続く盛大な拍手からも充分に納得できた。

ステージの盛り上がりに満足する一方で、彼は自分の両手が震えていることに気づく。寒いから仕方がない。ポケットから手を出せばほんの数分で手が悴む。だから震えていても不思議ではない。何度も自分に言い聞かせるが、それでもステージの歓声や、さっきまで簡単に思い描けた明るい未来が、遠い世界の出来事になってしまった事実からは目を背けることができなかった。

テレビの中で白いツナギの男が喋る。

『観客の皆さんも……盛り上がっていきま……何が起こるかわかりませんからね！』

セッティングを勝手に弄ったのか知らないが、さっきからハウリング気味で聞き取りづらい。しかし、まったくその通りだ。何が起こるかわからない。杉井は今、自分がどうしてこんなことをする羽目になったのかまったくわかっていないまま、死体をゴミ袋に詰め込むことに苦心していた。手足の関節を曲げようにも、固い針金の芯が通っているようでなかなかうまくいかない。死後硬直が始まっている。抱え上げようとして、うっかり死体の頭部の陥没した部分に触れてしまう。ふかふかと気色の悪い感触に怖気が走る。柑橘類の皮に爪を立てて指を突っ込んだときに似ていて、今後ミカンは食べられないと思った。

『それでは次の挑戦者にご登場……久保田さんです。今日は……くお願いしま――』

杉井はテレビをオフにした。

「――す。では、まずは意気込みを語っていただきましょう！」

が、相変わらず外からの声は続く。

大櫃見村公民館の一室。八畳程度のこの部屋にいるのは、杉井と死体だけだった。窓を兼ねたガラス戸の向こうは細い用水路。その先はすぐ崖に近い急斜面が広がっていて、木々が豪雪に押しつぶされそうになりながら、春の訪れを待って立ち並んでいる。

「久保田さんは、いつか上京して――なるのが夢だそうです――」

風が止んだのか、次の台詞はやけに明瞭にその耳に届いた。

「それでは聞いていただきましょう。曲はザ・ブルーハーツで『夢』です！」

　大きな拍手と歓声。それを割るようにカラオケのドラム音がダンと鳴り、若い男が細くて甲高い声で歌い出した。夢と聞いて、杉井の目からは涙が零れる。無理もない。彼はただ、夢を叶えたくてここまで歩んできたのだ。なのにこの《現在》――彼の足は、完全に悪夢のぬかるみに沈んでいた。

　奥羽山脈の脊梁をやや西へ越えたところに位置し、太平洋側と日本海側、どちらの文化圏からも影響を受けていないエアポケットのような地域。行政区画的にはX県に属し、最後に大規模な開発が行われたのを思い起こせば、半世紀近く前の大櫃見ダム竣工まで遡らねばならないほど変化に乏しい。一応、春はスキー、秋には温泉がある。しかし十一月にもなれば降雪が始まり、村へ繋がる最大の主要道路は封鎖される。冬の間は細く曲がりくねった山道を、それに相応しい程度の量の自動車が行き交うのみ。杉井稀一郎は、そんな山奥の集落に三人兄弟の長男として生まれた。
　近所の三つの集落から集う小学校と中学校に片道四〇分かけて通学し、山を越えた小さな市の公立高校から地元の国立大学へと進学した。成績は悪くなかったし、友人もそれなりにいた。上京を夢見たこともなくはないが、結局親のすすめもあり、地元の公務員となった。そして今や、老人ばかりを相手に物産展や書道教室、料理教室の企画を細々と行いながら、気づけば三〇歳まで目前というところまで来てしまっている。しがない県職員、企画振興部企画課課長補佐、大櫃見村坂上支所勤務。それが杉井の現在であり、このまま一生を平凡に送るのだろう。彼を知る誰もがそう思っている。しかし、杉井には人には言えぬ夢があった。その実現計画のための第一歩が、この日行われているのど自慢大会である。計画の立案は二年前にも遡るし、計画に思い至った経緯まで含めれば、夢の萌芽はさらに昔である。

杉井の夢は、アイドルと結婚することだ。

《六年前》の話になる。

杉井稀一郎が二十三歳のときだ。目の前に座っていた男――名は島田だったか、田島だったか。大抵は、ダイさん――当時二人が交流していたSNSでの彼のハンドルネーム《橙 大臣》に由来する――と呼んでいたので、忘れてしまった。その日、ダイさんは仙台の地下鉄南北線泉中央駅を出てすぐの古びた喫茶店で、正面に座る杉井に言った。

「今週はちょうど狙い目なんだ。ボーダーラインは一万枚を切るかもね」

やせぎすで、さっきから何度も鬱陶しげに、メガネにかかる前髪をかきあげている。

「《少女ミニストリー》も《テーマパークス》も四週目だ。いつも通りの推移ならそろそろ落ちるだろう。我がガールズがトップテンに入るためのお膳立ては整った」

二人はアイドルグループ《ブラウン管ガールズ》のファン同士だった。細かい素性はお互い知らない。杉井がダイさんについて知っていることは、リーダー格の橙野モカを熱烈に推していることを除けば、仙台市内の会社員で盆栽とオスマン朝史にも詳しいということくらいだったし、相手も杉井が時間にゆとりのある社会人であるとしか知らないだろう。それでも、情報を共有し作戦を遂行する仲間としては充分であった。《ブラウン管ガールズ》は四人組で、マイナーアイドルではあったが、デビューから五年で九枚のシングルを発表し、深夜の音楽番組にも何度か登場した。そして、満を持しての一〇枚目のシングル曲の発売が明後日に迫っている。

紫色の髪をした女主人がコーヒーを運んできた。一口飲んだが、味はまったく感じられない。一大事を前に緊張しているのだろうか。するとダイさんが声を潜めた。

「こんなマズいコーヒーは初めてだ。味がしない」

女主人が眉をひそめたが、気づかないふりをして窓の外を見やる。夏が近いというのに緑は色褪せて、空も道も灰色だった。

「今回は、他のアイドルグループが発売を控えている節もある。みんな我がガールズに花を持たせてくれようとしているんだ」

ダイさんの言葉に、杉井は大きく頷いた。苦節一〇枚目のシングルで初のトップテンとなれば、テレビ的にも美しいストーリーとなるはずだ。

「《ブラ管》は、一度みんなに気づいてもらえさえすれば爆発するだけのポテンシャルがありますからね」

「そう。昭和のレアな歌謡曲からの引用があったりして、バックにいる連中はかなりワカっている。彼女たちは売れるべきなんだ」

二人の願いは一つだけだった。《ブラ管》の四人はデビュー当時からCDを手売りし、地道に日本各地をワゴン車で渡り歩き、ファンとのバスツアーでは朝までUNOに興じ、地道に人気を集めてきた。その様に二人をはじめ全ての《ブラ管》ファンは少年漫画的熱血スポ根ストーリーを見いだし、心を奪われてきた。彼女たちの努力が報われる瞬間に立ち会いたいという一心で、ブレイクを待ち望んでいた。

そして満を持して迎えたチャンス。全ては発売日と、その前日の店舗入荷日。この二日間でどれだけCDが購入されるかにかかっている。交通費を除いても四〇〇〇〜五〇〇〇枚買えるくらいの額は用意してある。一時的に部屋は段ボール箱で一杯になるが、別のアイドルのライブに行ったときに適当に周囲の客に配れば、そこから新たにファンになってくれる人もいる。CDは何枚あっても無駄にならないから問題ない。

「ところで、そもそものプレス枚数はちゃんと足りているんでしょうね？　前、それで一〇位を逃したグループがいたじゃありませんか」

「SNS経由で確認済みだ。運営との距離が近いのは我がガールズの強みだな」

杉井は胸をなで下ろした。「ネットでもだいぶ複数買いの名乗りが上がっていますね。ぼくは茨城ほか北関東方面を攻めます」

「俺は青森へ飛ぶ予定でいる」

「仕事は？　年内の分の有給は使いきったと言っていませんでしたか？」

「実は祖母が死んだんだ。慶弔休暇をあてる。葬式はパスさせてもらうよ。その他、詳細な情報については、後で送るURLを見てくれ。認証キーはいつもの通りだ」

「お見それしました。いつもお世話になります」

一人では何も出来なかった。しかし、目の前のダイさんは頼もしく、他にもインターネットを探せば自分たちと同じく《ブラ管》のトップテン入りを目指す仲間が大勢いる。杉井は、自分が人生を懸ける価値のある青春の渦中にいると実感していた。

ダイさんに別れを告げ、杉井は夜行バスに乗った。そして早朝の土浦駅で、彼は《ブラ管》の最年少メンバー・藍上リズが二〇歳上の会社役員と不倫の末に妊娠発覚というニュースを知るのだった。

以来、ダイさんにも連絡しなくなったし、アイドルのニュースも追わなくなった。ただ、心は一度覚えたあの熱狂を忘れられずにいた。自分は彼女たちを応援したいのに、彼女たちはその甲斐もなくつまらないことでチャンスをふいにする。そのことが、ひどくもどかしかった。やがて、度重なる煩悶の末に杉井は気づく。自分は、自分の崇拝する相手を支配したいのだ、という欲求に。矛盾するようだが、それは根源であり、逃れられない呪いのようなものだった。

そんな杉井に対し、近所の人間は、色々と女をあてがおうと薦めてきた。しかし彼は首肯しなかった。どれほど器量の良い女を紹介しても断り続ける杉井を、女嫌いか行きすぎた面食いだと笑う者もいた。杉井は容姿がそれなりに良かったため、言い寄ってくる女も少なからずいたが、彼女たちの中にアイドルになりそうな者はいなかった。杉井が未婚である理由は、その一点に収束される。アイドルでない女では駄目で、何の価値も意味もないのだ。

従って、彼が一つの結論に辿り着いたのは、ごく自然な流れだった。

自分でアイドルを作ればいい。

マイクがハウリングして、外の木に積もる雪の塊がドサリと落ちた。心臓が止まりそうなほど軋み、寝坊した朝のように周囲を見回す。今、何をしていた？　どのくらいぼうっとしていたのだろうか。腕時計を見れば一三時四四分。数分も経っていない。時計が壊

れたかとも錯覚したが、見つめれば変わらず右回りに秒針は動いている。

対して、少しも動かずに、死体は変わらず足元にいた。

これではいけない。杉井は何かに急かされるように、死体の腰を強引に折り曲げた。背中を踏みつけて押さえつける。和装の帯を解き、腿と背中を束ねるように巻き付け、きつく縛る。曲げた腰が開かないようにするためだ。そうまでしてようやく小さくなった塊を見下ろすと、上からゴミ袋を被せ、ごろりと転がして中に潜り込ませた。七〇リットルのゴミ袋があったのは幸いだった。

しかし、ここからどうする？　確実なことは一つ。今、バレるわけにはいかない。

直後、自分の浅はかさに顔をしかめる。死者を前にしていちばん強く思うのが「バレたら困る」では、なんとも無慈悲ではないか。

死んでいるのは大櫃見村の昔からの大地主・巴山隆之介だ。この老人、正確にはこの老人の一族によってこの集落は支えられてきた。そして、杉井も。自分は何でもできる選ばれた人間である――そんな全能感を失って久しい彼が、アイドルを自分で作ろうと決めたとき。思いつきが夢物語ではないと思えたのも、この老人がいたからだ。

巴山家の当主・隆之介は周囲から御館様と呼ばれ怖れられていたが、自分より四〇歳以上も若い杉井をいたく気に入っていた。若い割に囲碁の腕前が上々なのに加え、人の話を聞くことに長けていたからだ。やれ、息子が跡継ぎとして頼りないだの、孫娘が東京に出たいとワガママをこねているだの、近頃また誰かに周囲を嗅ぎ回られているだの、村議の連中が使えないだの、囲碁の手ほどきの傍ら、杉井は隆之介の長話を聞き続けた。彼はよく心得ていた。年長者からの信頼を得るには、自分は弱いものであることを見せつければ良い。弱いが、正義を愛し、野心もあり、計算もできる。なおかつ計算は少し間違っていて、隙が多い。年長者はそこを指摘したくてたまらなくなる。

結果として杉井は、巴山氏が渋っていたせいで塩漬けになっていた案件を、上司をすっとばして片付けた。ダムの傍の荒れ地を駐車場として整備し、微量ではあるがスキー客や温泉客の増加に寄与したのだ。以降、隆之介が杉井の後ろ盾であることは、村の多くの者に認識されている。

杉井が県の区画整理課から企画課の大櫃見村坂上支所へ異動できたのも、隆之介の口利きがあったからだ。新しい配属先は、染め物教室や切り絵講座を行えば大体同じメンバーで、お年寄りの寄り合い所と化しているような暇な部署だった。事務所は村役場の職員と合同で、杉井以前より県から出向している人物は一人のみ。近隣の集落出身の赤竹磨器子という中年の女性だ。背が低く肥えていて、いつもやけに匂いの強い香水をふりかけている女。杉井は彼女のスケジュールを盗み見し、先回りして仕事を片付けていった。企画展の搬入業者の手配も、書道教室の講師との打ち合わせも、磨器子よりも丁寧かつ迅速にやってのけた。村の酒盛りにこまめに顔を出し、夜中まで一緒に馬鹿騒ぎをした。老若問わず信頼を勝ち取ることは容易かった。こうして職場での主導権を握ることに成功した杉井は、すぐに計画の実現に向けて動き出した。

《二年前》の話になる。

ブラウン管ガールズと別れを告げて、四年が過ぎた秋だった。

広大な屋敷の奥、隆之介の私室。隆之介は卓袱台に向かい、ぬる燗にした地酒をちびちび嘗めていた。その正面に座り、杉井は切り出した。

「新しい企画への助力をお願いに参りました」

「偉くなったもんだな。俺に金をせびりに来るとは」

怒ってもいないのに天をつくような白髪と、垂れ下がった目ながらも鋭い眼力は、これまで多くの者を震え上がらせてきたものだ。目をかけられているとはいえ、杉井もいつ怒鳴り散らされるかわかったものではない。しかし後には引けない。

「村おこしを考えています」

「くだらんな。充分成り立っているだろう、大櫃見は」

「嘘です。大櫃見は年々過疎化が進んでいます。六五歳以上の高齢者の割合がとうとう四〇パーセントを超えました」

日本の平均値が二五パーセント前後であることを考えれば、極めて高い数値だ。限界集落までは届かないが、遠くない未来にそうなることは誰の目にも明らかであった。すると隆之介は御猪口を静かに置いて言った。

「一つ認識違いを指摘しておこう。大櫃見の現状は、過疎化ではない。過疎だ。しかし、だから何だ？　お前に金を預けたら、途端に人が増えるとでもいうのか？」

「途端に、とはいきませんが、短期的な視野で起爆剤となり得るアイディアがあります。ご存じの通り、この集落の女は美人が多い」

それは客観的に見ても事実と呼べた。杉井の勤める役所の資料によれば、大櫃見はもともと逃げ延びた源氏の末裔が作った集落であるらしい。美人が多いのは、その際に同行した側室や侍女が美女揃いであったことに由来すると言われている。加えて、その四方山話が信憑性を高める要因として、彼らの言葉には地方特有の訛りが少なく、東京以西のものと似通った言い回しが多く見受けられる。また、長らく外部と遮断された環境で育ち、村外の者との交流が増えたのは明治時代に入ってからだという。

「女を見世物にすると？　村議どもが何と言うか見物だな」

村議の老人たちは杉井が何を言っても一笑に付すだろう。奴らの願う村おこしとは、何もせずとも若者が勝手にやって来て金を落としてくれることを指している。そこに自分たちのとっておきの財産である美女たちを利用するなど、許すはずもない。過疎を解決しようとしても、村議の老いぼれどもに押し止められる。が、その老いぼれたちを黙らせる事のできるたった一人の人物を、掌握できるとしたら？

それは一種の人質だった。杉井は神の一手を打つ。

「アイドルを作ります」

隆之介は無言だが、その双眸が杉井を捉えた。

「今、日本中でご当地アイドルが乱立しています。一般にまで浸透する者は稀ですが、水面下では戦国時代と言っても過言ではありません。彼らは皆それぞれにアイディアを詰め、独自の個性を出そうとしています」

秋葉原を拠点にする、いわゆる地下アイドルたちは毎日のようにライブステージに立っているし、地方のご当地アイドルからスターダムにのし上がったグループだって少なくない。今こそ我々も地域活性化を目指すときであり、この波に乗らずしてどうして現代を生き抜けようか。そう語る杉井を、隆之介は卓袱台の向かい側から表情のない視線で眺め続けた。アイドルの何が金になる？　アイドルが誰の心を掴む？　そう問われている気がして、杉井は矢継ぎ早に言葉を継ぐ。

「重要なのはコンセプトです。不特定多数へ訴えかけるには、このご時世、誰に向けてどんな球を投げるのかについて自覚的じゃないと」

カバンからパワーポイントで作った資料を取り出し、卓袱台の上に開いて見せた。

「ヘビメタ、ゾンビ、ミリタリー、ナース、戦隊もの、妖怪、音痴、仮面、ネギ……枚挙に暇はありません。これらの中には、成功したものもあれば埋もれたものもあります。

では、成功とそうでないものの差がどこにあるのか」

隆之介は無言で資料の表面を見つめている。杉井は更に一枚、ページをめくった。

「そこで私の考えたコンセプトは《サスペンス》です。謎が謎を呼ぶ村で、踏み入ってはいけない謎に踏み込む少女たち。いわば《探偵アイドル》を作り、彼女たちにこの大櫃見を盛り立ててもらう。この村には謎めいた伝承が……いくつあるかは知りませんが、いくらあってもおかしくない。そう思わせるだけの土壌は揃っています」

大櫃見はド田舎だ。最新の統計では辛うじて人口一〇〇〇人を割らずに済んだが、時間の問題だろう。集落は分散し、村の全貌はグーグルマップでも明らかにはならない。ここ坂上集落と温泉郷の周辺は比較的栄えているが、それでもパチンコ屋もないし、スナックではレーザーディスクのカラオケが未だ現役である。観光だけが頼みの綱だが、観光地としては「知る人ぞ知る」のレベルに留まる。しかしそれは、裏を返せば謎めいているということでもある。不自由さは見せ方によっては重要な個性となる。杉井はそこに目を付けた。さほどサスペンスやミステリに明るくはないが、昨今のテレビドラマがそういうもので溢れていることを考えれば、老若問わず人々は謎を前にすると問答無用に知性を刺激されるものだということはわかる。また、女性アイドルのメインターゲットである三〇代以上の男性は、ＳＮＳで自分の趣味を熱く語りがちだ。宣伝も見込める。ならば、謎多き山村で、謎解きの象徴である探偵をモチーフにしたアイドルを作ることは、方向性として間違っていない。杉井は緊張の面持ちで眼前の老人を見た。隆之介は暫し考え込むように目を閉じると、呼吸のついでのように零した。

「おらんかったか？」

「は？」その口調が平坦だったせいで、感情が読み取れない。一瞬気の緩んだ杉井に、隆之介は例の射貫くような視線を向けた。

「既におらんかったかと聞いているのだ。探偵をモチーフにしたアイドル。たしかアニメの声優で結成されたグループがあったと記憶しているが」

背に汗が伝う。隆之介は年齢の割にかなりのミーハーであり、昨今の芸能やバラエティのニュースは貪欲に聞き集めている。知ってはいたが、まさかアニメや声優にまで食指を動かしていたとは。杉井は喉の渇きを唾液で誤魔化し、なんとか平静を装い答えた。

「た、たしかに仰るとおりのグループは存在していますが、声優とご当地アイドルではファン層が必ずしも被りません。また、そのグループはアニメ作品ありきであり、いわばメディアミックスの一環です。《探偵》はグループそのものではなく、アニメ作品に付されたタグです」

「あ？　だからなんだ？」

「私の考えるものはそれとは異なり、あくまでもアイドル自体が《探偵》です。たとえば、うちの集落の入口は長い石段になっています。その両脇には雑木林が広がっていますが、その一角にボロい祠があります。何が祀られているのか私は知りませんが、この際何だっていい。過去にそれを改修しようとして何人も死んだとか、祠に触れると首のない女が夢に出てくるとか、そういう伝承をでっちあげます。《血塗られた怨念の祠》みたいな。そして、その伝承の秘密を解き明かすんです。それを公開推理ショーとしてイベント化すれば、村にファンが集う。恒例化すれば経済効果が生まれます。場所は他にもいくらでもある。公園の芝桜の花壇とか、スキー場や、ダムや……」

「ダムは駄目だ」隆之介は目を伏せて吐き捨てた。「人が押しかけて事故でも起きたらどうする。推理ショーは結構だが、内容はもっと吟味しないといかん」

そういえば、隆之介は昔からダムの観光地化には反対の姿勢だ。

「じゃあ」杉井はそそくさとページをめくる。「楽曲の方で個性を出す方向もあります。一曲の中で一つの事件を解決するとか、もっと大仕掛けにして、ストーリー仕立てのコンセプトアルバムにするとか。クローズドサークルに閉じ込められる曲、電話線が切られる曲、最初の被害者が発見される曲、探偵が登場する曲……などと並べて、ラストの曲で真相が明らかになりエンドロール風のボーナストラックへ繋がる……なんてことをしてもいい。あるいはアルバムを《出題編》と《解決編》に分けて、《出題編》を購入した人には《解決編》発売前に犯人を推理してもらい、当たった人にだけオリジナルグッズをプレゼントするとか。とにかく《謎》を自由に扱えるというのは、ファンを巻き込んだイベントへの応用がききやすいんです」

杉井の長広舌に対し、返ってきたのは暫しの間。緊張に胸が締めつけられる中、大丈夫だと自分に言い聞かせる。ほどなく突きつけられたのは、一つの質問だった。

「どうして俺に？　なぜ、この巴山隆之介がその話に金を出すと思った？」

「晶穂ちゃんです」

巴山晶穂。隆之介のたった一人の孫娘。溺愛ぶりは周知の事実だ。そして、何を隠そう彼女はアイドル志望であった。これこそが、杉井のとっておきの駒だ。晶穂は当時高校に入学したばかりで、我が儘盛りだ。誰にでもズケズケとモノを言うが、聡明でよく気づく一面もある。遅かれ早かれ彼女が村の外へ出たがるであろうことは、隆之介もよく認識しているはずだ。杉井は晶穂を持ち上げ、才能を褒め称え、可愛い孫には旅をさせて見聞を広げるべきだとまくしたてた。

「晶穂に人生を賭けたギャンブルをさせろと？」

「彼女なら大丈夫でしょう。僕は彼女の才能を信じています。御館は違うようで？」

隆之介は口ごもった。杉井は内心で舌を出す。彼はこれを個人的に《御館のパラドクス》と呼んでいた。孫娘の失敗に不安はあるが、孫娘が失敗するはずがないという自負もある。隆之介には、口が裂けても孫にアイドルの才能がないとは言えないのだ。

「御館が晶穂ちゃんを思う気持ちがあれば、それが何より大事です。僕も、御館の手を煩わせることのないよう精一杯尽力いたします」

「誰がそこまで耄碌しているか。お前に煩わされることなど永劫微塵もないわ」

それからいくつ問答があったかわからない。やがて隆之介は、杯の酒を一気に飲み干すと、突然からからと笑った。卓袱台に肘をつき、杉井を睨め付ける。

眼光の鋭さは変わらずだったが、杉井を射殺そうとはしていなかった。

「キーチよ」

隆之介は上機嫌になると、杉井を昔からの友人がそうするのと同じあだ名で呼ぶ。杉井にとって誇らしく、少しばかりむず痒い響きだった。

「で、いくらだ？　金は」

◇

金はいくらでも出てきた。だからここまで来られた。だが、これからは？　隆之介が死んだら、誰が金を出す？　杉井は、目の前の小さな骸を、無尽蔵に中身が出てくる財布を失ったような感覚で眺めていた。

外ではのど自慢大会。今いるのは公民館の会議室。目の前には、ゴミ袋に詰まった巴山隆之介の死体。勢いで行動してしまったが、これではもう後には引けない。しかしどうすれば先に進めるのか見当もつかない。

卓袱台に隆之介の携帯電話があるのが目についた。背面に晶穂のプリクラが貼られている。屈託のない笑顔で、杉井は彼女に計画を告げた日のことを思い出す。

《二年前》の話の続きになる。

「晶穂ちゃんはアイドルになりたがっていたよな。それはどうして？」

隆之介の部屋に現れた彼女は、部屋で勉強中だったらしくラフな恰好だった。杉井は畳に座していたので、やって来た晶穂を見上げる形になる。そのせいか、いつにも増して彼女のスタイルの良さを見せつけられた気分になった。髪も脚も長い。部屋着と思しきよれたセーターは襟ぐりが深く、少しだけ見える鎖骨が健康的な色香を醸し出している。怪訝な表情を浮かべながらも、晶穂は素直に答えた。

「うーん……私にはできると思ったから」

それで充分だとでもいうように黙る。が、杉井が肩をすくめたのを見てこう続けた。

「小説家とかミュージシャンでもよく聞くじゃん。こんなのなら俺でも書ける。こんな曲なら俺でも作れる。そう思ってやってみたら認められて、その世界に入った、みたいな話。あれ。テレビに出ているその辺のアイドルを見ていたら、これなら私の方がもっとできるって思ったから」

「自信満々で結構だけれど、人間はそれができるからやるわけじゃないだろう。僕は学年で走るのがいちばん速かったけれど、陸上の選手になろうとは思わなかった。聞きたいのはそういうことだ」

「速かったの？」

「小三までは」

晶穂は呆れた表情を見せた後、不服げに顔を背けた。

「……私が最初にアイドルという存在に気づいたのは、小学一年生くらいだと思う。もっと前、幼稚園とかの頃は、テレビでやっている魔法少女モノのアニメとかが好きで、なんつうか、トキメいてた。でも、小学校も三年生くらいになってくるとさ。周りの大人や同級生は言うわけよ。もうそんな子供っぽい趣味はやめなよって。なんで？　子供っぽいって何？　大人になるってのは、ヒラヒラした服で可愛いダンスをするのを諦めることなの？　そんなのおかしいじゃん」

ほとんど一息に言うと、つまらなそうに嘆息した。

「つまり、晶穂ちゃんはヒラヒラした服で踊りたいと？」

「踊るだけじゃなくて、歌も。私だってあんなふうに、いや、もっと上手に歌って踊れる。そして子供の頃の私みたいな子に言ってやるのよ。好きなだけ真似していいし、いくらでも憧れていいんだよって」

単純な夢というより、過去の自分への救済の感情が含まれているようだ。杉井はこのときまで、晶穂がただの傲慢な女の子だと思っていたので、自らの動機を言葉にできるほど自覚的であることに驚きを禁じ得なかった。晶穂は独り言のように続ける。

「だからわたしは、アイドルになりたい」

なればいい。内心で強く頷く。巴山晶穂は若く美しかったが、このとき杉井の目には、彼女が喋るキャッシュカードに見えていた。

プロジェクトの実現には巴山の金が必要である。従って、巴山の孫娘である晶穂の存在は不可欠だ。彼女は容姿・才能とも申し分ない。小柄だが細身で、栗色の髪はよく手入れされていて触ればきっとシルクのようだろう。白い肌は化粧が不要なほどつややかで、眉山の強さと長い睫毛は漲る自信を隠しきれない。歌も、村の新年会で何度か耳にしているが、力強く伸びのよい歌声はどんなタイプの曲にでも合うだろう。

だが、晶穂を妻にするとなると話が別である。

巴山家は、毎日よくわからない地元の連中が訪れて、やれ御館はすごいだのこの村は巴山王国だのと持ち上げては、少ない見返りを手に去って行くのが日常だ。杉井が婿に入れば、以降は自分がそいつらを相手に施しを与えてやる立場となるだろう。年長者を立てるのは得意だが、年上を顎であしらうことには抵抗があった。現実との折り合いをつけられないまま年を重ね、不満を垂れ流すだけの連中の姿は、杉井をどうしようもない気持ちにさせた。これではせっかくアイドルを娶っても、ストレスで早死にしてしまうに決まっている。それに《アイドルを娶る》ことと《婿入りした先の娘がアイドルだった》では若干イメージが異なる。それは杉井の夢とは少々ずれている。目標は、あくまでもアイドルを妻にするという夢を叶えたラッキー・ガイなのだ。

「私、ビックリしたよ。おじいちゃんに呼び出されて来てみたら杉井のおっちゃんがいたからさ。ついに嫁に出されるのかと焦ったわ」

「あるか！　んなわけ。お前にはもっといくらでも相応しい相手がいる。日本人が滅亡したとて、この男の嫁になぞ出すか。口八丁だけで世を渡り歩いている奴だぞ」

「でもおじいちゃん、よくおっちゃんのこと褒めてるじゃん。意識しとけって前フリかと思ってた」

目の前で二人がこんなやりとりを始めたときには、思わず「それは困る」と口に出してしまいそうになったほどである。たしかに妙齢の女性に年長者が縁談を持ってくるのはこの付近では珍しいことではないし、巴山家の主に認められたとあればこの村での生活は盤石だ。しかし晶穂を結婚相手として見ることだけはあり得ない。それは既に別の者に決まっているのだ。

というわけで「メンバーは？」と訊ねられて神野花の名前を出したときは、内心を悟られぬように注意が必要だった。

神野花は晶穂の幼馴染みである。一見地味ではあったが、華やかな晶穂と違う透き通った魅力があった。歌唱力も、村の忘年会で歌わされているのを聴いた限りでは申し分ない。そして何より重要なポイントは、彼女は晶穂の言いなりであるということだ。幼い頃からずっと晶穂の第一の子分としてこき使われている。生来的に従順な性格なのだろう。これは、彼女が杉井にも付き従う可能性が高いことを示していた。

神野花の都合の良い点は他にもあった。杉井は花の父・神野俊作のこともよく知っている。この村には珍しい、外部からやって来て住み着いた男である。人間関係に乏しく、二〇年近く住み続けている今もなおよそ者のように扱われている。村の宴会でも寡黙だが、年長者の扱いに長けた杉井に対しては話し好きの片鱗を見せ、本心では村に溶け込みたいと思っている様子。俊作にこの村での便宜を図ると約束すれば、娘との縁談に難色を示すことはないだろう。というわけで杉井は、神野花こそが自分の結婚相手として相応しいと結論づけていた。

「花だけ？　もっといなくていいの？　三人とか五人とか。カラーリングを分けるとかはあんまし好きじゃないけど」

「三人以上にすると、花ちゃんの……言ってしまえば大人しいキャラも個性になる。そうするとファンが分散する。それよりは、前に立つ晶穂ちゃんと裏でカバーする花ちゃんという組み合わせがベストだと思う」

「あいつにカバーされるような穴はないと思うけど」血筋なのか、隆之介と同じようなことを言った。呆れかえりながらも、杉井は自分の嘘の上出来さにホッとしていた。

彼の真のプロジェクトは、アイドルをデビューさせることではなく、アイドルデビューした女性と結婚することである。杉井は、アイドルグループが解散した後のことを考えていた。晶穂は東京に出たらずっとそこでやっていくだろう。しかし、グループを三人組以上にした場合、他の人間はどうだろうか。何人かは地元に戻ってくるだろう。そうしたら、何人かは地元の男と結婚するかも知れない。

それは駄目だ。

アイドルを娶るのは特権である。杉井は、他人がその特権を、しかも自分のおこぼれとも知らずに受け取ることに嫌悪を感じた。メンバーの同級生だの、部活の先輩だの、そんなどうってことない繋がりの男子どもに自分の成果を分け与えてやるなど考えられない。だから、晶穂と花の二人組にすることにしたのだ。二人だけなら、晶穂が花の上位に立つ関係も崩れようがないので扱いやすい、というのもあった。

「晶穂ちゃんと花ちゃんが二人で並んで、それをご当地アイドルとして売り出すんだ。御館が言えば村長はほいほい予算を出すだろうし、うまくいけば県からのバックアップも期待できる。自治体の協力があれば露出もガンガン増える」

その一歩目として、村おこしの一環であるのど自慢大会に出ること。それをインターネット番組で中継し、一気に注目を集めること。杉井の計画を無言で聞き終えた晶穂は、腕を組んで訊ねた。

「ネットなの？　CDは？」

「CDの売上げは年々落ちているし、あれは入口としてはハードルが高い。まずは聴覚よりも視覚に訴えることの方が重要だ」

晶穂は隆之介そっくりに天井を見上げ黙考した後、長い睫毛を自慢するように目を細め、杉井を見つめた。

「OK。絶対に、成功させっかんね」

そこから先は、めまぐるしかった。

翌日には晶穂が神野花に話を通し、すぐに期待通りの返事を持ち帰ってきた。花は基本的に主張がなく、「晶穂がやりたいなら手伝います。歌うのも別に嫌いじゃないし」という言葉には、何かの係決めでそう決まったからだという諦念さえ感じられた。それまで杉井は、思慮深い花と脳天気な晶穂というイメージを抱いていたが、もしかすると逆かも知れなかった。とはいえ杉井にプラン変更の考えはなかった。花の態度が杉井の庇護欲をそそったのは事実だし、アイドルグループとして見た場合もバランスが良かったからだ。花の背丈は晶穂よりやや小柄だが殆ど同じで、二人並ぶと見栄えが良い。後ろで結わえた髪は真っ黒で、晶穂の淡い茶色とはいい具合に対比になるだろう。細身であるが意外と筋肉質で、幼い頃からスポーツは得意だという。歌も晶穂に若干及ばないあたりが絶妙であった。

晶穂と花のプロジェクト加入により、全てがエネルギーを伴って動き出した。プロジェクト用にノートパソコンを新調し、ロック解除の指紋認証を杉井と晶穂と花の三人のものに設定したときは、並々ならぬ高揚感を覚えた。曲の準備、衣裳の準備、振り付け、レッスン……それぞれが簡単ではなく、しかし動き出したらみるみる進んだ。同時に、事あるごとに杉井と晶穂は衝突した。最初の衝突は、杉井の用意したユニット名についてだった。

「ダサイ！　『ヒッツ☆ミー』って何？　どういうこと？」

公民館の応接室だった。この日は企画会議と称した最初の顔合わせの日で、室内には他に花のみ。正真正銘、メンバーとプロデューサーだけでの初めての集まりだった。

「大櫃見の名前から取ったんだ。わかりやすくていいだろう」

「気を確かにして！　もう二一世紀なんだよ！　これだから前時代の人間は！」

「馬鹿言うな！　シンプルでいい名前だろうが。覚えやすいし、地名とも結びついて記憶に定着しやすい。この名前なら村や県も喜んで公認してくれる」

「駄洒落じゃん！」

「駄洒落は知性だ。それにアイドルっぽいだろう。ファンのみんなに《私を撃ち抜いて》って呼びかける名前だぞ。アイドルにそんなこと言われたら並大抵のファンは逆にハートを撃ち抜かれるに決まっている」

「でも《私を撃って》ならシュート☆ミーじゃないの？」

「それだと《私を蹴って》ともとれるから変態的じゃないか」

「ヒッツ☆ミーだって《私をぶって》でヘンタイみたいじゃん」

「……多少の淫靡性はアイドルに不可欠だ」

「手のひら！　くるっくるひっくり返しすぎだから！」

晶穂の蹴りが太ももに決まり、杉井は悶絶した。

また、曲についても悶着があった。杉井は、当面のオリジナル曲は二〜三曲程度、あとは軌道に乗るまで有名なアーティストの曲をカバーする方向で考えていたが、晶穂は全部オリジナルでなくては嫌だとごねた。

「誰が得するの？　そんなの。誰もでしょ？　既存の名曲を歌ったところで、みんなやってることだし、埋もれちゃうって。余計なアレンジ加えようものなら原曲の良さをぶちこわしだって炎上するのは目に見えてるでしょ？」

「じゃあ、広く知られていない名曲をカバーすればいい。そうすれば、新規ファンの掘り起こしに繋がるから原曲のファンだって喜ぶだろう」

「馬鹿！　汚れた大人はこれだから。人知れぬ名曲を好きな人は、その曲が知られていないことを嘆いたりしてないって。自分だけの宝物だと思って大事にしてるの。そんな歌を歌ったら、馬鹿が土足でやって来たっつって一生恨まれるよ！」

杉井の鳩尾に晶穂の拳がめり込んだ。

そういうわけで、杉井はインターネットのコミュニティを徘徊してインディーズ・ミュージシャンとコンタクトを取り、作曲を依頼した。杉井の身分と大櫃見の名前を伝えるとせせら笑う者も多かったが、晶穂と花の写真、そしてダンス・レッスンの動画を見せると三人ほど、曲を提供することにやぶさかでないとの反応が返ってきた。隆之介にはコンセプトがどうのと言ったが、結局最大の武器は二人そのものだった。杉井は大学時代、ある教授に「物語とは移動である」と習ったが、美しい少女は移動どころか存在だけでストーリーを生むのだ。合計一〇曲依頼し、ひと月ほど過ぎた頃から順次曲が届き、打ち込みでオケ――ボーカル無しのバックトラックも作成された。

曲が出来たら歌詞だが、ここでは花が活躍した。晶穂の持ってきた歌詞は愛だの希望だの明るい明日だの、好きかなどうかなわかんないだの、やっぱり好きでも言えないだの、ありきたりな言葉が並ぶばかりで何が言いたいのかわからない。これは自分が書いた方がマシかも知れないと杉井が溜め息をついたとき、花がノートを差し出した。

《撲殺と毒殺と刺殺と絞殺だと／どれがいちばん痛いかな／あなたに試してイイですか？／扼殺とか爆殺もあるけど／轢殺は待ってね／まだ免許とれないの》

「怖いよ！」杉井と晶穂の声が揃った。

「でも、サスペンスがコンセプトでしょ？　人が死ぬやつ」

真顔の花の肩を捕まえ、晶穂が揺する。

「そうだけど、これじゃホラー寄り、ていうかシリアルキラーかサイコパスっぽいじゃん。私たちは探偵なの？　いい？」

「じゃあ、こんなのもあるけど」

《氷のナイフで刺し殺して溶かす／コインでパンパンの靴下でぶん殴る／凍った七面鳥で殴り殺して／オーブンで焼いて／おまわりさんにふるまうの／ほら証拠隠滅》

「二番は、《ガラスのナイフで刺し殺して砕く／ストッキングに砂詰めてぶん殴る／凍ったハムでラララ殴り殺してオーブンで》——って続くんだけど」

「まさか私、こんなの歌うの？　わけないよね？　イメージが固定されちゃう」

困り顔の晶穂だったが、杉井は暫し考えた後答えた。

「悪くないな」

「……正気？　大丈夫？　殴る？　頭」

「やめてくれ」杉井は晶穂から一歩離れる。「特定のイメージやジャンルにくくれないってのは駄目だ。それは何者でもないのと同じだからだ。我々はこうだという一目でわかるしるしがなければ、周囲は目を向けてすらくれない」

杉井は花のノートをぺらぺらとめくった。

《真犯人は誰かしら？／フランス人？／イタリア人？／スペイン人？／でも殺された人にしてみれば／誰が犯人とかどうでもいいよね／たとえオランウータンでも》

ネタバレは駄目だと言っておこう。

結局、花の書いたものをベースとして杉井が直す、という形で作詞は進められることになった。「変な歌詞。私、ときどき花の頭の中がわかんなくなるわ」という晶穂の言葉に内心で頷いたことは内緒だ。

ダンスと歌のレッスンは、大手専門学校に勤める友人に良い講師を紹介してもらった。舞台演出については、遊園地でキッズステージの司会をやっている後輩に話を聞くことができた。雰囲気作りの小道具として、人工雪やミラーボールや大小様々なオーナメントを買い込んだ。協賛企業を集めることにも気を抜かず、隆之介の息のかかった事業者を総動員して、ヒッツ☆ミーのスポンサーを増やしていった。衣裳は地元を拠点とする衣服メーカーに作らせた。バーターとして以後数年の村祭の法被の発注を告げると喜んで引き受けてくれた。

　ことが大きく本格化してくると、時折隆之介が不安に似た不満を漏らすこともあった。「孫娘の運命が狂わされた」とか「お前に任せて晶穂のためになるのか」とか、その度に説得に苦労した。当初は晶穂に任せていたが、祖父と孫がお互いに感情的に爆発してしまったことが一度あって以来、これは専ら杉井の仕事となった。

　計画はおおよそ順調に進んだ。最初の頃こそは「学校の男子どもがからかってくるのが鬱陶しい」と言っていた晶穂だが、次第に彼らのことなど目もくれず、一心不乱にレッスンに励むようになっていた。いつの間にか杉井は、晶穂のことばかり目で追うようになっていた。棚上げになっていたユニット名について「愛着湧いてきたし、いいよ。ヒッツ☆ミーで」と半ば投げやりに言った彼女の横顔は美しく、そして気づけば一年以上が経っていた。

◇

　晶穂を悲しませたくない。そう感じる一方で、何もかもほっぽり出して逃げ出してしまえ、と心の中から声が聞こえる。視界から死体を消すなんて、簡単なことじゃないか。あそのドアからこの部屋を出て行くだけでいいのだ。その衝動に身を預けたくて、杉井は無言でドアを見つめた。

ノックがあったのは、そのときだった。

思わず声をあげそうになり、口を押さえた。大丈夫、鍵（かぎ）はかかっている。息を殺し、杉井は自分が影か霞（かすみ）であると言い聞かせる。ノックは次いで、二度ほど響いた。杉井はなおも息を殺し、施錠（せじょう）を確認するようにドアノブが捻（ひね）られる様にも身じろぎ一つせず佇（たたず）んだ。一分か五分か……実際には十数秒だったかもしれないが、やがてドアの向こうから諦めたような気配がし、ドア下の隙間から紙切れが差し込まれた。手紙か、メモか。それが何を意味しているのかは不明だったが、本能的にこう思った。

あれがあるのはマズい。

不思議に思った誰かが、またこのドアをノックするかも。杉井はまずドアの覗き窓を覗き込んだ。向こうには倉庫室の扉と廊下の壁が見えるのみだ。そもそもこの場所は公民館の中でも奥まった死角になっていて、用が無ければ人は来ない。ポケットから防寒用の軍手を取り出してはめると、ドアにゆっくり歩み寄り、紙切れをつまみ上げようとする。ところが何かに引っかかっているらしく、こちら側に引っ張れない。仕方がないので小さくドアを開け、今度こそ紙切れを取り上げようとした。そしてまたも悲鳴を上げそうになった。

ドアを開けたすぐ傍に、神野花が屈んでいたのだ。

彼女はドア脇の壁を背もたれにし、膝を抱えて小さな岩のように座っていた。更に、他でもない。紙切れが引っ張れなかったのは、ドアに引っかかっていたのではなく、彼女が押さえていたのだ。

「は、花ちゃん?」

たじろぐ杉井に花は無言で立ち上がり、彼の身体とドアの隙間を縫って部屋の中に滑り込んだ。杉井はすれ違い様に花の腕を掴んだが、彼女が小さく「トビラ」と言ったので、ドアの施錠を優先した。結果、その隙に花は部屋の中身を見てしまった。

彼女は振り向き、口元に手を当てる。壁に手をつき、目を見開いている。喉元が大きくうねった。嘔吐しそうになったのをなんとか飲み込んだようだ。

「どうしてここに? 花ちゃん」

返答はなく、少しの後、ようやく彼女は一言漏らした。

「キーチさん、今すごい表情してますよ。汗もすごい」

「違うんだ、花ちゃん。聞いてくれ」

「……聞きたくないです」

覆い被さりそうなほど傍に立つ杉井の鳩尾に、花が手のひらを押しつける。終わったと思った。弁解や口止めは不可能と直感した。これで隆之介の死は明るみに出て、大会は中止。もうすぐヒッツ☆ミーの二人が初めてのステージに立って、長い長いシンデレラストーリーの最初の一歩を踏み出すはずだったのに。交番の駐在は顔なじみだが、いくらなんでも「せっかくだから大会は最後までやりましょう」なんてことを言うはずがない。

杉井を押さえつける花の手のひらに力が籠もる。全身から汗が引く。しかし、おそるおそる彼女を見ると、杉井を睨む花の視線には、怒りとは別の感情が浮かんでいた。

それは逆境に立たされた者の見せる目だった。

「私は、晶穂を、悲しませたくない」

花は靴を脱いで畳敷きの部屋に上がり込むと、室内をぐるりと見回す。つられて杉井も視線を追う。八畳間にテレビと四角い卓袱台、壁際には碁盤がある。卓袱台の上には携帯電話の他にもミカン籠が載っており、そばに食べ終えたミカンの皮が丸められている。杉井は先程触れた隆之介の陥没した頭蓋骨の感触を思い出した。咄嗟に目を逸らすと、テレビ台の脇に屑籠と、古新聞の束が見えた。床の間の隅には、年末の大掃除の際の片付け忘れであろう箒とポリバケツ、更には障子の貼り替えに使う水糊の瓶が無造作に置かれている。反対側の壁際には何かの缶が大量に積み上げられていて、あれはステージ演出用に買った小道具の余り物だ。そして、その片隅には。

「これって……」

花が気に留めたのは、床に転がる三本のハンマーだった。うち一本は、三〇センチほどの長さの柄を持つ石頭(せっとう)ハンマーで、ヘッドの一端が血に染まっている。もう二本はそれより幾分短くて細い。ヘッド部分は茶色く、革巻きされた木槌(きづち)だ。三本は柄の中程をクラフトテープで巻かれて一つに束ねられ、三叉(さんさ)状になっている。と、花が歩み寄って屈む。ポケットから手袋を取り出し嵌(は)めると、ハンマーをつまみ上げ、おもむろにガラス戸を開けた。戸の向こうは村の裏手……広場とは正反対を向いている。ガラス戸から視線を降ろすと、建物に沿うように数十センチ幅の用水路が流れている。凍り付かないように上流からお湯を流しており、小さく湯気が舞っている。その向こうはすぐ断崖(だんがい)の雑木林だ。急斜面には大人の膝下程の積雪が真っ白のまま広がっている。花はハンマーの束を手にしたまま、窓の外と室内を交互に見回した。

「何しているんだ？　花ちゃん」

「ぐずぐずしている暇はありません。死体と凶器を隠します。新聞紙、広げて」

花の初めて見せる強い視線に気圧(けお)されながらも頷いて、杉井は体温の残る隆之介の亡骸(なきがら)を袋ごと抱えた。遺体の口から血が流れ、ゴミ袋の外にこぼれる。畳に小さな染みが出来たのを台ふきで拭(ぬぐ)い、丸めてゴミ袋に詰めた。杉井は自分が泣いていることに気づく。こんなことをする羽目になった自分の運命を嘆くのみならず、隆之介への哀悼(あいとう)も多分に含まれた涙だった。

その間に花は部屋の隅の缶をいくつか開け、中に水を溜(た)めていた。それはパーティー・

ディスプレイ用の人工雪で、吸水性ポリマーの粉末だ。水を含ませると膨れあがって、たちまち真っ白くてサラサラな偽物の雪が出来上がる。一つの缶でおよそバケツ一杯分の雪になる。

「あと糊も。障子のやつ」

言われるままに床の間の水糊瓶を開け、刷毛を使ってゴミ袋の表面に塗りつける。花がそこに人工雪をまぶしていく。最初のほうこそ汚らしい斑な雪化粧だったが、根気よく塗り重ねていくうちに、隆之介の死体の入ったゴミ袋は、いかにも雪玉らしい球体になっていく。「……何でこんなことに」無意識に言葉が漏れて、慌てて口を塞いだ。首を振り、作業に集中する。雪の缶を四つ使った頃に、ゴミ袋の表面はまんべんなく白くなった。刷毛もゴミ袋に突っ込み、新聞紙や、散らばっている紙も丸めて突っ込んでいく。

「あ、それは駄目。私が持ってきたやつ」杉井が小さな紙屑をゴミ袋に入れようとするのを花が止めた。さっきドアの下に差し込んだ紙だ。今日歌う予定の曲の歌詞が書かれている。

《私は殺し屋／給料出たら／欲しいものが山とある／ピストル／ナイフ／クルーザー／お城に／犬に／ラララララ》

「お気に入りなんです」花は大事そうに折りたたんでポケットにしまうと、誤魔化すように続けた。

「そういえば、ゲストとか決めたのキーチさんなんでしょ？　すごいですね。キチナリとか、クラスでも割と人気です」

恐ろしいほどに冷静な花が出した名前は、杉井が司会として起用した若い男性タレントの名だ。インターネット上の彼のチャンネルで、今回ののど自慢大会は生放送されている。杉井は仔細に精通している訳ではないが、中高生のファンが多いらしい。動画配信サイトの彼のページは少年少女からの応援コメントで一杯だし、キチナリのトレードマーク——三本のレイピアのシンボルマークをツイッターなどのアイコンにしている一〇代ならいくらでも見つけられる。杉井がヒッツ☆ミーに関する資料を電子データで送ると、キチナリはすぐに興味を示した。引き受けるに当たって友人四人ほどの同行費を要求してきたが、許容できる金額だった。

他に、ゲスト歌手も二組招いた。一人は実力派の演歌歌手・能代五十鈴。村長が個人的に知り合いだということで、コネを利用して招聘に成功した。もう一人は藤江公孝。歌唱力とルックスが売りのポップ・シンガーで、一〇年ほど前には幅広い層の女性を熱狂させた。今は軽佻浮薄な世に飲まれてしまい、テレビへの露出は減ってしまったが、根強いファンも多いと聞く。

「私、藤江公孝はちょっと見てみたいかな。小学校低学年の頃によく聴いてたし――」

花が言いかけたとき、ふいに、じゃじゃ馬の跳ね音のように不規則なベルの乱打が鳴り響いた。

『出たー！　ベル男、必殺のフレーズ。人呼んで《緑マントのラプソディ》です。皆さんもご存じの、最高評価。今日イチの歌が出ました！』

公民館の外からキチナリの声が響いてきた。杉井は苦笑する。「すごい乱打だな」

「ほんとに。私は知らないけど、この人も有名なんですか？」

「ベル男か？　のど自慢大会をのど自慢大会たらしめる重要な人物だよ」

一〇年ほど前まで民放で放映されていたのど自慢大会の番組。素人の参加者が歌い終えると、程度に応じて鐘が鳴らされる。その鐘を鳴らしていた人物。心に響けば鐘の音は派手で華やかなものとなる。聴くに堪えなければカーンと一つ。さらに賞賛時には熱の籠もった演奏を十数秒にもわたって披露することもあった。番組後期にはキャラクターが暴走し、巨大なシャボン玉を作りながら鐘を鳴らす、バチを四つジャグリングしながら鐘を鳴らすなど、大道芸人顔負けであった。番組のトレードマークともいえる彼を審査係に据えることは、のど自慢大会の《本物》らしさを演出する上で決して外せない要素だった。

「芸名はマイク老原っていうんだが、それは今回初めて知ったよ」

連絡先はテレビ局に問い合わせたら簡単に教えてもらえた。他の出演者に比べれば端金と言える金額で招くことができた。

ぽつりぽつりであったが、花との会話でいくらか気が紛れていた。落ち着きを取り戻した杉井は、最後に三本のハンマーを押し込むと、遺体の入ったゴミ袋の口を締めて形を調整していく。やがて部屋の真ん中には、大きくて真っ白な雪の塊が出来上がった。

「雪だるまの下の段って感じだな」

しかしこれをどうするのか。一緒に作業していた花は、顔を上げ小さく嘆息した。

「さあ、あと一仕事です。終わったら日常に帰りましょう」

日常。気づけばだいぶ遠くに来てしまった気がする。本当に帰れるのだろうか。《日常》と《今》の分岐点はいったいどこにあったのだろう。杉井は無意識に思い出す。

《今朝》の話である。

四月二九日。大櫃見村坂上地区は天候にも恵まれ、朝から盛り上がっていた。本当は初の開催だが、箔を付けようとして《第五回》と銘打ったのも功を奏したかも知れない。唯一の誤算は、殺到するはずのマスコミが県内の雑誌社とラジオ局だけだったことだが、アクセスが悪いのでやむなしだろう。

杉井は歌唱ステージ中央に立ち、辺りを見回した。数分もあれば一周できてしまう程度の広場だが、村のイベントを行うには充分なものだ。シンボルの大時計は一〇時まで一時間を切っていることを示していたが、舞台のセッティングは万全だ。ステージ前には公民館から運び出されたありったけのパイプ椅子が整然と並んでいる。全て埋まるとは思っていないが、念のため一六〇席用意した。そして、広場の円周をぐるりと囲むようにたくさんの屋台が並んでいる。村の蕎麦屋や焼き鳥屋、お好み焼き屋に居酒屋が総出で出店する手はずだ。坂上集落は大櫃見村内では最大のはずだが、総動員でもこの広場に収まる程度というのがもの悲しい。ともあれ大会は午前の部と午後の部に分かれているので、昼はほとんどがここで食事をとるだろう。売上げは相当なものになるはずだし、観光客からの評判次第では、今後B級グルメで何か売り出せるかも知れない。無意識に仕事のことを考えていた自分に気づき、杉井は自分がすっかり企画畑の人間になっていることに苦笑した。

そうこうしていると、能代五十鈴と藤江公孝が到着し、司会を任せるキチナリの一行も予定通りにやってきた。隆之介のためにテレビで観覧できる別室も用意したし、ヒッツ☆ミーの二人もまもなく来るだろう。順風満帆ではないかと満足していると、覚えのある香りが杉井の鼻孔をくすぐった。振り向くと案の定、そこには異臭の発生源が立っている。

「どうしたんですか？　磨器子さん」

同じ企画課の赤竹磨器子が、一人の男を従えていた。

「杉井さん、マイク老原さんがご到着ですよ」

連れられた男は深緑のベレー帽を脱いで会釈した。

「あなたが杉井さんか。想像通り、なかなかのハンサムだ」

「……は？」

「いただいたメールの文面は、大変そつの無いものでした。そういう文章を書く人間は、たいてい容貌もそつの無いことが多いですから」

よくわからないが、一応褒められているらしい。杉井はぎこちない笑顔を返し、マイク老原を控え室まで案内した。

「司会者のキチナリさんと同室になります。窮屈（きゅうくつ）で申し訳ありませんが」

ドアを開けると、室内では若い男女らがタブレットPCを操作しながら駄弁っていた。輪の中心にいた長身で童顔の男が老原を見て慇懃（いんぎん）に頭を下げる。

「あ、どうもベル男さん。初めましてキチナリと申します。今日はよろしくどうぞ」

「ご丁寧にどうも。こちらこそよろしく」老原はコートを脱ぎながら会釈する。「あなた、だいぶ自信家だね。子供に好かれそうだ。幼稚園児から一〇歳くらいまでの子供に」

「え？　は、はあ」キチナリは突然のことに狼狽（うろた）える。

「でも、高校以前から関係の続いている友達はまったくいないんじゃないの？」

取り巻きの中から怪訝そうなざわつきが起こり、杉井は慌てて二人の間に入る。

「そうだ、老原さん。水はいかがですか？　ペットボトルですが」

「ああ、結構。持参しているので。それよりコートかけありますか？」

まったく悪びれず、飄々とした口ぶりだった。杉井は老原をまじまじと見る。テレビではマント姿で帽子を目深に被っているのが常だったので、その素顔は見慣れたものではなかった。鼻が尖り、目は大きくて落ちくぼんだ二重をしている。眉は山なりだが、優しげというよりはどこか気取っているように見えた。悪印象はないが、他人の内面を覗き見てやろうと狙っている感じだ。なにより、杉井が気になったのは彼の年齢である。老原の出演していたのど自慢番組は二〇年以上続き、終了したのは一〇年近く前だ。ところが目の前の人物はどれほど上に見積もっても四〇歳前である。表情で察したのか、マイク老原は微笑んで言った。

「ご存じありませんでしたか？　私、二代目なんですよ」

「へえ、そうなんですか」やはり内面を覗き見ている。愛想笑いで受け、杉井は一枚のリストを差し出した。

「この人たちには盛大に鐘を鳴らして下さい。他のメンバーについてはあなたの裁量で。お祭りなんで余程のことがなければ鳴らしていいと思いますが、最高点は星印付きの参加者に限定して下さい」

老原は一瞥し答える。「いえ、無理です」

聞き違えたのかと思ったが、彼の口は確かにそう動いた。「鐘を鳴らすのには理由があります。成功者には周囲を納得させるだけの力がある、という意味で。誰にどうするべきかは、実際にお歌を聴かせていただいた後でないとなんともわかりません」

「あなた、プロですよね？　報酬をもらって仕事を請け負っているんでしょう？」

「ええ。私の仕事は歌の出来に応じて鐘を鳴らすことです。これを正しく遂行（すいこう）することが業務内容で、手抜きはできかねます」

老原は肩をすくめ、不服顔の杉井に口先をすぼめる。

「僕は音楽家なんだ。音楽家の演奏に注文をつける客がどこにいると思う？」

このとき知ったが、マイク老原が審査で鳴らす鐘は正確には『チューブラー・ベル』という楽器であるそうだ。彼は音楽大学を出た後にしばらく市民楽団に打楽器奏者として在籍し、主（おも）にその楽器を担当していたという。なるほど音楽家である。

「チューブラー・ベルはピアノと同じだけの音域を奏でることができますし、マーラーの交響曲第三番を聴きなさい。どれほど重要な楽器か分かるでしょう」

「不勉強ゆえその曲は知りませんが、老原さんを招いたのは、音楽家としてのあなたが必要だからじゃない」

「はあ。誰に鐘を鳴らして欲しいのか知りませんが、杉井さんはその方々が鐘を鳴らすに値（あたい）しないと考えている？　不正がお似合いの、程度の低い参加者だと？」

杉井は返答に窮（きゅう）した。まるで、いつか自分が隆之介をやり込めたのと同じパラドクスを突きつけられたと感じた。

「なら、何も不安がることなどないでしょう」

逃げるように控え室を出たとき、杉井のはらわたが煮えくりかえっていたことは言うまでもない。

しかしこの後、のど自慢大会の盛況ぶりを目の当たりにして考えをあらためた。その一翼を担っていたのは間違いなくベル男・マイク老原だったからだ。

彼の審査は実に適切なものだった。電気屋の老主人のヨレヨレな歌は下手くそだが頑張っていた。カラカラカラーンと高らかに鐘が響いた。プロのオーディションにも顔を出しているという若い女性の歌声はいけすかなかった。鐘は一つしか鳴らなかった。農協のオバハンどもの楽しげな歌には楽しげなリズムで、村の消防団の男達がふんどし姿でがなり立てた合唱にはお愛想で一つ。ベル男が鐘を鳴らすたびに会場からは拍手が湧いたり、どっと笑い声が響いたりした。ベル男の鐘は、観客の空気を読み、その場にふさわしい相づちを打つような審査だった。杉井は、自分と彼には共通点があると感じた。杉井が人の話を聞くことに長けているのと同じように、マイク老原という男は観客の要望を敏感に感じ取る能力がある。喫煙スペースから斜に構えて見物していた杉井だが、気づけば無意識に煙草を灰皿の底で押し潰していた。

『矢吹さんは、埼玉からお越しとのことですが……こんな遠くまでわざわざ車で?』

『ええ。わたし、普段は大宮のモノマネバーで芸を披露しているんですよ。それで、誰のモノマネをしているのかというと……』

ステージ上の男が束ねた髪を解いて前髪をかきあげ、サングラスをかける。すると周囲からどよめきが起きた。

『あれ？　わかった！　藤江公孝さんじゃないですか！』

『はい。ご本人がいらっしゃるということで、同じステージに立てる機会なんてそうそうないと思ったら居ても立ってもいられなくて……来ちゃいました』

『似てますね、これは。みなさんもそう思いますよね。藤江さん。調子はどうですか？』

『上々っすよ』男は親指を立てた拳をぐっと突き出した。全盛期の藤江の決め台詞を真似たのだ。

『藤江公孝だー！　いやあ、感激です！　いいもの見たなあ、これ』キチナリが喚き、観客からも歓声が上がる。

『それでは歌っていただきましょう！　曲はもちろん往年の名曲「サンライズ・オブ・ハート」です！』

きらびやかなフィリー・ソウル調の前奏が流れだし、男は踊り始める。関節をこれみよがしに捻り、本家のダンスをだいぶ誇張したものだ。さらに本家のしゃくり上げるような歌唱を大幅にアレンジした、もはや嗚咽しているかのような歌い方に観客からは笑い声が起こる。会場は大きく沸き立つ。クライマックスの大サビ後、ニセ藤江は両手で我が身を抱き、俯いてその場に立ち尽くした。その余韻が薄まる直前のタイミングで、ベル男の鐘が華やかな演奏を奏でる。いつの間にかバチを二本持っており、目にもとまらぬ早打ちは抑えきれない感情の暴走を表すように激しいものだ。

『出たーっ！　テレビでおなじみ、ベル男の十八番《緑マントのカプリッチョ》だーっ！　まさか生で見られるとは！　矢吹さん、今のところ今日イチじゃないですか、これは』

キチナリが拍手をもってモノマネ男を称えた。照れくさそうに頭を下げる矢吹と、その背後で一仕事終えた満足感を漂わせるマイク老原の姿に、杉井はえも言われぬ温かみを覚える。もしかすると自分は目の前の光景に感動しているのかもしれない。そう気づき、思わず笑みを浮かべてしまった。

そこに、声をかけてきた女性がいた。

「調子はどう？　杉井くん」

振り向けば、幼馴染みの宮間咲子だった。油断した姿を見られたと感じ、咄嗟に手のひらで笑みを隠す。「なんだ、咲子か」

彼女は幼稚園から高校までの同窓だ。やはりこの村に住み、一度村外で事務職に就いた後、現在は実家の不動産業を手伝っている。杉井は照れ隠しに力強く親指を立てた。

「見ての通り、上々っすよ」

「そうみたいね。安心したわ」

咲子は杉井渾身のモノマネをスルーし、手にしていたビニール袋を差し出した。中には大ぶりの花束が二つ、型崩れしないように慎重に収められている。

「これ、二人に渡してよ」

今日のトリで歌う予定のヒッツ☆ミー、晶穂と花への贈り物らしい。何の花かは知らないが、甘酸っぱい香りが鼻孔をくすぐる。礼を言って受け取り、杉井は咲子の顔に目を向けた。相変わらず美しい。杉井が女性に告白したのは高校時代、彼女に対しての一度だけである。結果は駄目だったが、ほろ苦い思い出だ。しかしその挫折がきっかけでアイドルにハマり、今日のイベントを興すまでになった。人生とはわからないものだ。咲子は視線をステージへ流して言った。

「ベルの人、すごいね。テレビに出ていた人でしょ?」

「ああ。本当にすごいよ。今日の成功は彼のおかげに違いない」

その後も数組の歌が続き、一人目のゲストである能代五十鈴が情感たっぷりの歌唱で観客を魅了する。次いでキチナリによる軽いクイズ・ゲームが行われ、広場の時計が間もなく一二時に差し掛かろうという頃。しばらくステージから姿を消していたベル男がそっと壇上に上がり、チューブラー・ベルの傍に立った。すると軽快に喋っていたキチナリがふいに腕時計に目を向けた。杉井もつられて自分の腕時計に視線を落とすと、針は一二時にあと数秒まで迫っていた。

ステージのキチナリが時計を睨んだまま言う。『さあ、皆さん。一二時まであと五秒、四、三、二――』

それぞれの時計が等しく正午を刻んだとき、広場の大時計のスピーカーから『歓喜の歌』が流れ出した。時報代わりのこの曲は、一〇年以上毎日村民の耳に届けられている。しかし、今日のそれはいつものと違った。

「わあ、すごい」咲子が感嘆の声をあげた。その目はステージに釘付けだ。見れば他の観客も、ステージ上の一点に視線を注いでいる。

注目を集めているのはもちろんベル男だ。彼は放送で流れる曲に合わせて、伴奏のベルを奏でていた。いつもの音の割れた味気ないテープの音が、目の覚めるような色彩を纏って村に響く。ベル男と大櫃見村の共演はわずか十数秒であったが、その場にいた全員が大きな拍手でもって賞賛した。

『さて、皆さん。これにて午前の部は終了です』拍手の冷めやらぬ中、キチナリがマイクを手に喋り出す。

『午後の部は一時からですので、それまでゆっくりとお食事をお楽しみください。見ての通り、広場には出店がたくさん出ていますので、大櫃見グルメを堪能できますよ。それに、余興としてこれから一五分ほど、ベル男・マイク老原さんがチューブラー・ベル演奏をしてくれるそうです。こんな自然に囲まれて、良い食事と良い音楽。素晴らしい休日ですね。一二時二〇分からは、村の小中学生による混声合唱団や、空手道場の門下生による演舞、消防団による和太鼓の演奏もあります。皆さんのことを退屈はさせませんので、引き続きどうぞ午後の部までお楽しみください。午後にはもうお一方、ゲストがいらっしゃいますし、さらにラストにはちょっとしたサプライズもありますので。それじゃ、いったん休憩でーす』

広場のベンチに座っていた人々は思い思いに立ち上がり、食事のために周囲の出店に並び始めた。統率のない人の動きが生まれ、そんな中から杉井の元に、今度は男性がやって来る。

「杉井さん。のど自慢大会、大成功じゃないですか。すごい人の数ですね」

隆之介の息子、巴山正隆だった。髪には白いものが混じり、父よりも額が広い。小柄で、どこを見ているのかわからないほど目が細く垂れ下がっている。隆之介とは真反対で、いつも周囲に恐縮しているような佇まいの人物だ。

「いやはや、大櫃見がこんなに賑わうなんて。さすが杉井さんだ。本当に、個人的にも仕事を頼みたいくらいだ」

「お仕事といえば、順調ですか?」杉井の記憶によれば、彼は巴山家の土地の運用を一部任されているはずだ。

「ええ。前々から考えていた高齢者向けシェアハウスの計画にそろそろ本腰を入れようかなど。いくつか場所の目星をつけているんですが、なかなかね。こんなときに杉井さんが区画整理課にいてくれたら良かったんですが……」

「あいにく企画課でしてね。でも、うまく取りはからえるよう口利きはできますよ。今度お話しを——」正隆の話に大して頭も使わず答えながら周囲を見回す。そこで杉井はあることに気づいた。これはいけない。

「おっと、人が増えてきてるな。椅子をもっと用意しなくちゃ」

年寄りの客はだいたいが、隆之介に「孫が出るから」と言われて見物に来た連中だろう。しかし、それ以外にも若い人間が増え始めている。村外の者と思しき顔も多い。ベル男の演奏に引き寄せられるように、見物客が増えているのだ。

「すごいね、ベルの人」咲子がしみじみと頷いて言った。

「まったくだよ。今朝はいけ好かない男だと思ったが、全面的に僕が間違いだった。すごい人だと認めざるを得ない」

杉井の絶賛に、咲子はくすくすと笑い出した。

「杉井くんって前より明るくなったよね。前はもっと喋らなくて、絶対他人を褒めたりしなかった。自分のこと一番頭がいいって思ってた感じ」

「御館に鍛えられたんだよ」

「そうかな。こののど自慢大会を企画してからだと思うよ。最近、服の趣味も変わってきたんじゃない？　その赤いのよく着ているけど、似合ってるよ。前の青い服はちょっとオタクっぽかった」

「ひどいな。そんなふうに思ってたのか？」

「晶穂ちゃんに懐かれて気持ちが引き締まったのかな？　あの子、すぐ顔に出るからね」

派手な蛍光レッドのダウンジャケットをつつかれ、杉井は微妙に赤面した。肩をすくめ、誤魔化すようにそっぽを向く。

「僕はもう行かなくちゃ。一度スタッフと打ち合わせしなくちゃいけないし、椅子を集める必要もある。これから藤江公孝目当ての客でもっと人が増えるだろうから」

藤江目当てにやって来た客をそのままヒッツ☆ミーの観客にするつもりでいる。座る場所がなくて帰ってしまう者は一人でも減らさなくてはならない。ご当地アイドル・ヒッツ☆ミー。杉井が太鼓判を押すあの二人を、マイク老原ならきっと認めるだろう。晶穂と花はアイドルとして相応しい一歩目を踏み出すのだ。

人混みの中で立ち止まり、目を瞑って鼻をすんすんとならした。首を左右に振り、雑踏から不快な匂いを探していく。しばらくするとある方向からかすかにツンと鼻につくものを感じた。その方向に目をこらすと、案の定、赤竹磨器子が車止めの擬石ボラードに腰掛け一人でおでんを食べていた。杉井は彼女のもとへ小走りで向かう。

「なあ、磨器子さん。椅子が足りないんだ」

磨器子は意外そうな表情で答えた。「私、今日は午前中まででお休みのはずですけど」

「手が足りないんだから働いてくれよ。公民館にまだ予備の椅子があったろう?」

「椅子は、出ているだけで全部ですよ。長椅子もパイプ椅子も。それに最近寒い日が続いたでしょう。腰を痛めておりまして、あまり力仕事はしたくないんですよねえ」

顔をしかめて背中のあたりをさする。仕事を奪って以来根に持たれているらしく、時々嫌味ったらしいことを言われる。

せっかく全てが順調でいい気分なのが台無しになりそうなので、杉井はそれ以上話すのを諦めた。椅子は自分で用意するしかあるまい。ステージでは村の少年少女合唱団による『大地讃頌』が始まったところで、眺める聴衆の間を抜けて公民館に入る。自身のショーを終えたマイク老原がファンにサインを求められているのを見かけ、あとで自分ももらおうと思った。時計を見るともう五分ほどで一二時半になる。

「しまった、打ち合わせが先だな」

一二時半ちょうどから始まった午後の部の打ち合わせは予定より若干長引き、終わった頃には一二時五〇分を回っていた。ステージで法被姿の男たちが力強いかけ声と共に和太鼓を叩いているのが聞こえる。

「それでは、午後もお願いしまーす」

挨拶の後、会議室からぞろぞろと人々が出て行く。パソコンで周囲を撮影しながら前を歩くキチナリを若干鬱陶しく感じながら後ろに続いていると、杉井はふとヒッツ☆ミーの二人のことが気にかかった。午前中に顔を出したきりほったらかしだから、様子を見に行きたい。花は大人しく読書でもしているだろうが、晶穂は早く出たくてウズウズしているはずだ。

　大櫃見村公民館は、ステージの設（しつら）えられた広場に面して建っている。というか公民館から渡り廊下を伝ってすぐ出られるようにステージを設営した。平屋建ての簡素な建物だが、ここは今日、参加者たちの控え室としても使用されている。講堂を控え室として解放し、五つある部屋——会議室や和室、料理実習室をVIPルームにあてた。ゲストの二組に一部屋ずつ、ホスト役のキチナリとマイク老原に二人で一部屋。残る二部屋の一つは御館・巴山隆之介が使用している。隆之介は高齢なので、暖かい部屋で鑑賞してもらうためだ。

　そして最後の一部屋はヒッツ☆ミーの二人が使用している。講堂を使う他の参加者に、お披露目の瞬間まで存在を知られたくなかったからだ。特に村外から訪れた若い男性の参加者や、キチナリの取り巻きの軽薄そうな奴らを近づかせたくはない。杉井は方向を変え、第二和室——ヒッツ☆ミーの控え室へ向かった。ノックをするとすぐに跳ねるような返事が返ってきた。

「キーちゃん！　客の入りはどう？　さすがに緊張してきたよ」今日のために誂（あつら）えた衣

裳に身を包み、晶穂が駆け寄ってきた。

「晶穂ちゃん、もう着替えているのか。クシャクシャにしないようにな」

デザイナーと数十回の打ち合わせを行った末の衣裳だ。シャーロック・ホームズと金田一耕助のイメージで、それぞれトレンチコートと単衣の羽織袴をベースにして女学生のブレザー風に仕上げ、白い縁取りとチェックのリボンをあしらってある。リボンの色は晶穂が赤で花が青だ。野暮ったさを残しつつ、あざとくなりすぎないよう細心の注意を払った。

「着てナンボでしょうに、服だもん。私、普段から部屋とかでちょくちょく着てたよ」

晶穂はその場でくるりと回った。まとめ上げた長髪の端がひらりと揺れる。表情も嬉しげで、緊張と言いつつも出番が待ち遠しい雰囲気だ。メイクも既に完了していて、鹿撃ち帽を模したカチューシャに付いた大櫃見の村花であるツツジの花飾りが、明るい彼女によく似合っている。八畳ほどの和室の真ん中で、晶穂は床の間に置かれていた花束を取り上げると、それを抱えてもう一度くるりと回った。

「あ、その花束は――」杉井はそこで初めて、咲子に託された花束を忘れてきたことに気づいた。晶穂はくっくっくっと不敵に笑い、からかうように言う。

「駄目でしょ、キーちゃん。私たちあての花束を忘れるだなんて。咲子ちゃんがさっきわざわざ持ってきてくれたの」

「ああ、迂闊だったな」

「咲子ちゃん怒ってたよ。心証下がったね。ザマミロ」

意地悪な口調だが、その表情は誇りに満ちあふれている。自分は人から花束を贈られるような人間であるという事実がさぞ嬉しいのだろう。

「スイートピー好きなんだよね。見てよこの匂い。甘酸っぱくてくらくらしちゃう」

「匂いは見えないよ」

軽くあしらうと、テレビからキチナリの声がした。午後の部が始まったのだ。外の様子はこの部屋のテレビからも見られる。晶穂が画面を指して騒ぐ。

「あ、始まったよ。一緒に見ようよ」

「五分だけな」

「一〇分」

結局そのまま二〇分以上付き合わされた。晶穂は「この人よりは私は上手い」とか「一人終わるとその度に私の出番が近づくのね」とか息つく暇もなく喋っている。一方で花は、ずっと部屋の隅で体育座りで雑誌を読んでいた。こちらはまだ私服で、七分丈のジーンズに厚手のパーカーという簡素な出で立ち。薄く化粧を施して髪型を整えている以外はほぼ普段通りの彼女だ。

「花ちゃんは、調子はどうだい？　外は寒いから、身体を動かして温めておいた方がいいよ」

　呼びかけても、少し頷く程度で反応は薄い。こちらはもしかすると想定以上に緊張しているのかもしれない。彼女の気を楽にする一言を言おうと思ったが、ちょうどいい言葉が何も思い浮かばなかった。そんな杉井を見て、晶穂が口を尖らせた。

「ちょっとキーちゃん、花ばっかりじゃなくて、私も心配してよ。こっちだって緊張してるって言ってんでしょ」

「ああ、悪い。でも晶穂ちゃんは大丈夫だよ。元気すぎて怪我しないか心配だけど」

「知ってるよ、私。キーちゃんは私より花の方がお気に入りなんでしょ」

「馬鹿言うなって。そんなことはまったくないぞ。晶穂ちゃんだってちゃんと見てる」

「嘘ばっかり。罰としてキーちゃんはこの花に似合う花瓶を探して持ってきて。公民館のどこかにあるでしょ」

「はいはい、仰せのままに」

　似たようなやりとりは、過去に何度も繰り返している。しかし、呆れ混じりに手を振って彼女たちの部屋を出たとき、実は内心では自分の言葉が嘘ではないことに気づきつつあった。寡黙で主張のない花よりも、溌剌として裏表のない晶穂の方に、彼はより魅力を感じるようになっていたのだ。

　それがいけなかったのだろうか？　当初の計画からの深層心理レベルでのブレに対し

て、何か見えない大きな力が罰を与えたとでもいうのだろうか。

花瓶を探す、椅子を探す。それだけだったはず。なのにこの五分後、杉井は隆之介の死体を前に、《日常》の終焉（しゅうえん）に涙しながら誰かの歌うブルーハーツを聞いた。

花は長方形の卓袱台をひっくり返し、折りたたみ式の脚を曲げると、抱え上げてガラス戸のほうへ運んだ。それを外へ向けて置くと、長方形の卓袱台はガラス戸の枠の縁から用水路の反対側に、ちょうど橋のように架（か）かった。それから杉井と花は五〇キロ超の雪玉をせーので抱え上げ、卓袱台の傾斜の上に載せた。下から押し上げるように力を加えると、塊は即席の坂道をゴロゴロと転がり、用水路を渡る。向こう側に無事着地すると、多少よろよろとよろめきながら転がって、木にぶつかり止まった。その衝撃で枝から雪が落ち、ドサリと覆い被さる。幸運だった。これで、ぱっと見ではそこに異物があることは見えない。転がった際の轍（わだち）が多少残ってはいるが、すぐに風に吹かれて目立たなくなるだろう。
畳の上に疎（まば）らに残る人工雪の粉末を箒でガラス戸の外へ掃き出し、部屋を片付けて元通りにした頃、外から大きな歓声が上がった。腕時計を見れば、まもなく一四時だ。廊下の向こうからは、急かす声と共にいくらかの足音がバタバタと聞こえた。これらは第二のゲ

スト・藤江公孝がステージにあがったことを示しているのだと二人は察知する。

「まずいな。藤江の登場に備えて会場に椅子を増やすって理由で来たのに、戻ってないと怪しまれる」

「あとは逃げるだけでしょう。みんな藤江公孝を見に行っているから、今なら素知らぬ顔で出て行けるはず」

花がドアの覗き窓から外の様子を窺う。「大丈夫。これで部屋に鍵がかかっていれば、御館様が不在でもあと一時間くらいは誤魔化せると思う」

「鍵？」杉井は頓狂(とんきよう)な声をあげた。「鍵はどうやって掛けるんだ？」

「マスターキーは？」

「今日に限って持っていないんだ。車か事務所に行けばあるが……。そもそも僕が来たときドアに鍵はかかっていなかったから」

花は目を閉じると眉間にしわを寄せた。責められるかと構えた杉井だが、彼女は何も言わず再びガラス戸を開けて首だけ乗り出した。数秒の思案の後、杉井に向く。

「こっちなら、鍵が開いていても外から人は入ってこられませんよね」

杉井もガラス戸の外を覗く。たしかに、用水路の先は両端とも高い柵(さく)で塞(ふさ)がれている。こちら側から人が入ってくることは余程でなければ考えられない。

「キーチさんはドアから出て行って。そのあと私が内側から施錠して、用水路を歩いて行って、向こうの柵をよじ登って外に回り込むので」

花の指す柵は高さ三メートルをゆうに超えている。あれをよじ登るなど杉井にはとうてい無理だが、運動神経の良い花なら問題ないのかも知れない。たしかにあそこなら人目につかない。しかし杉井は首を振る。

「駄目だ。公民館の入口には監視カメラが付いている。花ちゃんが建物に入ったときの姿は残されているだろう。あの柵を越えて出て行ったら、出て行く姿が映っていないのに外にいることになる。万が一の時に怪しまれるぞ」

むう、と小さく唸り、花は外をぐるりと見回す。「じゃあ、あれは?」彼女が今度指さしたのは、やや上の方。公民館の外壁の一角だ。二メートル近い高さのところに、下開きの窓がある。

「トイレの換気窓か。あの高さの窓に入り込めるか?」

柵と違って手がかりになるものがないし、半分程度しか開かない。網戸も内側から嵌め殺しになっているはずだ。

「場所的に多機能トイレですけど、内側からキーチさんが手助けしてくれたら、高さは大丈夫。それに半分も開けば私なら入れます。網戸も内側から外してください」

花は、決まりだとでもいうように振り向くと、ドアに向けて杉井の背中を押した。

「とにかく急いで」

無人を確認して隆之介の部屋を出た杉井は、多機能トイレに入る。網戸はネジで留められているわけではなかったので、取り外しは用意だった。窓を開けると既に花が待機していて、脱いだスニーカーを押しつけられる。

それから内側に伸ばしてきた彼女の両腕を摑むと、窓際の壁に足の裏を押しつけて梃子の原理で花の身体を内側に引っ張り込む。上半身がすっぽり入ったところで今度は彼女の身体を抱きかかえ、半ば投げ飛ばすように身を捻る。本当にこんな細い隙間から人間が入り込めるのかと半信半疑の杉井だったが、抱えてみれば花の身体は驚くほどに細くて軽く、大した労もなく公民館内への帰還作戦は成功した。

珍しく表情を崩して深呼吸する花を見て何か言いたくなった杉井だが、言葉は浮かばなかった。狭い個室の中で、そんな杉井を見上げて花は手を伸ばす。頰に触れようとしている。焦って鼓動が早まるが、彼女が触れたのは杉井ではなかった。

「蜘蛛」

今のどこかで顔についたらしい。花は指先でつまんだ小さな蜘蛛を杉井に見せると、窓の外に投げ捨てた。

「あ、ああ」杉井は無意味な相づちしか打てなかった。

花が濡れた足をハンカチで拭ってスニーカーを履き、杉井が元の通りに網戸を嵌めると、二人はトイレを出た。

「花瓶は給湯室の棚にあったから、私が持って行きます。キーチさんはさっさと外に行って……うまくやってね」

　去り際の花の表情はまたいつものぎこちないもので、さっきまでの出来事が夢であったような気さえした。しかしそんなわけはない。杉井は誰もいない廊下を足早に行き、正面玄関からのど自慢大会の会場広場まで戻る。花のおかげで、夢までの道筋は首の皮一枚でなんとか繋がった。一人じゃないという連帯感が不安を上回り、杉井は今、とにかくヒッツ☆ミーの二人をステージにあげるという使命感に包まれていた。

　公民館の外ではかつて藤江に熱狂していた女性たちや物珍しさに引き寄せられたその他の人々がステージに沸き立っていた。その片隅に、赤竹磨器子を見つける。人混みを縫って彼女に近づき、何気ない風を装い話しかける。

「さすが、すごい人気ですね」

　磨器子は嘆息混じりに呟いた。「ああ、杉井さん。ねえ、ほんと素敵ね」ステージ上でにこやかに手を振る藤江公孝から焦点を動かさない。「そういえば、椅子は?」

「いや、公民館を探したんだが見つからなくて」

「でしょう?　もう全部外に出しているんだから。さっき消防団の人がいたから、詰め所からパイプ椅子を持ってきてくれるように頼みましたよ」

　周囲を見ると、確かに先程までより観客席の座席数が増えている。それでも立ち見がいるのだから、いくら落ちぶれても藤江のネームバリューはやはり大した物である。

『――ではあらためてご紹介します！　本日二組目のゲスト、藤江公孝さんです！』

軽いやりとりの後、ステージ両サイドのスピーカーから壮大なバラード調のオケが流れ、藤江はキャリア最大のヒット曲を歌い出した。杉井もよくカラオケで歌う名バラードだ。

隣で磨器子が大仰に身を捩らせる。「あの人をキャスティングしたのって杉井さんなんでしょ？　すごいじゃないですか」

東京の芸能事務所に勤める友人のつてで呼べる人間を呼んだだけであり、意図して彼を指名したわけではない。だが藤江のパフォーマンスはたしかに見事だった。堂々とした態度で、歌声に風格と余裕が感じられる。大櫃見のような辺鄙な場所でしか歌えなくなったのは、運がなかったのだとしか思えない。すると、磨器子が感心するように言った。

「ほんとに、運も実力のうちって言葉をしみじみと感じますね」

「え？　何がですって？」思わず聞き返す。心の内を見透かされた気がしたからだ。

「いや、だから。あんなに歌が上手くてかっこよくても、テレビでずっと人気者でいるためにはいろんな運や巡り合わせが必要だってことですよ」

磨器子は平静で、また文句でもつけられると感じたのか「ちょっと寒くなってきたかしら。あっちでストーブにあたってきますね」と頭を下げた。

逃げるように去って行った磨器子を見つめる杉井の胸の中で、心臓は破裂するほど脈打っていた。寒風に吹かれているのに、額からは汗が流れている。呆然とする。

秘密を隠し通すことが、これほどまでに重荷だなんて。

磨器子に話しかけたのには理由がある。彼女は細々としたことによく気づき、誰も知らないようなことを知っている。最近どこそこの誰と誰が夜中に逢い引きしているだの、あそこの長男が進路で親と揉めているだの、村議会で若手が重鎮の不正を暴いたからたぶんあの若手はもうすぐ村から追い出されるだろうだの、地獄耳を体現したような人物だ。杉井も過去、事務所トイレでの喫煙を見抜かれて肝を冷やしたことがある。ともかくとして、彼女と話せば外で何か起きていないか、隆之介の不在が噂になっていないか、情報が摑めると考えたのだ。ところが何も得られぬまま、何でもない会話に過剰反応してしまった。なんという無様か。これでは逆に勘ぐられかねない。

隆之介の死体を永遠に隠し通せるとは思っていない。証拠は残していないつもりだが、あまりに衝動的な行動だったため、冷静に事を運べたとは言い難い。しかし、ほんの一時間か二時間、発覚を遅らせるだけで良いのだ。ヒッツ☆ミーが舞台に立てば、きっとネットで話題になり、何かが動き出すはずだ。結果として自身が逮捕されることになったとしても、二人がアイドルになりさえすれば望みは繋がる。だから、二人の出番まで耐えればいいだけだ。なのに、わずか五分足らずで精神は既に限界を感じていた。胸を押さえ、深呼吸する。本来やるべきことに注力するのだと言い聞かせる。昨日までさんざんシミュレートした今日の段取り、それを順番にこなしていくのだ。ステージ上では、代表曲を歌い終えた藤江にキチナリがインタビューしている。進行は任せて問題なさそうだ。マスコミの対応は、役場の他の人間に押しつけてしまおう。とてもじゃないが対応していられる精神状態ではない。晶穂たちの出番まで、煙草でも吸って落ち着こう。そう振り返ると、杉井の目の前に人影があった。

「うわっ、びっくりした！」柄にもない大声で身をすくめる彼を、無表情な目で見つめる人物。

「杉井さん。今よろしいですか？」

緑色のマントを羽織ったベル男、マイク老原だった。

「老原さん、なんでステージを降りているんですか？」

「いや、ゲストさんが歌うときは、わたしが立っていたら審査するみたいで失礼だって仰ったのは杉井さんでしょう？　能代五十鈴さんのときも降りていましたよ。ところで、どうも顔色がすぐれないようですが、何か体調が悪いのでしょうか？」

またしても心臓が飛び出るかと思った。

「そんなことはない。全然平気ですよ。そんなことを言いにわざわざ来たんですか？」

「いえ。顔の筋肉が、激しい運動をした後みたいに疲労していたもので。思い過ごしならよいのですが」老原は帽子を押さえて被り直した。「お呼び止めしたのは、別のことで。今の空き時間にちょっと控え室に戻ったんですよ。乾燥しているんで、のど飴を嘗めようと思いまして」

「それが何だっていうんです?」

「それがですね。なくなってて」

「のど飴が?」

「のど飴はありましたよ。もう二つ嘗めています。あ、一つ要りますか?」

「結構」杉井は嫌な表情を隠さず浮かべた。「で、なくなっていたのはのど飴じゃなくて?」

「はい。別のものです」

「回りくどい話し方をする人だな。その別のものってのが何かを聞いているんですよ」

「私の商売道具ですよ」

杉井は瞬間的に理解出来ず、首を傾げた。

「あなたの商売道具? ていうと、あの鐘のこと? それなら壇上にあるでしょうが」

ステージを流し見る杉井の視線の先には、専用のハンガーに吊された長短様々な金属の筒がぶら下がっているのが見える。

「あれは中学校からお借りしたもので私の所有物ではありません。なくなったのは自前のものです」

「だからそれは何かって聞いているんですけど」

「チューブラー・ベルっていうのは、あの筒状の鐘が本体で、専用のハンガーに掛けて、専用のバチを使って演奏します。で、ですね。鐘とハンガーはお借りすることも多いですが、それ以外は基本的に自前のものを使用しています。やはり遣い込んでいるものの方が手に馴染みますから」

「は？　鐘とハンガーと？　何ですって？」

「ただ、大会の開始前に少し試してみたんですが、今回の鐘はあんまり私のバチと相性が良くないようで。というか手入れが悪くてですね。ところどころ錆び付いているんです。そんな楽器を叩いたら私のバチまで汚れそうだ。ですのでバチもお借りして、自分のものは控え室に置いておいたんですよ」

「バチ？」杉井はようやく老原の言いたいことを理解した。「それがなくなっていたってわけですか？」

「ええ。それだけが。どこにいったんでしょうかね？」

「知るわけないでしょう。本当に持ってきていたんですか？」

「もちろんですよ。私の半身と言ってもいい。メインと予備を常にセットで持ち歩いていますが、二本とも失われている」

そんなわけはないのに、杉井は自分のしてきたことを尋問されているような錯覚に陥る。老原の言った内容は理解できたが、意図がわからずつい睨みつける。

「もしかしてあなた、誰かに盗まれたっていうんですか?」

「あるいは、何かの理由で持ち去った、移動した、拝借した、など。考えられるのは私のファン。これでもストーカー被害に遭ったこともありますからね。しかし、バチを持ち去るというのはいささか偏執的な気がしますね」

「それはどのくらいのサイズで? 簡単に持ち運べる物なんですか?」

訊ねながら、杉井は胸に不安が過るのを感じた。彼の言う『バチ』をつい最近見たような覚えがある。その予感は次の瞬間、老原が両手を胸の前で立ててその長さを表したとき、衝撃を伴った確信に変わった。

「なくしたのは、このくらいの長さで、木槌のヘッドが牛革で巻かれています」

あれは、それだったのか! 御館の部屋にあったハンマー。

「表情が変わりましたが……杉井さん、もしかしてどこにあるかご存じで?」

ご存じもご存じだ。だが、間違ってもそれを知られてはならない。

「い、いや。わからない。ただ、そんなモノがその辺に転がっていても、楽器だとは気づかれないでしょう。だとしたら誰かが処分してしまっていてもおかしくはない。そう思っただけです」

「落とし物預かり所にも行ってみたんですが、それらしき物は何も届いていないそうです。それでね、杉井さんにちょっと一緒に探してもらおうかと思いまして。長くなりましたが、それが、お呼び止めした理由です」

絶対に無理だ。杉井の心臓は音が聞かれるのではと懸念するほど高鳴っていた。このままベル男と一緒にあれを探して回るなど、耐えられるはずがない。

「藤江さんの歌が終わったらまた一般参加者のコーナーに戻る。僕はともかく、そのときあなたがステージにいないんじゃ話にならないですよ」

「ちょっとくらいなら大丈夫でしょう。藤江さんは仕事が減ってきて大変な時期だから、頼めば五曲と言わずもっと多めに歌ってくれるんじゃないですか？」

「民間の仕事ならそれもアリかも知れないが、これは公共事業だ。あなたの都合一つでスケジュール変更なんてできません。あとで問題になったら責任とれるんですか？」

「それはたしかに困りますね」

「でしょう？　困ることはあなたの仕事じゃない。勝手に困られてはこっちも困る。そうだ。公民館の出入口には監視カメラがついているから、大会が終わったら確認します。だからそれまでは自分の仕事をきっちりやってください」

老原は口をすぼめ、肩をすくめた。渋々（しぶしぶ）ながら引き下がったようだ。

今度こそ煙草を吸いに向かう杉井だが、しかし数歩で突然背中を強く叩かれた。思わず短い悲鳴をあげて、近くの花壇に尻餅をつく。

「今度は何だ！」

「今度って何だよ。今日会うのは初めてだろ。磨器子のババアに頼まれてありったけの椅子を運んできてやったんだぜ」

この酒焼けした声はシゲオだ。消防団の団長で、杉井とは幼い頃から一緒に育った旧知の間柄である。悪ガキだが、誕生日が一緒ということで仲良くなった。

「ババアって言うな。あのババアは地獄耳だから、聴かれているかもしれないぞ」

「お前も言ってるじゃんかよ。それよりさ、あの白ツナギの連れが雑木林の中をうろついているんだ。立ち入り禁止の立て札を無視してよ」

吐き捨てる彼の視線は、ステージ上で如才なく藤江から話を引き出すキチナリの姿を捉えていた。

この大櫃見・坂上集落は名前の通り高台になっている。少し下に大きな駐車場があり、そこから長い石段と坂道を上ってくると村の入口で、アーチをくぐると今いる広場にぶつかる。しかしどうやら、若い一組の男女が下の駐車場から正規のルートではなく山の斜面を分け入ってこちらに向かっているらしいとのことだった。

「インターネットで何か番組？　みたいなのをやってるとか。俺、よく知らねえんだけどよ。ネットでテレビみたいな真似ができるのか？　あんな素人に？」

　キチナリの友人たちも多かれ少なかれキチナリと同じようなことをしているのだろう。それぞれがインターネット上に自分のチャンネルを持っていて、自分の行動を配信しているに違いない。山に入った若い奴の目的もどうせ『春の雪山を歩いてみた』なんていうくだらない映像を配信しているに過ぎまい。村の自然やレジャーを楽しみに来てくれる観光客に比べれば些か嫌悪を覚えるが、それでも大した問題じゃない。

「テレビの真似事をしているだけさ。スキー場やダムの方向にいくならともかく、向かっているのはこの広場だろう？　だったら心配要らないよ。林の中はだいぶ雪が降り積もっているし、上るのは無理だと知ってすぐ石段の方に出てくるさ」

「でもよ。もう二〇分近く経つし、あいつら林に入る前に言っていた。血の臭いがどうとか、ヤバいものがあるとか。それで用水路に沿って上流に向かっているみたいだ」

　思わず叫びそうになった。なんてことだ！

　恐らく彼らは、杉井がキチナリに司会を頼んだ際に渡した資料を見たのだろう。内容はこうだ。《雑木林の中を用水路に沿って歩くと中腹付近に祠があり、血みどろの伝承がある。そこに込められた怨念の謎をヒッツ☆ミーが解き明かす》――今うろついている連中は、それを見つけてネタにしようとしているのだ。しかし、祠に勝手に変な因縁をくっつけたことを、村への愛着の強いシゲオに言うのは憚られる。

「血？　野生動物か何かだろ？」咄嗟の言い訳にしてはマシな物が出たが、動揺を気取られてはいないだろうか。

「だったら余計にヤバいだろ。前にも冬眠に失敗した熊がゲレンデの方に出ただろ」

「だとしても、これだけ人が騒いでいるんだ。近づいては来ないだろう。そうだ。あとで猟友会に連絡を入れておく。それでいいだろ」

どうにか彼を納得させ、杉井はようやく喫煙所へ辿り着いた。ベンチにたおれ込むように座ると、灰皿にとまる季節はずれのシオカラトンボを手で払い、煙草に火をつけて煙を肺の深くまで染み渡らせる。周囲に誰もいないのを確認し、スマートフォンを取り出した。焦りで手が汗ばんでいてタップもスワイプも反応しない。苛立ちながら指先をズボンで拭う。

用水路に沿って上るだと？　急斜面の上に積雪だ。途中で挫折するだろうが、万が一登り切って公民館の裏手まで辿り着かれてしまったら。その付近には隆之介の死体の詰まった雪玉が転がっている。

スマートフォンをようやく操り、キチナリのインターネット・チャンネルを表示させる。画面隅の《フレンド一覧》をタップすれば、彼と似たような元気の良さそうな連中の顔がズラリと並んでいる。その中からすぐに見覚えのある男を見つけた。キチナリに同行している男の一人。タクマイトと名乗るその男のチャンネルへ移動すると、《ただいま配信中！　～雪深き奥の細道大冒険ｉｎ春》という大きな文字が表示された。動画の再生ボタンを押すと、どこかの林の中が映し出される。雪の中をざっくざく進む足音と『いやあ、疲れましたねえ』という暢気な男の声がする。この声は間違いない。今朝、キチナリと駄弁っていた奴だ。

『ねえ、ほんと疲れたよ』

『まだまだだよ。いや、もう少しかな？』

スマートフォンで撮影しているようで、雪と木々の代わり映えしない景色が続く。たまにカメラが反転して撮影者の顔が映る。二人ともマスク姿で表情はわからない。

『さあ、こんな雪深い山の中。何か血なまぐさいものが潜んでいても不思議じゃありません。いかにも何か出そうです。ていうか何か出なかったら逆にヤバいです』

しかも彼ら、やはり実際に何かを見つけたわけではない様子。おどろおどろしさの演出のために『血』や『ヤバい』という言葉を使って、それを聞いたシゲオが過剰反応したのだ。単なる好奇心を煽るための見出しにまんまと乗せられた。そこまで考え、杉井は嘆息して首を振る。そのやり口が、自分がヒッツ☆ミーを売り出そうとしているのと同じだと気づいたためだ。

『ねえ、熊とか出たらどうするの？』

『大丈夫だって。視聴者の皆様。我々は今、雪の林に潜む怪しげな気配の正体を探っております。熊だったらすぐに警察に連絡してください。そうじゃなければ……一体何が出るのでしょうか？　未知の生き物の可能性もありますよ』

　現在の閲覧数は一五〇〇人程度。キチナリの数万人という数に比べれば子供の遊びだが、こんな何でもない山道を歩くだけの動画を閲覧する人間がこれほどいることが杉井にとって驚異だった。そしてなおも驚異な事に、彼らはあの険しい山道を、文句を言いながらも順調に進んでいる。そして間違いなく、用水路に沿って上流……死体の方向に向かっている。思わず独りごちる。

「なんでこいつら、こんなに悠々と歩いて行けるんだ？」

「ほら、都会の人の方がなんだかんだでよく歩きますからねえ」

　唐突にすぐ傍で相づちの声。「うわっ」声をあげて振り向くと、背中越しに覗き込むように、マイク老原が立っていた。

「おい、ビックリするじゃないか。何だよ急に、ふざけんな」

　強く責める口調だったが、マイク老原は少しも動じない。

「杉井さんなんか、ちょっと煙草を買いに行くにも車を出しちゃうんでしょう？」

　それは事実だが、今は関係ない。「勝手に見ないでくださいよ。何の用ですか」

「いえね。監視カメラの件ですけど、今のうちに確認していただいてもいいですか？」

「そんな暇はないです。忙しいんだ」

「忙しいって……ネットで動画を見ているだけのように見えますが」

老原がまたスマートフォンを覗き込もうとしたので、慌てて向きを変える。が、老原はかぶりつくように杉井の肩を摑んだ。

「やっぱり大会が終わった後じゃ余計に見つけられないと思うんですよ。私のバチ。片付けが始まったら、それこそどこに紛れるか分かったものじゃないし」

「わかったよ！　わかった。大会が終わるまでには全部確認しておきますから！」

今度は杉井が根負けした形だ。

「それより、もうすぐあなたの仕事だ。しっかりしてくださいよ」

一時は彼に敬意を抱いていたはずなのに、すっかりどこかへ消えてしまった。とにかくここからいなくなって欲しい一心で、ステージへ戻るように促す。ちょうど、盛大な拍手と共に藤江公孝が退場するところであった。次はいよいよヒッツ☆ミーの出番である。待ち望んだ瞬間まで間もなくなのに、全然心構えをする時間がなかった。杉井は老原を追い払うと、スマートフォンの画面の隅にある『不適切な動画を報告』というリンクをタップした。それで何かが好転するとは考えにくかったが、『この動画の配信者は無断で他人の土地に侵入しており、直ちにアカウントの凍結を望みます』とメッセージ・フォームに入力し、送信する。

『さあて。さすが藤江さん、素晴らしい歌声でしたね！　ありがとうございました。皆様も、もう一度盛大な拍手を！　ということでね、それではここからまた一般参加者に戻ります……って、皆さん帰っちゃ駄目ですよ！　こちらもね、どんどんボルテージ上げていきますから』

ステージではマイク老原が鐘の元にスタンバイし、それを確認したキチナリが打ち合わせ通りの口上を始める。

『ファイナルステージを飾るのは……おおっと、これはちょっと期待大ですよ』自分のパソコンを操作しながら、演技じみた口調で続ける。『今、僕のこの配信を見てくれているのは……およそ三万人ですね。この三万人の皆さんはツイてますよ。次に出る人たち、僕ちょっとだけ見たんですけど、これね。閲覧中の皆さん、急いで拡散した方がいいですよ。スタア誕生の瞬間を目の当たりにするかも』

その言葉に、何事かと沸く観客たち。会場は賑やかさが増す一方、杉井は、すぐそこまで来ていたはずの自分の夢が急にとてつもなく遠くなったように感じていた。もしかすると永遠に辿り着けないのではと思えるほどの果てしなさだった。なぜかといえば、スマートフォン。動画再生画面に戻ったとき、画面の隅に《タイムシフト再生中》と表示されているのが目に入ったからだ。つまり、彼が今見ている動画はリアルタイムではない。既に起こった出来事を再生しているだけである。

ということは。もしかしたら。

『これから登場するお二人は、この大櫃見に住む女子高生二人組です。なんでも、地元を盛り立てるためにご当地アイドルを結成して一年以上前からレッスンを重ねていたとか。今日、このの自慢大会が初お披露目とのことです。どうですか皆さん、これは、ヤバい予感がしませんか？　どうせとんでもないのが出てくるんだろうとか思ってませんか？それがねえ、ちょっとねえ、これはねえ』

タイミングを合わせたように、ステージ目の前に陣取る若者たちが大声をあげた。

『はい、お二人の通う高校の仲間たちも、盛り上げてくれてます。それではもう、話すより前に見てもらっちゃいましょうか』

キチナリが振り向いて手を広げ、二人を招き入れる体勢をとった。ほぼ同時に杉井の肩に手が置かれる。反射的に振り返ると、顔なじみの駐在だった。走ってきたのだろう。息を切らし、表情は大きく歪んでいる。

『それではご登場いただきましょう。巴山晶穂さんと神野花さんの二人による、大櫃見ご当地アイドルのヒッツ☆ミーです！　皆さん拍手でお迎えください！』

駐在はあえぐように声を振り絞り、杉井に告げた。

「大変です。御館が死――」

盛大な拍手も、晶穂と花の晴れ姿も、杉井にはまったく認識できなかった。目の前を真っ暗な闇が包み、耳をつんざくような轟音が突き抜けたからだ。それらは幻覚であり、杉井が初めて直面した感情――絶望に起因するものだった。

第二楽章

殺された人にしてみれば、
誰が犯人とか
どうでもいいよね

バス停に降りて山住啓吾は身震いした。乗っていたのは一時間半ほどだが、その間にまるで地軸がぶれてしまったのではないかと思うほどの寒さだ。雲の向こうに太陽は透けて見えるが、熱は地表に届くまでに周囲の積雪にその多くを奪われてしまったらしい。熱だけではなく、音もだ。道路脇に積もる雪はさらさらで、つま先で触れれば片栗粉のように軋む。その感触を確かめていただけなのに、山住はバスが走り去ったことにしばらく気づかなかった。

「……あれ？　時刻表をもらおうと思ったのに」

自分は果たして幻想の中に紛れ込んでしまったのかと腕時計を確認する。デジタル数字が一五時二七分一二秒、一三秒……と一定の速度で切り替わっている。しかし舗装はずいぶん長い間修繕されておらず、木々に積もった白雪はいつからあるのか見当もつかない。バス停の雨避けは朽ちて、壁に貼られたポスターは濡れて破けている。とっくの昔に時間の流れが止まったような、完成された退廃だった。

バス停の名前は《大櫃見入口》とある。事前に調べた内容では、ここから先は徒歩でも立ち入れると見聞している。しかし周囲はまっすぐ伸びる道路以外、雪深き森林が広がるのみで、どこがどう入口なのか見当もつかない。

徒歩での行軍に二の足を踏んでいると、停留所に貼られた古いタクシー会社のステッカーを見つけた。現存を訝りながら電話を取り出しコールすると、七回目で男の声がした。

どちらですか？　バス停のとこ？　今ちょっと人が出ているから、一五分くらいかかっちゃうけど、ほら、事務所を空にはできないんで……、といった調子だ。相手は自身も運転手のようで、態度は少し億劫そうだった。

「言い訳はいいからとりあえず来て」山住は嘆息もせずにそれだけ告げた。

タクシーは三〇分ほど経過してやってきた。山住が道路脇に二つめの雪だるまを作り始めた頃で、運転手は大の大人が雪遊びに興じている様に呆れ顔を見せた。山住は最初に作った小振りの一体を雨避け下のベンチに鎮座させ、タクシーに乗り込んだ。

「大櫃見の中心部までお願いします。坂上地区ってところだと思うんだけど」

「ああ、はいはい。バス停、《大櫃見入口》って書いてあるけど、あれは古い入口の場所なんですよ。三つ先の《大櫃見入口・先》で降りれば目の前だったのに」

なんと意地悪な行政だろうか。山住は絶句するも、そんなことはおかまいなしにタクシーは動きだし、慣れた様子で走って行く。やがて、ラジオから流れるザ・エルブロンコの曲に聴き入っていると、運転手が訊ねてきた。

「お客さん、東京の人？　お名前は？」

「山住です。山住啓吾」

「啓吾ってのはどう書くの？　下に『口』が入ってる字？」

「啓蟄の『啓』に左支右吾の『吾』ですけど」

「さし……？　ああ、そう」すっかり頭の白くなった男は何かを誤魔化し、軽く鼻を鳴らして言う。

「なんにしてもね。名前に『山』の入る人は、山に愛されていますから。きっと歓迎されますよ。一昨日まで続いていた雪がやんだのも、その証拠かもね」

初めて聞く伝承だ。この付近の住人には『山』のつく苗字が多いのだろうか。

「ただ、名前に『口』が入っている人はお喋りだな。しかも、啓蟄の『啓』に桂金吾の『吾』ですっけ？　二つも入っているときたもんだ。お客さん、余計なことを喋りすぎて失敗したこと、ありません？　お気をつけてね」

ダッシュボードに飾られている運転手のＩＤを見ると、国分浩品という名だった。山住の視線に気づいたか、運転手は苦笑いを浮かべた。

「私なんて『口』が四つも入っていますからね。そりゃもうお喋りなもんですよ」

男はそれが免罪符だとでもいうように話し続ける。この辺りの特産品は椎茸で、ステーキにしたら絶品だそうだ。集落の周囲を覆う一面のケヤキは建築資材として重要な需要を持ち、ダムの向こうに紅葉を望む眺望は雑誌にとりあげられたこともあるという。少し北上すると温泉もある。弱酸性で肌に良く、湯の花を加工した入浴剤は土産物として定番らしい。また、主たる観光産業は春スキーで、三月中旬から五月初旬までの短い期間に多少の賑わいを見せる。つまり、ちょうど今時分だ。

「ああ、それと」紙切れが差し出される。「お客さん、スマホ？　だったらこれ使うといいですよ。大櫃見の辺りは全然電波が通じないんで」

それは坂上地区が公設しているＷｉ－Ｆｉのネットワーク名称とＰＩＮコードが印字された紙だった。たしかに、いつの間にかスマートフォンが圏外になっている。

「観光客は無料で使えますよ。でも、お客さんは見たところ観光じゃないね」

運転手はルームミラー越しに山住をちらちらと見ている。たしかに観光客には見えないだろう。髪の毛はぼさぼさで、顔色も悪い。革のロングコートはだいぶ着古されている。身体も不健康そうな痩躯で、高い身長と相まって針金のようなシルエットだ。素性を怪しまれても無理はなかった。

「で、地元の人間でもなさそうだ。深入りするつもりはないけど、参加者でもないね」

「参加者？　何か大会でもやっているんですか？」

「大櫃見では今日、のど自慢大会をやっているんですよ。坂上の広場で。なんか有名な歌手も呼んだりして……でもまあ、ああ、でもねえ……」

運転手は急にもごもごと口ごもった。気まずそうに、口の滑るままに喋っていたら話運びを間違えたというような表情だ。山住は運転席の方に身を乗り出して訊ねる。

「どうしました？　もしかして何か余計なこと言っちゃった？『口』の字が四つも入っている国分浩品さん」

「いえ……その、まあ隠しても意味ないか」運転手・国分は視線をルームミラーから外した。「それに、これから大櫃見に行くっていうなら、犯人でもないだろうし」

「犯人？　何か事件があったの？」

「ええ……ちょっと、殺人が」

にわかに、酩酊に似た感覚に襲われた。

「殺された人は御館って呼ばれてて、この辺じゃ一、二を争う権力者でね。御館様にかかれば村長も言いなりだってんで、怖がられてたんですよ」

遺体が発見されたのは今日の二時半頃だという。山住は顎先を殴られたかのようにシートに沈み込み、腕時計を見つめた。一時間半くらい前か。あと一本、いや、二本早い新幹線に乗っていれば……無理だ。どちらにせよバスがない。

「……その、悪く思わないでね。お客さん、まるで殺し屋みたいに鋭い感じの風貌だから、ちょっと警戒しちゃったのよね」

「殺し屋？　ははっ、よく言われます」山住はにやりと口元を歪ませる。

運転手は勝手に気圧された様子で話を続ける。この近辺で殺人事件が起きるなど彼の知る限り初めてらしい。「公民館の一部屋で、殴り殺されたって話ですわ。うちの同僚が大櫃見から乗せた客に聞いたってんで、さっきまで事務所ではその話で持ちきりでした。到着が遅れたのはそのせいなんです。戻ったら新しい情報が入っているかもしれないな……あ、着きましたよ」

タクシーはひらけた駐車場の中に入り込み、その一角に停車した。

「ここからなら歩いた方が早いですよ。あそこの階段を登ったら本当、すぐですから」

早口に、メーターを勝手に止めた。ここで降りる以外の選択肢はないようだ。料金を払って降りると、タクシーはようやく解放されたと言わんばかりに強引なUターンで駐車場から出て行った。

駐車場には一般車の他に、パトカーも一〇台近く並んでいる。県警は既に到着しているようだ。山住は上へ続く階段を見上げる。丁寧に雪かきされてはいるが、雑木林の斜面に申し訳程度に作られたような石段だ。加えて天辺が見えない。途中から大きくカーブし、立ち並ぶ木々に行き先を隠されているのだ。

その道を五分近くかけて登る。階段の先には更に勾配のある坂道が続き、そうしてようやく辿り着いた大櫃見は、朽ちた村だった。入口の門と思しき鉄製のアーチは所々錆びている。広場に踏み入ると、人が渦を巻いていた。

似たようなダウンジャケットに身を包んだ老若男女が右にも左にも大勢いて、向こう側では制服警官たちに何か聞かれたり、逆に何か喚いたりしている。反対側では聞き取りの警察官の前に行儀よく一般人が長蛇の列を作っている。事情聴取の人数が足りていなくてこんなことになっているらしい。人の隙間を縫って進み、規制線のバリケードテープをまたごうとしたところで近くの制服警官に呼び止められる。

「あーすみません、そっからは立ち入り禁止ですよ」

山住はわざと沈黙を作ってから視線を向け、濁声で訊ねた。

「殺された人、御館っての？　名前を教えてもらっても？」

若い警官は、山住の眼力に気圧されることなく返した。

「何でそんなこと知りたいの？」

「必要だから。まさかと思うけど、巴山隆之介氏じゃないよね」

警官は警戒を露わにする。「あなた、さっきからここにいた？　まだ事情聴取を受けていないのであれば、ちょっとこっちに——」

ごちゃごちゃうるさい。革のコートの内ポケットに手を入れると、取り出した黒いそれを警官の鼻先につきだす。すわ凶器——？　と焦って警官は身をすくめたが、何事も起こらぬ状況におそるおそる目を開け、眼前のそれを視界に収めて嘆息。

「……警察手帳？」

「警視庁の山住です。抱えている案件で巴山隆之介氏を訪ねたのですが……遅かったみたいですね」

◇

「何だこれ。随分丸いな」

「ええ。大きさ的に言っても、ちょうど雪だるまの下の部分くらいですね」

「さっきバス停で作りかけた奴を乗っけたら、ちょうどよさそうだ」

「え？　なんですか？」

不思議そうな顔をする刑事に首をふり、山住はパソコンから視線をあげた。

「何でもないです。で、本田さん。これが何時頃でしたっけ？」

「ええと、地元の交番に通報が入ったのが一四時二八分。動画のこのシーンが撮影されたのは一四時二一分です。手帳に書いてあるから間違いありません」

本田と呼ばれた刑事は胸を張った。短髪で中肉中背、年の頃は三〇代の前半といったところだろう。この事件の担当責任者だそうだが、刑事にしては木訥な雰囲気だ。

「発見したのは伊東拓磨と三浦唯。駐車場から村まで続く山の斜面を興味本位で登っていったら、たまたまこの雪玉を見つけたとのことです」

「斜面？　興味本位？」

「本来なら村の入口までは階段を使うんですが……あなたも登ってきたでしょう？　あれじゃなくて、雑木林の中を木につかまりながら登ってきたっていうんですよ」

「その男女はなんだってそんなことをしたんでしょうか」階段でさえあれほどきつかったのに、斜面を登るだなんて山住には考えられない。

「なんでも、インターネットで自分たちの行動を動画配信していたそうです。ちょっと彼らの説明は専門用語が多くて理解が難しいのですが……」

「ああ、あの類か」山住も似たような行為に及ぶ若者に手を焼いたことがある。スマートフォン片手に他人の敷地に入るわモノを燃やすわ殺害予告するわ、気軽にルールを逸脱する者が多く、彼らのような趣味に対してあまりいい印象を抱いていない。

「撮影していたのは男性の方、伊東拓磨ですね」

「ふうん。あー、雪を払って、思いっきり周りを踏み荒らしちゃって、大はしゃぎだ。こりゃ証拠もいくつか消えちゃったかもな」

パソコンの画面には、伊東の撮った動画が映し出されている。木の腹にのし掛かるように佇む雪玉を見つけた男女二人は、表面の雪を払うとすぐにそれが普通ではないことに気づき声を荒く弾ませた。『何これ、何これ？』『ヤバくない？』『皆さん、マジで何か見つけちゃいました……あ、袋だ、何か入っているぞ』

雪玉に見えたのは白い粉を塗された ビニール袋だった。伊東の手によって強引に引きちぎられると、中から生気を失った生き物の目が覗いた。『うわっ、これっ、動物、違う、ヤベッ、人――』伊東が低い声で悲鳴をあげる。

「へえ、やっぱこういうときって女の方が強いのかね」

感心して呟く。画面の中で、慌てふためく伊東とは対照的に、三浦唯が冷静な声で言ったのだ。『警察、あっちに交番があったよ。タクマ、撮影やめなよ、死体だよ!』

画像は大きく右にぶれ、雪や木々やどちらかの指先を映した後、唐突に終わった。

再生が終了し、真っ黒になったディスプレイを見つめながら山住は呟く。

「あれ、ゴミ袋かな。七〇リットルとか、デカいサイズの」

「そうですね。被害者が死亡時までいた部屋の棚にあったもののようです。余った袋は遺体と一緒に雪玉の中に詰め込まれていました」

「雪玉っていうか、ゴミ袋っていうか……どっちでもいいけど、あの表面の白いのは何です? 見たところ本物の雪ではないようだ」

本田は手帳のページをめくった。「人工雪ですね。ほら、パーティー会場の飾り付けに使われるような吸水物質の白い粉。それがゴミ袋の表面に塗されていましてね」

山住は天ぷら粉を想起した。

「ゴミ袋の表面に液体糊を塗りたくって、その上にまんべんなく。イメージとしては、こう、ゴミ袋をころころ転がして、コロッケのタネに小麦粉、卵黄を塗ってパン粉をまぶすように……」

「揚げるつもりだった……わけではないでしょうが、死体隠蔽のためですかね」

使用された人工雪の空き缶や、雪を塗るために使った糊の瓶や刷毛も、遺体と併せてゴミ袋に詰められていたという。それらも皆、同じ部屋に最初から備蓄されていたものだ。殺害場所の和室は普段はあまり使われておらず、日用品の倉庫にされていた。

「人工雪の粉末は、ステージや屋台の飾り付けにも使用されているので、これを手がかりに犯人を追うのは難しいでしょう」

「ふむ。鑑識も移動を始めたようだし、現場を見ても？」

廊下に出ると、隣の部屋から男女の責め合う声が聞こえた。二人してお互いを指さして「私は不法侵入だからやめようって言ったんです」「嘘だ、結構乗り気だったんですよ」など、目の前の警官に向けて怒鳴り散らしている。

「第一発見者の二人です。今、事情聴取を所轄の刑事に任せていまして」

動画を配信していたのは一四時から二〇分程度で、その前はステージ前周囲の屋台で買い食いしたり、ネットゲームに興じたりして過ごしていたという。午前中は控え室にいたが、妙に居心地が悪くてすぐに出て、以降ずっと外にいたそうだ。

「気になるようなら話を聞けますけど」

本田が耳打ちしたが、山住はつまらなそうに首を振った。

「ありゃ大した話は出ませんよ。それより現場を早く見たい」

殺害現場は建物のやや奥まったところにあって、覗き込まないと部屋があることに気づかないほどだった。ふと、通りすがりの警官が背後で囁くのが聞こえた。

「あれ、本当に刑事なのか？　あの恰好で？」

「な。手帳、ちゃんと確認したんだろうな？」

ちらりと振り返ると、制服を着た警官たちはすっと目を逸らして去って行った。無理もない。山住は目つきも悪く、くまが酷く、頬がこけている。喉も嗄れてがらがらだし、脱いだコートの下のシャツはヨレヨレで襟首が薄汚れている。

「すみません。気を悪くなさらないで下さい」悪態をついた警官の代わりに、本田が申し訳なさそうに頭を下げた。

「全然。というか本田さん、あなたいい人ですね。私が彼らの立場だったらきっと同じように思いますよ。なんせ、刑事よりも容疑者に間違われることが多いくらいだ」

「興味が勝ちまして。一体何の捜査で東京の刑事さんがこんな山奥まで？　この殺人に関わることなんでしょうか？」

「直接的に関わっているかどうかはまだ何とも言えません。とりあえず、現場の状況を教えてもらってもいいですか？」

本田から語られた被害者の詳細は、タクシーで運転手から聞いたものと概ね合致していた。巴山隆之介、七六歳。公民館の和室に一人でいたところを、何者かに侵入され撲殺された。争った形跡はないとのことだった。隆之介は既に妻とは死別しており、同居しているのは息子の正隆とその妻の清恵、さらに二人の娘で高校生の晶穂。

「隆之介氏には正隆氏の他に隆二という息子もいるとか?」

「とうの昔に家を出て、今は長野にいるそうです。連絡はまだ取れていません」

「隆之介氏の死亡推定時刻は?」

「遺体は雪の上に放置されていたので死後硬直の進行は通常より遅いと考えられ、また死斑の現れ方を勘案するに、おそらく午前一一時から、どんなに遅くとも午後一時までには殺害されていただろうとのことです」

「一三時ね」生返事で山住は和室を見回す。長方形の卓袱台には湯飲みと空の果物籠。壁際には碁石が規則的に並べられた碁盤。裏側に降りられると思しきガラス戸には、カーテンが引かれていた。本田が補足する。

「当時、入口のドアが施錠されていましたが、ガラス戸は鍵が開いていました。また管理記録によると、この部屋の鍵は公民館のマスターキーを含めて今日は一度も持ち出されていません」

台所には洗った湯飲みと食べ終えたミカンの皮の山。反対側の壁際には和室に不似合いな背の高いスチール棚があった。そのほぼ正面十数センチ付近の畳に、数字入りの黒札が置かれている。

「あの場所は？」山住が訊ねると、本田がまたも手帳を繰る。

「二三番は……あった。被害者の隆之介氏は、あの場所で殴打され死亡したと思われます。微かですが、血痕がありました。血を拭ったのは犯人と思われます。その際に使用した布巾が遺体と一緒に雪玉……ゴミ袋の中に詰められていたので」

「そうだ、雪玉だ。それは外にあったんですよね」

ガラス戸から外を見回して、山住は得心した。「ああ、ここか」目の前の光景は、先ほどパソコンの動画で見た場所と同じであった。足元に用水路が流れ、その向こうには雪に覆われた急斜面の雑木林。鑑識がまだ数名残っているが、皆、山住を見てギョッとしている。誰かが「本田さん、もうホシが？」と言いかけて制された。申し訳なさそうにする本田だが、参考人に間違われることにも慣れっこである。それより、外を望んだとき正面やや右に当たる場所に、雪玉は転がっていたようだ。映像に残っていた轍はすっかり足跡で踏み荒らされ、木の根本には三五番の黒札が置かれている。雪玉はガラス戸から放り投げられたと考えるのが妥当だろう。

「あの動画では、伊東と三浦が来る以前に足跡があったようには見えなかった。ということはここから放り投げたのかな。結構力が要ると思うけど。隆之介氏の体重は？」

「え……あ、それはメモしてないや。発見された雪玉の重さは約五八キロです」

「その重さだと一人で放り投げるのはきついかな。いや、この距離なら、そこそこ力のある成人男性ならいけるか？　ていうかそもそもなんでこんなことを？」

「この雑木林は集落からは近いですが、人の出入りのある場所ではありません。そういう意味では死体を隠しやすい場所ではあると思います。ただ、死体を隠すには、ちょっと半端な気がするんですよね」

　亡くなったのはこの村の重鎮だ。いなくなればすぐに騒ぎになる。午前中はこの建物の中にいたとわかっていて、それが急に姿を消したら、雑木林の斜面は遅かれ早かれ探されるエリアだ。そして、探されたらすぐに見つかるだろう。

「なるほど。死体を隠す意図だとしても、それほど真剣に隠したかったとは思えないかな」

「ですので、どちらかというと見立てというか、犯人は遺体をゴミのように扱うことで被害者への恨みの深さを見せつけたかったというふうにも考えられます」

「村の雰囲気には似合うが、今時そんな手間のかかることをわざわざやりますかね」

「二〇一一年頃のカナダで、自分の製作した映画のシナリオに沿って連続殺人を犯した映画監督がいたってニュースは聞いたことがあります。他にも、二〇一三年には中国の大学教授が、現地の干支（えと）に因（ちな）んだ殺し方で生徒を連続して五人。また、少し古くて二〇〇二年のベルギーでは肉屋の店主が客を七人殺しています。彼らが買った部位とそれぞれ同じ箇所をえぐりとるというものでした。どれも示威(じい)行為ではありませんが、見立てと言えましょう」

「ふむ。誰かに何かを誇示するのではなく、自分にとって必要な儀式としての見立てなら、それほどありえない行動とは言えないか」

それに被害者が大層な権力者なら、恨(うら)みの線はいくらでもあるだろう。

「凶器も遺体と一緒に袋に詰められていました。おい、ちょっと持ってきてくれ」

若い警官がビニール袋に入れられた金属のハンマーを持ってきた。大ぶりな石頭(せっとう)ハンマーで、先端には血の痕跡が見て取れる。柄の中程に、別な細身の二本の木槌(きづち)がテープで括(くく)られている。山住は警官から受け取ったそれを顔の前につまみ上げる。重さは全部ひっくるめて二キロ程だろう。殴られたらひとたまりも無い。

「遺体に残っていた殴打痕(おうだこん)は左側頭部に一箇所です。それが致命傷で死因は脳挫傷(のうざしょう)と思われます。争った形跡はありませんでしたが、遺体の右足の甲に最近出来たと思われる痣(あざ)が残っていました」

「それよりなんです？　このハンマーは。真ん中の一本は工具でしょうが、他の二本は革巻きだし、柄に装飾もある。大工道具にしてはやけに仰々(ぎょうぎょう)しい」

「チューブラー・ベルのハンマーです」

聞き馴染(なじ)みのない言葉に思わず聞き返す。「チューブラーベ……何？」

「惜しい、あと一文字だったのに。今日はのど自慢大会が開かれていたんですよ」

「タクシーで聞いたな」過疎の村でのど自慢大会というから、ほとんどが老人だろうと思っていた。しかし想像に反して外の客は多く、老若男女多岐（たき）に亘（わた）っていた。

「大櫃見は春スキーが密かに人気ですから。他のスキー場に比べれば大したことはありませんが、連休を利用して若者や家族連れが来ているんです。それで予想よりだいぶ盛況だったとか。まったく、これだけ人が多いと先が思いやられます。どれだけ話を聞かなくちゃいけないんだって」

「犯人が逃げる気なら犯行後すぐに逃げているでしょう。今いる人たちは連絡先を聞いたら帰らせちゃっても問題ないと思いますがね」

　すると本田はポンと手を打ち、すぐに近くの警官を呼んで耳打ちした。どうやら今の発言をそのまま指示したようである。そんなことにも思い至らなかったのかと呆気（あっけ）にとられる山住の表情も意に介さず、彼は手帳を繰ると話を戻した。

「さておき、テレビで見たことあるんじゃないですかね。のど自慢大会で、歌の出来に応じて鐘が鳴らされるでしょう？　あの鐘のことをチューブラー・ベルと呼ぶらしいですよ。で、それを鳴らすための道具が、その革巻きの二本です」

「どうしてそのハンマーが石頭ハンマーと束ねられているのだろう。これはこの村のものですか？」

「石頭は公民館の備品なので、そうです。革巻きのほうは違います。少々ややこしいのですが、のど自慢大会で使用されたチューブラー・ベルは近所の学校の所有品を運んできたものです。ベル本体も、ハンマーも。ただ、その二本の革巻きハンマーは鐘を鳴らす役の男の私物だそうで」

「その男は楽器のハンマーだけ持ち歩いていた？」

「そういうのを専門にやっている人だそうで。広い意味ではタレントと言えますね。さっき言ったテレビに出ていた人ですよ。ほら、ベル男の……」

山住は興味の視線で本田を見た。

「マイク老原？　民放のやつで審査係をやっていた人だ」

「よくご存じで」本田は感心して頷く。「たいていの人は、あの番組で鐘を鳴らしていたあの人のことは、ただの鐘を鳴らすおじさんってイメージしか持っていませんよ。名前まで知っている人には初めて出会いました」

「学生の頃に著作を読んだもんで。友人がファンだったんですよ」

「なるほど。しかし残念です。山住さんが学生の頃ということは、今日来ている人物とは違いますね。今のベル男、二代目なんですよ。マントの色が緑のほうの。初代は黒でした」

マイク老原という名前は別人が襲名するような類なのか。予想外のことに山住は少々驚きを感じた。

「ベル男は自前のハンマーを持参していたが、それらは使用せずに現地の物を使ったというわけか」

「理由は、楽器との相性とか、そういうことのようですが」

自前のもの——犯行に使用されたハンマーは控え室に置きっ放しだった。メインのものと予備のもの、二本持ち歩いていて、二本ともいつの間にか無くなっていたらしい。なお、拭い取られているようで、石頭を含めた三本とも指紋の検出はないとのことだった。

「これ、どうして三本を束ねているんでしょう。殺人のためなら真ん中の一本で充分だろうに」

「不明ですが、犯人にとっては必要だったのでしょう」

「何にせよ、凶器は盗まれたものってわけだ。面白い」山住の口元が知らず歪んだ。「なら犯行は突発的なものだ。顔見知りかな？　行きずりかな？　本田さん、他に何か遺留品は？」

山住の元に、すぐに新たなビニール袋が届けられた。

「刷毛、布巾、新聞紙等は先ほど話した通り、遺体と一緒に雪玉に詰め込まれていたものです。赤ボールペンは八番、白い手袋は一五番、青いタオルは二五番の黒札の場所、それぞれ用水路の中に落ちていました。雑木林の中は捜索を進めていますが、今のところ事件と関連のありそうなものは見つかっていません」

「用水路の中、ねえ」山住は遺留品の中から、白い手袋を受け取った。ビニールを開き、ピンセットでつまみあげて観察する。

「サイズ的には女性ものかな。防寒ではなく、剣道の籠手(こて)の下のやつとか、鉄道員が嵌(は)めているものに似ている」

手袋を返し、用水路に降りる。「ここ、水がぬるい」

凍結防止でお湯を流しているのだろう。ズボンの裾(すそ)や靴下が濡れることに一切の躊躇(ちゅうちょ)も見せぬ山住の様子を周囲の警官たちは驚きの目で見ている。

「これなら歩けるな。犯人はここから逃げたのかな。でも両端はどっちも柵だな。でも身軽な奴なら越えられるかな……どうだろ。柵の近辺に足跡がないから違うな」

「公民館の建物の出入口には監視カメラがあります。現在まで確認した範囲では、外に出る様子が映っていないにもかかわらず外にいたという人間はおりません」

「出入口が一箇所だけってことはないでしょう。裏口は?」

「ありますが、一昨日までの大雪で庇(ひさし)の一部が壊れたそうで。危険なので封鎖しているそうです。ですので、出入口は実質一箇所といって間違いありません」

ガラス戸から外に逃げたという線は低い。しかし、ドアには鍵がかかっていた。犯人は相鍵を持っているという可能性もあるが、ならばガラス戸の鍵が開いていたことの説明がつかない。犯人はここから出たと考える方が妥当だ。

「じゃあ、ガラス戸から出たあと別の窓から中に入った、とかかな。するとこの窓くらいしかないが……」

山住はトイレの外窓を凝視した。本田が訊ねる。

「そんなところから人が入ったっていうんですか？」

「高さがあるし、そもそも狭い。半分くらいしか開かない作りだ。私には無理でしょう。でも、小柄な人間……子供か女性なら不可能じゃないかも」

そして本田の手元を指さす。

「その手袋が落ちていたのはこの付近ですよね。犯人が窓から中に潜り込んだときに落としたのかも。ボールペンはインクが空だし、タオルは藻が貼り付いている。さっき起きた事件の遺留品にはなり得ない。でも手袋はきれいだ。ほとんど新品に見える」

次いで山住は指先でトイレの外窓の隅を指した。

「細い糸が挟まっている。これ、蜘蛛の糸ですね。窓の内側か外側かは知らないけれど、ここには蜘蛛が巣を張っていた。誰かが窓を開けたときに破れたんだ。今日、トイレ掃除の業者は入ったのかな？　窓枠に埃を拭った跡がある。いや、違うな。掃除業者なわけはない。窓自体は薄汚れている」

本田は山住の言葉を一言一句漏らさぬとでもいうように、手帳にペンを走らせていた。

ようやく書き終えると、読み直して顔を上げる。

「つまり、隆之介氏を殺害した犯人は、部屋のガラス戸からこの用水路に降りて、水の中を数メートルほど歩いて行って、その多機能トイレの窓から再び建物の中に潜り込んだ、ということですか？」

「それなら監視カメラの件はクリアでしょう。ドアの鍵が施錠されていたのにガラス戸の鍵は開いていたことの理屈も通る。あ、でも駄目だ。女性が一人で五〇キロ超の雪玉を持ち上げて放り投げるのは難しい。そのために仕掛けをこしらえた痕跡は……」

山住は水の中に両足を突っ込んだまま、しばらく考え込む。ほどなく用水路の縁に何かを見つけたようで、ガラス戸の付近まで戻って屈んだ。

「見て。ここ、シロツメクサ生えてんだけど、折れてる」

用水路の外側の縁、雑草の中にはシロツメクサの姿もあった。茎の途中でつぶされたように折れている。立ち上がり、室内を覗き込む。そのままざぶりと上がり込む。

「山住さん、ちょっと、足拭いて！」

本田が慌ててタオルを差し出すのをろくに見もせず受け取って、申し訳程度に足を拭ったあと、部屋の真ん中で背を曲げて卓袱台の上のものをどかし始めた。

「山住さん？」

台の脚は折り畳み式になっている。山住は本田に返事もせず、脚を畳んで長方形の卓袱台を持ち上げると、その長辺を縦にしてガラス戸の外に出した。

「ああ。いけちゃうな、これ」

戸枠の縁から用水路を挟んだ向こう側の岸まで、折り畳まれた卓袱台はさながら即席の橋のようだ。本田が感嘆の声をあげた。

「雪玉は、この上を転がったと。これなら一人でもなんとかなりそうですね」

「しかし犯人が単独犯とするには根拠は弱い」

そのとき、外から突然何か音楽が流れてきた。『赤とんぼ』のメロディで、本田が「この辺は一七時になるとあの曲が流れるんですよ」と補足した。山住はそれに返事せず、やがてつまらなそうに吐き捨てた。

「単独犯か、複数犯か。外部犯か、内部犯か。顔見知りか、見ず知らずか。どこを取っても決め手に欠けるな」

首を振り、本田を見る。しばらく見つめ合う形になる。本田がはたと気づいたように声をあげた。「そうだ、では誰かの証言をとりましょうか?」

その目はまっすぐで、自分の発言のおかしさに気づいているようには見えない。

「本田さん。この事件の担当責任者はあなたでしょ。私はちょっとお邪魔させてもらっているだけで、方針について何か言える立場じゃないですよ」

「あ、そうか。失礼」指摘されるまで本気で気づかなかったようだ。やや呆れていると、本田は照れくさそうに頭をかいて告白した。

「実は私、殺人事件の責任者になるのが初めてなんですよ。その、これまで先輩に頼りっぱなしだったもので……」

得心した。X県警捜査部一課一班の本田警部補は現場を任されるのが初めてだから、さっきから妙に下手（したて）に立っていた。外の群衆をろくに理由もなく居残らせていた。重要人物が殺害された割に捜査員が少ないと感じていたが、初めてのことで動員規模を見誤ったのだろう。メモにこだわる癖も、これまでのキャリアの中で先輩にドヤされてきたからに違いない。刑事としては、現時点ではさほど優秀とは言いがたい。しかし山住とて、これ幸いとばかりに手綱を握って他県警の同階級の刑事に指示を出すほど厚顔ではない。彼の面子（メンツ）を潰さぬように、それとなく言葉を選ぶ。

「個人的には、まずのど自慢の責任者に話を聞いた方がいい気がしますけど」

「僕が御館と最後に会ったのは今朝のことです。打ち合わせが九時四〇分からで、それより前だから九時半頃かな。それ以降は昼休みまでずっと外にいました」

杉井稀一郎は、背が高く身なりも小綺麗（ぎれい）にしていた。短く切りそろえた髪は清潔感に溢（あふ）

れ、赤いダウンジャケットも高級そうだ。辺鄙(へんぴ)な村で働くにしては垢抜(あかぬ)けた印象で、公務員というよりは企画会社のイベンターのような雰囲気だった。

「少し話して、詰め碁の問題を出してやったんです。暇だから話相手になれと言われたんですけど、そんな暇はありません。それで、割と難しいレベルの問題を出して、解けたら呼んでくれって言って抜け出したんです。御館の腕だと四～五時間はかかるんじゃないかな。解けるまで碁盤の前から動かないから、面倒なときよく使わせてもらっている手です。今日はどうやら解けたみたいで、その点はまあ、良かったのかな」

ハキハキとした物言いで、人間慣れしているのが見て取れた。顔立ちも整っており、表情も柔和(にゅうわ)で嫌味がない。その杉井を壁側の椅子に座らせ、相対するのは真反対とも言える不健康そうな中年・山住と、木訥で社交的とは言えない本田だ。二人は並んで座り、目の前に長机を置いている。ドアのすぐ外にも、警官が一人立哨(りっしょう)している。場所は最初に山住と本田が会った部屋で、元々はゲストの演歌歌手の控え室として使われていたようだ。山住たちは一時的にここに拠点を置くことにした。本田が杉井の顔と手帳を交互に見ながら訊ねる。

「杉井さんは企画課ということで、今日のイベントの企画立案から参加していますね」

「ええ。ご当地アイドルを作って、この村を盛り立てようとしたんです。成功するかは別として、何もしないで滅びるよりはマシでしょう」

「アイドル関連の資金は大部分が隆之介氏の出資のようですが、氏にご当地アイドルの企画を持ちかけたのもあなたですね？」

「持ちかけた……というと少々語弊があるかも知れませんがね。元々、御館から相談を受けていたんですよ。孫娘の晶穂ちゃんが東京に行ってアイドルになるんだと言って聞かないとか。最初は僕も、危険も多いからやめた方がいいって答えていたんですが、あまりに何回も相談してくるんで。これはアレだなと」

「アレとは？」

「いるでしょう。相談する振りして、腹の中では決意が固まっている人。誰かに後押ししてもらいたくて仕方がないんですよ」

「とすると、やはり今回ののど自慢大会は晶穂さんのためですか」

「それはとんでもない」杉井は語調を荒らげた。「僕はこの村で生まれ育ちました。そしてお気づきかと思いますが、この村は過疎が始まって何十年も経っている。若者はどんどん村外へ流出し、残っている人間は『出損ねた』だけです。僕の中学の後輩は親の介護が必要で、村に残ることを選びました。そうでなければ東京か仙台へ出てゲームクリエイターになりたかった奴だ。僕は村の住人として、企画課の人間として、彼みたいな人間がここに住みながら夢を叶えられるような村づくりをしたいんです。のど自慢大会はそのためのものです。晶穂ちゃんと花ちゃんの二人でご当地アイドルを結成して全国発信するのは、御館にしてみれば孫のためでしょうが、僕としては純然たる村おこしの一環です。今回のイベントの状況次第では、県の公認を取り付けてプッシュしていこうと考えていました……もはや夢物語ですけど」

杉井は捲し立てるように話しきった後、大きく肩を落とした。二人の少女の晴れ舞台は、直前の遺体発見という不幸なニュースに阻まれ、実現することなく終わってしまった。無理もない。

「では杉井さん。もう一つ伺いたいのですが、お忙しいと言いつつも一二時半頃にもう一度公民館の建物に足を踏み入れてますね」

「ああ、午後の部の打ち合わせです。会議室で、一二時半から五〇分くらいまでかな。それから、なんだかんだあってもう一度外に出たのは一四時過ぎです。藤江公孝が一曲目を歌っている最中ですね」

「ふうん、『なんだかんだ』ねえ」

唐突に、本田でも杉井でもない声が割って入った。それが自分の無意識な呟きだと気づくのに、山住は数秒を要した。杉井と本田の視線に慌てて言葉を継ぐ。「あ、失礼」

「どうしましたか？　山住さん。何か聞きたいことが？」

「聞きたいこと……聞いてもいいなら、ありますけど」

山住は品定めするような視線を杉井に向けた。

「その『なんだかんだ』について、詳細を知りたいな。一二時半からの会議が一二時五〇分には終わったのに、午後の部が始まっても建物の中にいて、何をしていたのか。責任者なのに」

「なぜそんなことを？」

「殺人事件だからです。打ち合わせは会議室で行われた。そこを出た後、次はどこへ？」

「それは……」杉井は質問が無礼だと感じているのか、苛立ったように話す。「ヒッツ☆ミーの部屋へ」

「ヒッツ……ああ、件のアイドルの卵ね」

話によると、様子を見に彼女たちの部屋に行き、そのまま成り行きで話し込んでしまったという。三〇分ほど過ごしたあと椅子を探しに建物内を歩き回り、見つからなかったのでそのまま外に出た、とのことであった。

「ふうん。整理すると、一二時五〇分に会議が終わり、一三時になる直前にアイドルの卵の部屋へ行き、一三時半を過ぎたあたりで部屋を出た。それから三〇分ほど椅子探しで公民館内をさまよって、一四時過ぎに手ぶらで外に出た、ということですね。それぞれ、詳しい時間は？　たとえば彼女たちの部屋に行ったのは一二時五二分なのか、五八分なのか、とか」

「そこまで覚えてませんよ。でも大体の時刻は、今話したとおりです」

「椅子探しは何のために？　一人でやったの？」

「観客席の増設が必要だったんです。午後に藤江公孝のステージが始まったら、人がもっと増えるだろうという心配があった」

芸能人に疎い山住にも聞き覚えのある名前だ。

「でも、公民館の中には余っている椅子は全然なくて。講堂とか裏の倉庫とかも探しましたが、見つかりませんでした。それで、しょうがなく諦めたんです。実際には、他の者が別の場所から手配したので何とかなったのですが」

「へえ。じゃあ、無駄足だったと」

「……間違っていませんが、そういう言い方をされると若干引っかかりますね」

「どういうふうに引っかかりますか？　無駄ではなく重要で濃密な時間だったと？」

「そんなことは言ってない。あなた、さっきから何ですかその失礼な物言いは」

険悪な空気を察したのか本田が取りなす口調で割って入ってきた。「まあまあ。ところで杉井さんは外に出た後はどうしていたんですか？」

「あ、それはいいや」山住は反射で言い、すぐにしまったという顔をして本田を見る。

「本田さんが聞きたいのなら、別ですが……」

本田は困惑の目で山住の視線を受け、そのまま杉井を見る。杉井は嘆息して答えた。

「その後は、遺体が発見されたって聞くまでずっと外にいましたよ。ステージ斜め脇の、喫煙スペースの辺りです。気に喰わなけりゃ他の人にも聞いてみるといい。マイク老原や、消防団の内田シゲオって男と話した」

「なるほど、ありがとうございます」本田は必要以上に頭を下げて、今の内容を手帳にメモした。質問が途切れたのを感じて、杉井は咳払いして言う。

「他にはもうないですか？　正直、あまり役に立てることはないと思うのですが」

「じゃあ、もう一つだけ」山住がおもむろに手を挙げる。杉井が明らかに嫌悪の表情を見せたのを無視し、ポケットから透明なビニール袋を取り出した。

「これ、見覚えがありますか？」

「は？　何ですかこれ」杉井は差し出されたその中身を見て首を傾げた。「軍手？」

「手袋ですね。女性サイズの。遺体発見現場近くの用水路に落ちていました」

「……はあ、ちょっとわかりませんね。こんなもの、その辺に落ちていたところで何も不思議じゃないでしょう。ただのゴミに見える」

苛立った様子で突っ返すと、足を組み身を乗り出す。

「それより、犯人は見つかりそうなんですか？　御館の遺体は雪玉に偽装されていたんでしょう？　遺体を弄ぶようなことをして、これは明らかに怨恨でしょう。僕は御館を尊敬していましたが、豪腕すぎるってんで恨む奴もこの村には大勢います。きっとそいつらの仕業に決まっている」

「決めつけるのは早いですが、心当たりが?」

「ないことはないですよ。たとえば僕の部下の赤竹磨器子って女は、御館から頼まれた特産品セットの発注を一〇〇〇個単位でミスって怒鳴られたって逆恨みしてましたよ。自分のミスのくせに。他にもある。消防団の連中だって祭のたびに御館に酒を飲まされて昔より根性がないだの言われて裸踊りさせられたり。村長は五期連続で務めているけど、それだって御館の言いなりになっているから続けられているに過ぎない。代わりにしょっちゅう呼び出されては怒鳴られている。こんな話はいくらだって出てくる。殺したいほど恨んでいる奴は大勢いるんだ。御館の息子だって——」

「わかりました、あの、落ち着いて、杉井さん」本田が暴走し始めた杉井の話を強引に遮(さえぎ)る。「山住さんも、もういいですよね?」

「ええ。とりあえずは」

心からホッとしたような表情を浮かべ、本田は杉井に頭を下げた。

「ひとまずは結構です。ご協力ありがとうございました」

◇

「父はまあ、ろくな死に方をする人じゃないという覚悟はありました」

二人の刑事を前にして、巴山正隆の口調はいやに冷めた響きだった。親子仲をそのまま表しているように見える。杉井稀一郎が言いかけた通り、内面に何かを抱えているのかもしれない。本田が訊ねる。

「何か、隆之介氏が殺されるような心当たりがあったということですか？」

「心当たりというほどの事ではありませんが……どこから話せばいいか」

巴山正隆は小柄で細身だが、胸板が薄く腹だけが妙に膨れていた。運動とは縁のない人生を歩んできたようだ。毛玉だらけのセーターが余計に彼をみすぼらしく見せる。カリスマだったという隆之介とは似ても似つかぬもので、一見して怯むような威厳は微塵もない。そんな巴山家の次期当主は、自分の父についてぼそぼそと語り始めた。

「ご存じかも知れませんが、近所にダムがあるでしょう？　大櫃見ダムです。あれは昭和三八年に完成したものですが、もともと大櫃見村はあの一帯にあったんです」

「ダム建設のために村人全員が現在の場所に転居したとか」本田が手帳をめくる。

「ならこれもご存じと思いますが、現在の大櫃見村の一帯は、その大部分がもともとは私ども巴山家の所有する土地でした」

「だから、あなたがたの一族はこの村で絶大な権力を持ったということですね」

「絶大というほどでは……いえ、絶大でしょうね」

曰く、ダム建設のときも、開発業者と話し合いを持った際の代表者は巴山の人間だった。その人物が病死して息子である隆之介が巴山家の当主の座を引き継いだのは、ダムが完成して三年ほど過ぎた頃だ。以降五〇年以上に亘り、巴山隆之介はこの村の王様のような立場だったといえる。

「隆之介氏は、村ではどのような扱われ方をされておりましたかね？ 率直な言い方をすれば、恨まれているとか邪魔に思う者がいたとかいうことですが」

父を亡くした直後の質問としては酷であったが、正隆は本田の問いに淡々と答えた。

「周囲にはたいへん厳しい人物だったので、怖れている人は多かったでしょう。もっとも、村で何か問題が起きた際には率先して矢面に立って解決に導く辣腕もあったので、畏怖されていたといったほうが正しいでしょうがね」

「あなた自身は？」

言ったのは山住だ。正隆は山住の顔を見つめ、ぽかんとした表情を浮かべた。相手が刑事であると認知するのに数秒かかり、さらにはその質問が自分を容疑者として疑うものだとすぐにはわからなかったらしい。

「視界に入る全員を疑うことが仕事なもんで」山住が悪びれず続けると、断言されたことで気勢が削がれたか、正隆は間の抜けた表情を戻すこともなく話した。

「私は、まあ、嫌いでしたよ。やっちゃいけない子育てってあるでしょう？ 子供が身の丈に合わないことを言いだしたとき『できるかどうかわからないけどやってみよう』と教

える か『できるかどうかわからないからやめた方がいい』と教えるかで、性格は大きく変わるっていう。父は典型的な後者で、おかげで私は大人になるまで行動の多くを制限されていました。趣味も、部活も、大学も、全部決められて。だから私は、自分の子供もそういうふうに育てようとしたんですが……孫には手のひらを返したようになんでも好きにやらせるときたもんです」

孫名義の預金口座には生前贈与の名目で定期的に入金がされており、その総額は氏の孫に対する溺愛ぶりをそのまま表していたという。

「父は受取人を孫にした死亡保険にも入っておりましてね。まったく、高校生に金を遺してどうするんだと。今後は私が管理して、自由にさせる気はありませんが」

「孫というとあなたの娘……巴山晶穂さんですね？　今回の、アイドルの卵の片割れ」

「それも私は反対だったんですよ。杉井さんにも言ったんです。村おこしなら、アイドルよりも何か親しみやすいキャラクターの方が良いって。コスモ星丸みたいな」

「コスモ……ああ、つくば万博の」正隆の知識はだいぶ古いもので止まっているようだ。この調子だと、あの杉井に難なく丸め込まれたことだろう。山住の内心をどう受け取ったかは不明だが、正隆は一つ咳払いすると、にわかに口調を整えた。

「ただ、本質的な問題は別のところです。もう時効でしょうが……父はどうも殺人犯だったようなのです」

「殺人？」しばらく黙っていた本田が素っ頓狂な声をあげた。「隆之介氏が殺人？　随分と話が飛躍しますね。てことは今回の事件は復讐劇だった可能性もあるわけだ」

「ちょっと黙ってて、本田さん」たしなめるが、本田は山住に身を寄せ耳打ちする。

「山住さん。さっきも今も横から主導権を攫っていきますけど、この事件の担当は私ですからね。職級だって変わらないんだ」

「それは失礼しました。次の人は本田さんに任せますから」

「絶対ですよ」

「はい、絶対、了解」

突然プライドの高さを見せ始めた本田に、山住は呆れの溜め息を何とか堪え、正隆へと視線を戻す。「失礼しました。どうぞ続けて」

怪訝な顔を浮かべながら巴山正隆が話し出したのは、五〇年も前の出来事だった。

「そもそも、父が当主を受け継いだときに悶着があったんですよ。だって、父……隆之介は次男なんです。普通、家を継ぐというのは——家督とか伝統とかいうのが今のご時世にそぐわないのは承知ですが、一般的には長男の役目だ」

しかし、長男は受け継ぐことが出来なかった。正隆によれば、巴山隆之介の七つ上の兄である巴山光之は、先代の亡くなる三年前に、氏が三〇歳の時に事故で死んでいる。

「父が光之さんをダムに突き落としたんです」

山住は本田と顔を見合わせた。殺人事件の被害者について調べていけば、その実子曰く被害者はかつて加害者であった。しかも、殺した相手は自分の兄だという。

「今更言ってもどうにもならない話だとは思いますが、そのことはずっと私の胸の一部に嫌悪の対象として棲み着いています」

「警察には何も言わなかったんですか？」

「私は当時子供でしたから、何をどうすることもできませんでしたよ。それに、あれを事故として処理したのは、他ならぬあなたがた警察でしょう」

藪蛇だったようで、本田は「あ、いや」と口をモゴモゴとさせ誤魔化した。

「ともかく、この村の人たちはずっと思っていたということです。まだ新しい真夜中のダムで、光之さんは死体で浮かんでいた。呼び出されて、そして突き落とされたんだろうって。光之さんは酒好きで、大体毎日酩酊していました。一人で現場まで行けるわけがないんです。車を出した人間がいる。なのにその人物は事故後も名乗り出ない。やましいことがあるに違いない」

今となっては検証のしようのない事柄だ。山住は独り言のように呟く。

「隆之介氏が光之氏を殺害したとして、その動機は何だろう」

「そりゃ考えるまでもありませんよ」正隆は苦笑した。「財産の問題です。光之さんは自分で管理できない土地は県に売却して、慎ましく過ごそうと考えていました。でもそれじや父は困る。贅沢できなくなるから。と言っても、私はその恩恵に与ったという実感がまるでないですけどね。あるいは、父は光之さんの奥様とも噂があったとか。その人が今どこでどうしているかは知りませんが、酷い話だ」

　正隆は頭をかきむしる。

「ああ、まったくバカバカしい。こんなことならもっと父に刃向かっておくべきだった。私だって、自分で行動できるんだってみせつけたかったのに」

　巴山正隆は父の呪縛から逃れられていないようだ。彼は今日、のど自慢大会の見物に来たが、公民館の中に入ったのは一二時前にトイレを借りた一度だけだ。重要な容疑者ではないが、隆之介の人となりや動機への手がかりについていくつか聞き出せたと感じた。視線を本田に送ると、彼は頷いて最後に訊ねた。

「では正隆さん。最初の質問に戻りますが、隆之介氏を殺したいほど恨んでいる人がいるとして、誰か心当たりはありますか？　もちろん外部には漏らしません」

「だからそう言われても……わかりませんが、そうだな。磨器子さんに聞けばいい」

「磨器子さん？　さっきも名前を聞いた気が……」

　本田が手帳をめくり始めたので山住が言った。「赤竹磨器子。杉井氏の部下ですよ」

「そうです。杉井さんよりだいぶ年上だけど、役場の人です。あの人は村のことならなんでも知ってますよ」

◇

「御館が誰に恨まれているかなんて、そりゃ正隆さんの口からは言えませんわよ。この村じゃ壁や障子以外も耳目で溢れていますから、誰かの悪口なんて言った日には光速で村中に広まりますよ。言いふらすのは殆ど私ですけどね」

　赤竹磨器子は着席するなり長々と喋り出した。山住の経験則では、この手の女は一から一〇を話すときに一を一〇分割するから道のりが遠くてかなわない。

「もちろん正隆さんが御館を殺すなんてことはないでしょうけど、最近は方針についてぶつかっていたみたい——遅すぎる親離れというか、父親に反目する行動をとって父親よりも優位に立ちたいっていう感じが、このところ目立っていましたね。あ、これは言っちゃ不味かったかしら」

　磨器子は独特の強い香水を身に纏っており、山住は呼吸すらはばかられるほどだった。隣の本田も、顔をひきつらせながら頷いている。肘で小突くと、ようやく自分の役目を思い出したのか、磨器子に尋ねた。

「具体的に何のことで反目していたんですか？」

「この村の先行きですよ。跡継ぎの話は何年も前から出ていましたが、継いだ後の正隆さんの計画について、御館はたいへん遺憾に思っていたようで」

曰く、若い者にはどんどん外に出てもらって、広い見聞をもった人生を送ってもらいたい。それが正隆の考えだという。そのために、余っている土地を売って、村の学生たちのために奨学金制度を作ろうとしていたらしい。

「とは言っても晶穂ちゃんのことは手元に残しておきたがっているけどね。杉井さんに唆されて東京に行きたがっている現状はあんまり嬉しくないみたいよ。まあ、あのくらいの年頃の子が手近な年上の男にコロリとなるのは仕方ないし、一時のものだろうってみんな話しているけど」

また、それ以外の土地についても、地域の老人同士で助け合いのできる共同居住施設にして老老介護の仕組みを作ろうと考えていたようだ。

「ほら、シェアハウスってあるじゃない？　知ってる？　知らない？　知ってるか。他人が集まって暮らすやつ。それの高齢者向けをね。海外ドラマに出てきそうな、老人たちの終の棲家みたいなものよ」

磨器子は正隆に関して、秘密も何もお構いなしにペラペラと話す。

「でも御館は、先祖から受け継いだ土地を売り払うとは何事かとお怒りで」

「ありがちな対立ですね。正隆氏は土地をどこに売ろうとしていたのでしょう？」

「そんなのは県に決まっていますよ」

ダムの一帯は県の所有地だが、周辺の林野や山はごっそり巴山の土地だ。そこが県の所有になるのなら、開発を進めてより大々的に観光地化できるという話は前からあったらしい。話を持ってきたのは、当時土地区画整理事業に携わっていた杉井稀一郎だった。

「あの人のことは好きじゃないけど、箱とかインフラの整備に関しては才能を発揮する人だと思いますよ。少なくとも、イベント企画なんかよりはずっと」

「なるほどねえ」本田は頷く。「では、正隆さんの周囲には怪しい動きは?」

正隆自身は隆之介への殺意を抱いていなくとも、利害の対立から周辺人物が犯行を企てたかもしれない。磨器子は鼻で嗤い、意地悪な表情で答えた。

「宮間咲子って女がいるんだけど。この辺の不動産屋の娘よ。杉井さんと同級生だったはず。何を考えているのかわかんない女で、正隆さんとはずいぶん懇意にしているみたいよ。正隆さんも、ほら、結婚も御館の言いなりで決めた人だから、なんだかんだ自分で惚れた女ってのはいないみたいだし。そこに、そこそこ若い女が四六時中仕事で一緒にいたら……ねえ」

それからも磨器子は村の噂話をあれこれぺらぺらと話し続けた。ノンストップで十数分過ぎた頃に、本田がさすがに辟易して「もう結構です」と手のひらを突き出した。

「――のよ。あら? もういいの?」

磨器子が退室した後、本田が山住を見る。「今回は大人しかったですね」

「約束しましたし」

向こうが勝手に喋ってくれるから、質問の必要がなかっただけだ。

◇

警官に案内されてやって来た宮間咲子に、本田は言葉をなくしていた。黒髪を束ねて緩いセーターに身を包んだ彼女の姿は、ビールのＣＭに出てくる夫思いの妻のようで、彼女を見る彼の表情は緩んでいる。

「初めまして、県警の本田と申します。ご足労感謝します」

本田の恭しい挨拶に、彼女は厚い唇を濡らし、容姿によく似合った甘ったるい口調で、しかし視線を斜めに飛ばしてつまらなそうに言った。

「特にお話しするようなことはありません」

「ええと……え?」それが拒絶の言葉だとうまく認識できなかったらしい。咲子は眉根をあげ、溜め息交じりに続ける。

「知っていることは何もないと言っています。私は今回の件に無関係ですから。時間の無駄ですよ」

「いえ、その、何が関係してくるかわかりませんし、我々も事件解決に全力で……」

「大体、地域の有力者が殺されたってのにずいぶん若い人をよこすじゃない。可哀相に。事件が解決しなかったり、別の有力者を犯人として逮捕することになったとき、責任を取らされる役目を押しつけられたんだわ」

「そ、そんなまさか……」

これでは確かに時間の無駄だ。山住は小さく溜め息をつき、頬杖をついて言った。

「あのさ、こう言っちゃ何だけど」

「はい？」そっぽを向いていた咲子の視線が、くまのひどい山住の目に向いた。

「あなたの意思はどうでもいいんで。関係あるかどうかはこっちが判断しますから」

「は？　どういうこと？　警察は、善意の市民を人間扱いしないってわけ？」

食ってかかる咲子の視線を、山住はじっと受け止めて唸るように言った。

「飲み会の席でＳＮＳのアカウントを教えてくれって言ってるわけじゃないんだ。こっちは仕事中だ。そうでなくても人が死んでいる。個人的な正義感もある。事件は解決されなくちゃいけない。話したくないっていうなら、あんたには正義の心がなくて、事件の解決を望んでいない悪党ってことになるけど、それで合ってる？」

「ちょっと山住さん、失礼ですよ」

「失礼なのは、煙に巻こうとしているこの女でしょう。こっちは何千・何万の人間の秘密に触れてきた。宮間咲子さん？　あんたの抱える秘密なんてひと山いくらで投げ売りされるザリガニほどの値打ちもない」

「価値がないですって？　そんなこと言うなら――」

ドン、と鈍い音がした。咲子の言葉を遮って、山住が拳で机を叩いたのだ。

「だが、この場ではダイヤモンドよりも高価かも知れない」

窓から差し込むオレンジの陽光が、山住の顔に深い陰影を作る。沈黙が部屋を包み、ドアの外から警官が中を覗き込んだ。しかし緊迫した状況に何も言わずに顔を引っ込める。

咲子はしばらく山住と睨み合っていたが、やがて大きく溜め息をついた。

「白々しい演技に巻き込まないでください。みっともないったらありゃしない」

山住が口元を歪めた。「高校時代、演劇部だったもんで」

ふん、と鼻を鳴らし、咲子はリラックスしたように首を曲げる。

「だいたい、私に話を聞こうってなったのも磨器子さんが何か言ったからでしょう？　どうせ、私が正隆さんと仲がいいとかそんなこと」

「仲、いいんですか？」

「父が仕事仲間ですからね。変に勘ぐられるような間柄では決してありませんが」

「でしょうね。正隆氏にあなたみたいな性格の女性を制御できるとは思えない」

二人の顔に奇妙な笑みが零れた。咲子と山住のやりとりに加わることは不可能と考えたか、本田は無言で手帳にペンを走らせている。

「今日は、花と晶穂ちゃんがのど自慢大会に出るっていうから、花束を用意して伺いました。二人の本番の時間には仕事が入っちゃって、見られないから」

　のど自慢大会の会場である広場に着いたのは一一時半頃で、杉井稀一郎を見つけたから声をかけて一緒に見物した。昼食時には巴山正隆も加わった。一二時半前に杉井が離脱したので、その後正隆と五分ほど話して解散したとのことだった。

「あなた、公民館の中に入っていますよね?」

「花束を杉井くんに託したのに、彼ったら忘れてどっか行っちゃって。しょうがないから私が自分で二人の控え室まで届けに行ったの。一二時四〇分くらいだと思うけど。二人ともすごく喜んでくれた。正確な時間はわからないけど、問題ありますか?」

　午後はずっと自宅の不動産屋で書類仕事をしていたとのことで、その姿は店のガラス越しに近所の人たちから目撃されている。供述に矛盾はなかった。

「こちらに見覚えがあったりしませんかね?」

　山住は用水路に落ちていた白手袋を見せる。咲子はしばらく首を傾げてから答えた。

「花のやつに似てるかも。あの子の、今日着る予定だったっていう衣裳(いしょう)の」

「アイドルの卵ですね。ええと、神野花さんの? 巴山晶穂さんのものではなく?」

「晶穂ちゃんのは白じゃなかったはず。ちらっと見ただけだから断言はできないけど」

「いえ。ありがとうございます。なるほど、衣裳か」山住は盲点だったとでもいうように手袋を眺め、それからもう一度咲子に視線を飛ばした。

「神野花さんとは仲がいいんですか？　さっきから、巴山晶穂さんには『ちゃん』づけで、神野花さんは呼び捨てだ」

「うわ、怖っ」咲子は眉根を上げ、指摘されたことが敗北かのような態度で答えた。

「花は姪だから。花の母親は私の姉なの。もうだいぶ前に死んじゃったけど」

「身内なんですね。あなたは彼女たちのアイドル活動に賛成で？」

「二人の人生なんだから二人の好きなようにしたらいいと思いますよ。その方がきっと楽しいもの。それに、この村が賑わうなら素敵なことだわ。お金になるもの」

咲子は父の仕事を継ぐために大櫃見へ戻ってきた。村が少しでも発展するなら、それに越したことはないとのことだった。彼女は更に、視線をさまよわせたまま続ける。

「そもそも、私が何を言おうと私は花の親じゃないし。あんな男でも、父親が許容しているなら口出しすることじゃない」

花の父親のことはあまり良く思っていないようだ。なんでも、花のことはずっと放置して、大して働きもせずに趣味の盆栽に精を出しているという。

「私も盆栽なら少々齧りました。友人の趣味に付き合っただけですが、意外と奥深い」

山住の発言に、咲子は「へえ、世間話もできるんだ」と意外そうに笑った。

「じゃあ刑事さんたち、娘さんは？」

首を横に振る山住の隣で本田が「小二になります」と頭を掻いた。

「え？　あなた娘がいるの？　嘘でしょう？　人の親っぽくない」

驚く山住に、本田は心外だというように口調を強める。

「いますよ。なんで嘘つく意味があるんですか」

そのやりとりに咲子はさらにくすくすと笑う。

「本田さんでしたっけ？　じゃあ娘さん、可愛い盛りでしょうね」

「もちろん。毎日服やリボンを着飾ってファッションショーをしてくれますよ」

「素敵ね。でも、それを可愛いと思えるのは、きっとご自分の娘だからでしょうね」

「は？」首を傾げる本田の隣で、山住は彼女の言葉の意図を正確に捕らえた。視線を上げ、彼女の目を見つめる。それを受け、咲子は苦笑と共に言った。

「どうせいつか突っつかれるから、先に話すわ。関係あるかはそっちで決めて」

「助かります」山住は深く頭を下げながら思う。この女性が最初頑なだったのは、話し出したら秘密を隠さずにはいられない自覚があったからなのだ。

「花の母親は私の九歳年上だった姉の夏子、これは間違いないんだけど、父親……神野俊作は、花の実の父親じゃない」

「あ、そういうことか」本田がようやく話題に追いつくが、山住は構わず続ける。

「再婚ということですか？　いや、違うな。なら秘密にしている意味がない」

「簡単に言うと、私と花の関係は、花と晶穂ちゃんの関係と同等と言えるわ」

先ほど咲子は、神野花が自分の姪だと言った。その関係をスライドさせると、巴山晶穂が神野花の姪だということだ。花は晶穂の叔母にあたる。叔母とは、両親のどちらかの姉妹ということだ。そして花の母親は夏子で間違いないという。つまり。

「神野花さんの父親は、巴山隆之介氏？」

「花はそれを知らないけどね」咲子は顔を上げ、ドアの向こうを指さした。「万が一声が漏れ出て、聞かれちゃったら大事だわ」

本田が立ち上がり、すぐに人払いした。そしてようやく始まった話は、単なる親子の複雑な家庭事情というよりも、この村の成り立ちともいうべき内容だった。

巴山家は人々から敬意を持って崇められていた。戦中は自分の資産を投げ打って国のために多大な資材提供を行っていたという。村は長く平和だったが、戦後の高度経済成長期とそれに伴う土建業の需要拡大により、変革を余儀なくされる。そのとき必要とされたのは、資材ではなく土地そのものだった。地域一帯にダムを建造する計画が持ち上がったのだ。当時の巴山家当主は最後まで行政と闘ったが、結局大櫃見の住人はそれまでの土地と家を手放し、やや高台の手狭な土地に居を移すことを余儀なくされた。それが現在の大櫃見村坂上集落である。変革により農業はやや後退したが、スキーや温泉を観光名所として盛り立てることで、しばらくはそれなりの経済状況を維持してきた。だが、限界はいずれやってくる。土地を守れなかった巴山氏の影響力は次第に衰え、少子化や過疎の影響で村は衰退の一途を辿っていた。

そして、家督を引き継ぐはずだった長男の光之が完成して一年ほどのダムに落ちて死亡したとき、村には決定的な亀裂が生まれたという。光之派だった者たちが隆之介の陰謀論を唱え出したのは自然な流れであり、最初は一笑に付した者たちも、先代の死後当主の座に収まった隆之介の浪費癖と、強引ともとれる豪腕ぶりに、まさかと思い始めていた。

咲子は苦笑する。

「うちはかなり前の代から巴山家の土地管理を任されているから、色々突っ込んだ話も聞かされているのね。だから知っているけど、今回のこと、御館に天罰が下ったと思っている輩も多いわ」

「その輩の一人が俊作氏だと?」

「彼はこの村の生まれじゃないけどね。ここに住み着いたのは二五の時。それまでは蔵王のスキー場で働いていて、食堂でカレーを作ったり、初心者にスキーやスノボの手ほどきをしてやったりとか、そんな仕事だった」

一九九八年に宮間姉妹と友人たちでスキーに行ったことがきっかけだったという。神野俊作は宮間夏子に連れられて大櫃見に住み着いた。

「その頃の大櫃見はまだ観光地としてもそれなりで、今ほど閉ざされた地ではなかったかな。この十数年ちょっとで、旅館や飲食店はだいぶ店を畳んだわ」

遠回りしたが、咲子の話は要所に近づいているようだった。

「刑事さんたちみたいなよその人には想像できないかも知れないけれど、こういう人里離れた集落だとさ、まだあるわけ。その場所でしか適用されないルールみたいなものが。この場合、若い女はみんな御館の物だ、みたいなやつ」

山住は机に両肘をつき、顔の前で手を組んでいる。そこに鼻先をあて、物陰から覗き込むような心持ちで咲子を観察した。冗談を言っているようには見えない。

「それ、現代の話ですか？」

「そりゃ、今はないって。御館ももうそこまで元気じゃなかったし。そして今後もない。死んじゃったしね」

ただし、神野俊作がこの村に来たときは、それがまだ普通だった。この村のどのくらいが御館の子で、どのくらいの女が御館の子を産んでいるのか、正確なところは誰も知らない。殆どの場合、知っているのは産んだ本人とその旦那だけだという。

「姉が産んだのが御館の子だって知ったとき、俊作さんはどんな反応をしたかしらね。ちょっと同情しちゃう。だって、彼が仕事で村外に行っている昼間の内に、姉は幾度となく巴山邸にお務めに参ってたんだから」

思案する山住の脇で「え？　その……」と本田が言葉にならない呻きをあげた。咲子はその口ごもりの意味を察したようだ。「私は産んでませんよ。その頃はまだ子供だったし。でも私の父が本当に私の父なのかは、実際わからない」

そう肩をすくめる。

「今にして思えば異常だってわかるけど、生まれた頃から当たり前にあったことだから、当時はそんな認識はできなかった。そういうものだと思ってた」

神野俊作が隆之介に逆らう選択肢はあるはずもなかった。加えて花が生まれてからは、贅沢しなければ働かなくてもいいほどの額の現金が定期的に届けられるようになったらしい。

「そんなうちに姉が心臓病で死んで、今に至るわけ。俊作さんは花の養育費を受け取って、仕事もろくにしないで毎日のんべんだらりと過ごしているの。たまに思い出したように椎茸の様子を見に行ったりして」

「今はどこに?」

「旅行中。どこかで盆栽の大会があるんですって。電話、してみましょうか?」

言いながら通話ボタンを押し、携帯電話を耳に当てる。だが、すぐに肩をすくめてみせた。「駄目。電波が通じない」

「俊作氏は不在がちなんですか?」

「割と。数年前から離れた隣町のコンクールに出品しはじめて、だんだん評価されるようになってきたみたい。去年の秋には上野にある盆栽クラブの展示会に出品したそうよ。久しぶりの上京だって喜んでた。今日も似たような類だと思う。娘の晴れ舞台も知らないで」

実の娘ではないが。口に出しそうになり、山住は首を振った。人の秘密になど踏み込みたくないのに、踏み込まずには進めない。我ながら難儀な仕事だと思った。

◇

咲子が部屋を出て行ったあと、大きく溜め息をついたのは本田だった。

「何なんですかこれ。ただの殺人……いえ、言い方は悪いですが、普通の人が普通の人を誤って殺めてしまっただけの事件だと思ったのに。ちょっと話を聞き出したら、掘っても掘ってもいないのにどんどんとんでもない事実が掘り起こされてくる。いったい何なんですかこの村は。呪い？　祟り？」

天井を仰ぎ、気が滅入っているようだ。たしかに、事件の動機を追い求めれば、隆之介個人ではなく村そのものに対しての怨恨とも思える。だとすると、山住の気は重くなる。自分の考えは甘かったかも知れない。ここにやって来さえすれば、欲しい情報が簡単に手に入ると思っていた。

見透かしたように本田が呟いた。

「それで、山住さんの欲しいものはありましたかね。そろそろ教えてもらえませんか？　もしも宮間咲子から『取り調べが横柄だった』なんて苦情が入ったら、怒られるのは私なんですよ」

「たしかに、迷惑をかけるかもしれないですね。それに、宮間咲子にああ言った私が隠し事をしているのはナンセンスだ」

山住は長く息を吐き出し、ポケットから手帳を取り出した。ボロくて分厚く、付箋（ふせん）の切れっ端が何箇所からも飛び出ている。特に飛び出した付箋のページを開き、本田に差し出す。本田は泥団子でも触るような強（こわ）ばった手つきで受け取り、視線を落とした。

《一一月三日》
入手先は言えぬが、ようやく念願の情報を手に入れた。日本にも組織としての殺し屋が存在する。知ってはいたが現物を見ると感激もひとしおだ。
《一二月二八日》
久しぶりに酒を飲んだが、羽目を外しすぎた。会合でたまたま知り合った男に例のメモを盗まれた。暗号化してあるし、シードがなければ復号は無理なはずだが……。

《三月二二日》

メモの件、マズいことになった。いや、予想よりも遥かにマズい事態になっている。数日前から尾行されているし、今日は郵便物が荒らされていた。既に部屋にも侵入されているのかも知れない。明日にでも引っ越しを検討する。最悪、こちらから懐に飛び込んでいくしかない。でないと殺される。

《四月二日》

人が怖い。誰かに見られている気がする。すれ違った奴が殺し屋で俺を刺すかも知れない。寝ているところを侵入されて首を絞められるかも知れない。殺し屋に近づいたときから覚悟はしていたはずだが、現実に突きつけられるとその恐怖は想像以上だ。風に舞う落ち葉や、踏みつぶされた蟻の死骸を見て、明日は自分がこうなるのだと恐ろしくなる。

「山住さん。これは？　日記のようですが、創作……？」

「いいえ。本田さんは、このあいだ東京湾に浮かんだ探偵の話はご存じで？」

「ああ、東京湾の。結局事故で処理されたんでしたっけ」

「私は事件の可能性をまだ捨てていません。殺人事件」

本田は一瞬息を飲み、注意深く訊ねた。

「そうですか。被害者の名前は何といいましたっけ」

「喜多嶋大慈（きたじまだいじ）です。三三歳でした」

「私と同い年ですね。で、なぜ大櫃見に？　その喜多嶋が、この村の出身とか？」

「被害者は東京出身です。大学卒業後、就職した会社の都合で数年間宮城で過ごしました。その後は職を転々とし、三年ほど前に探偵として独立したのを機に東京へ戻りました。大櫃見とは縁もゆかりもありません。ただし接点はあります。喜多嶋はルポライターでもあったんですが、生前最後に取材していたのが大櫃見村だったんです」

「この村を？」本田は手帳から顔を上げて山住を見た。「何の為に？　いや、本にするんだろうというのは分かるけれど、どんな切り口で書こうとしていたんでしょうかね。こんな……いや、その、寂れた田舎の村を」

「詳細は今となっては分かりませんが、遺品を調べる限り、この村の人間関係や歴史に重点をおいて調べていたようです」

下書き段階の遺稿には、巴山隆之介の名前もあった。それを告げると本田は得心した顔で頷いた。

「なるほど。それで巴山家の家族構成に詳しかったんですね。山住さんは喜多嶋の死に関するヒントがこの村にあると踏んで、わざわざやって来たってわけだ」

「巴山隆之介氏に話を聞くつもりだったんですが、間に合わなかった」

「しかし《殺し屋》がどうのと書かれていますが、現代の日本で組織としての殺し屋だなんて、さすがにちょっと……」

「少なくとも、私は二つの事件が無関係とはまだ結論づけてはいませんがね」

数秒の後、本田は失笑した。「ははあ。とすると、何ですか？　喜多嶋大慈という男は、この日本に殺し屋がいて、それが大櫃見村で何かやろうとしていることを嗅ぎ取ったと。ところが志半ばで命を落としたために、あなたがその跡を継いで捜査しているというわけですか？　……ははっ、いや失礼」

おかしそうに口元を抑える。たしかに、山住も今の話をもし他人から聞かされたら似たような反応をしただろう。しかし。

「何しろ喜多嶋は……なんといいますか、嗅覚の鋭い男だったもんで」

「顔見知りだったんですか？」

山住は肩をすくめた。本当は、顔見知りなどという言葉では言い表せない。友人であり、教え子だった。喜多嶋大慈は山住より五つ年下で、元々は大学の同期の弟だ。山住が大学時代、家庭教師のアルバイトで彼の高校受験の面倒を見た。気になることがあれば課題そっちのけで没入する少年で、『源氏物語』を読破して能の演目の「葵上」が原本の「葵」と展開が異なるのは何でだとか、ニーチェといえば『ツァラトゥストラはこう語った』ばかり有名だが『この人を見よ』を読まねば彼の全貌は摑めないとか、山住の知識を軽々と越えた質問をぶつけてくるから舌を巻いたものだ。彼の影響で、盆栽に手を出したり古いレコードを聴いたりした。しばらく疎遠だったが、探偵業を始めるにあたって久しぶりに山住のもとへ姿を見せたとき、相変わらず表情を隠すほどに伸ばされた前髪の奥から覗く目は愉しげだった。調べ物好きが高じて探偵を始めたと言って名刺を差し出した彼の笑顔は、今も脳裏に焼き付いている。

「すみません。私怨で捜査に来たと思われるのが怖くて、曖昧にしていました」

「そんなことは思いませんが、喜多嶋という男のことは気になりますね」

「彼は大櫃見に関しても非常に細かく調べていましたよ。ダムのことも、巴山家のことも。実は聞き取り中に次から次へと知っている話が出てくるので、自分には予知能力があるかのような錯覚を覚えました。さすがに神野花のことまでは書いてませんでしたが。そんな彼が書き残したんだ。殺し屋がいたとしても不思議じゃない」

「殺し屋って？　ゴルゴとか、牙とか、１とか？　いやいや、考えすぎでしょう。その探偵は、大櫃見に《殺し屋》の気配を感じ取ったせいで何者かに殺害されたわけですか。そして、それを追ってやって来たあなたが到着するのを待ち構えるようにして、隆之介氏が殺害された。とすると、隆之介氏が殺されたのは、あなたが殺し屋のことを嗅ぎ回ったから、ということにもなりかねませんよ？」

山住の身体はびくりと硬直し、数秒の後、ゆらりと首だけが動いた。その双眸は本田の顔を凝視している。

「私のせい？　ははっ、上等だ。それが事実なら、殺し屋がいるという証明になる」

「や、山住さん？　今のは冗談ですよ、その……」

狼狽え出す本田に、山住は苦笑して見せた。

「私も冗談です。言ったでしょう、高校時代は演劇部だったもんで」

「え……？　いや、びっくりしたなあもう、冗談きついですよ、ははは……」

室内に乾いた笑いが響く。そこに、遠慮がちなノックが割り込んできた。

入ってきたのは所轄の男性刑事で、名を大沢といった。別室で行われていた関係者への聞き込み結果を取りまとめてきたのだった。

報告によれば、のど自慢大会開始以降に隆之介氏の部屋を訪れた者で現在判明しているのは蕎麦屋の女店員一人のみ。彼女は一一時一五分頃に鴨南蛮を届けている。昼食には早い時間だが、朝食が早かったのでお腹が空いたと言われたそうだ。部屋のドアを開けたとき、テレビで能代五十鈴が歌い始めたところだったという。

「彼女のステージは一一時一五分から三〇分ほどだったので、概ね間違っていないと思われます」

「食べ終わった器の回収は？　現場にはそれらしいものはなかったけど」

「それも同じ店員が行っています。『能代の歌が終わる頃に来てくれ』と言われてその通りに行ったとのことです」

「つまり一一時四五分になるわけね。その頃までは生きてたんだ」

「いつも通り殆ど汁も飲み干していて、特段変わったことはなかったそうです。これから詰め碁の問題を解くんだと言っていたとか」

「杉井氏が出題した奴だな。それと、蕎麦屋の女性は二回とも自分で部屋のドアを開けたの？　隆之介氏に開けてもらったんではなく」

警官は首肯した。ならば隆之介には施錠の習慣がなかったことになる。しかし、遺体発見時は施錠されていた。

「また雪玉ですが、同じものを作成するとして、一人でなら三〇分程度。二人でも二〇分を切ることはないと思われます」

「実験したんだ？」

「背丈の近い女性警官にゴミ袋に入ってもらい、卓袱台の坂道を転がしました。他には……何人か参加者に話を聞きましたが、今回の大会はアクセスが悪いとか、音響も素人レベルだとか、司会の男が軽薄だとか、ベル男にサインを頼んだらわざわざ部屋からペンを取ってきてくれたとか、B級グルメ的には意外と生クリーム唐揚げがイケたとか、あまり関係のありそうな内容は出てきませんでした。ただ、男女問わず殆どの参加者がゲストのステージを見ており、特に午後のゲストの藤江公孝については全員が『最高だった』と口を揃えています」

「ちょっと興味深いな。その間、公民館の中はほぼ無人だったのかもしれない」

その藤江公孝にも話を聞いたところ、九時過ぎに到着して出番が来るまで、一度トイレに行ったきり控え室からは出ていないらしい。食事もスタッフの運んできた弁当を食べている。

「ただ、彼の楽屋には昼過ぎに今日の参加者の矢吹初宏が訪ねていますね。藤江のモノマネ芸人です」

藤江は一時間ほど矢吹にモノマネの手ほどきをしていたという。スマートフォンでインスタ用の動画を撮影していたそうで、たしかに二人で特訓している様子が映っていたとのことだった。

「とすると、容疑者からは外れるな」

それに、仮に藤江公孝が犯人だったら、殺人を犯した直後に観客全員から絶賛される歌声を披露したことになる。男性でそこまで剛胆な犯罪者は滅多に聞かないし、除外して問題ないと思えた。また、能代五十鈴は次の仕事があるため、自分のステージ終了直後にマネージャーと共に大櫃見を離れたとのことだった。

他に、巴山晶穂と神野花には若い女性警官が事情を聞いた。彼女たちはずっと部屋にいて公民館の外には出番まで一度も出ていないとのことだ。巴山晶穂は出番前の一時間ほど昼寝をしていて、神野花は数回トイレに立った程度。それ以上の話は、二人とも酷く憔悴していること……特に晶穂の落ち込みが激しかったことから見送られた。

「その女性警官は？　詳しく話を聞きたいな」

「すみません。雪玉役で何度も転がったら酔ったらしく、今は寝込んでいます」

「……じゃあいいや。よく労って」

そもそも、見取り図を見る限り他の控え室からだと窓側を通って隆之介氏の部屋に行くことはできない。用水路に面していないからだ。従って、部屋に籠もっていた面々にはそれほど嫌疑をかける必要はないといえる。

「やはりドア側から侵入したんだろうな。そうだ。杉井氏。彼が、公民館の中で椅子を探して回っていたと言っていた。それを見たり、手伝ったりした人はいなかった？」

「ええ。特に話は出ていません」

「ふむ。他には？」

「そうですね……いまのところ、以上です」大沢は山住に向かって頭を下げた。その様子を茫洋と眺めていた本田が急に怒り出す。

「おい、君が報告すべき相手は私だ。その人はたまたま居合わせているだけで、捜査本部の人間じゃない」どうやらまた突然プライドが回復したようだ。

「え？　そうなんですか？　てっきり――」大沢は慌てて釈明しようとするが、それを堰き止めるように山住が彼の鼻先にスッと指を突きつけた。

「以上、って変でしょ」

「え？」二人の目上に挟まれて、大沢はその場に硬直してしまう。

「藤江氏にまで話を聞いているのなら、あと二人、聞いていて然るべき人物がいる」

「誰ですって？」本田は首を傾げるが、指さされた刑事は即座に思い当たったようだ。

「失礼しました。司会のキチナリは取り巻きというか、ファンなのか、若い女性と子供たちが周囲を囲んでいて、本人のところまで辿り着けないんです」

「もう一人は？」

「審査役のベル男は、もう少し厄介でして……。その、私じゃ話にならないと言っています。もっと上の、責任ある立場の者となら話すと」

「君ね、そんな弱気でどうするの」本田が呆れ声を出したが、山住はそれを制して耳打ちした。

「いいじゃないですか。私、気になりますよ。ベル男が何を話すのか」

夕焼けは、いつの間にか蒼（あお）い夜に飲まれていた。

マイク老原は地味な男だった。顔立ちはまずくないし、山住と本田ににこやかに相対し、握手まで求めてきた。なのに山住は彼に対し、擬態（ぎたい）に長（た）けた昆虫のような印象を覚えた。この建物から外に出たら、夜の闇に紛れてそのまま消えていなくなってしまいそうな、明日には会ったことを忘れてしまいそうな雰囲気だ。何かこの男の特徴を見極めようと凝視して言う。

「先代の頃は、何度かテレビを拝見しました」

「だいたいの人がそう言いますね。私だって、視聴率はそんなに悪くなかったのに。終わったのは時代のせいですよ」

老原は冗談めかして答えると、山住と目を合わせて微笑（ほほえ）んだ。

「あなた、だいぶひねくれている。のらりくらりとしているようで実は相当せっかちでしよう?」

「は?　私?」組んでいた指を解（ほど）き、両手を机の上に置く。無意識に身構えたのだ。

「だって、服がくたびれているし、髪だってボサボサだ。でも適当な安物を身につけているわけじゃない。時計もだいぶ古い型だけど、こだわりを感じるモデルだ。髪型も、伸びても面倒じゃないカットにあえてしているんだ。自分のことにかまける時間を最小限にして、他に気を回したい——そういう性質の表れです。違いません？」

「さあ。自分では何とも」

「あと、女性が苦手」老原は指を立てて目を細める。そのままその指で、今度は本田を撃ち抜くような仕草をした。

「一方のあなた、本田さんは素直な性格だ。上司の指示を率直に受け止め、よいものは習慣化する。勤勉といってもいい。自分に自信がない？ あるいは、子供の頃から親の機嫌を損なわないように生きてきた。その反動で、大人になってからはときどきつまらないことで憤慨(ふんがい)する」

「あの、何ですかあなたは？」本田はボールペンの先を手帳に打ち付け、怪訝な顔をする。「今は我々があなたに質問する時間だ」

「その前にはっきりさせておきたくて。この場を取り仕切る立場なのは本田さん、あなたのほうですね。でも事件について貪欲に情報を欲しているのは山住さんだ。この場合、私はどちらの意に沿う行動をとった方がいいのかな。質問するのは？」

「彼です」山住は横を指して即答した。「え？」本田は一瞬慌てたが、老原に迂闊(うかつ)なところを見せられないと感じたのだろう。すぐに姿勢を正し、最初の質問をぶつけた。

「では、老原さん。今日はどういう流れでここに？」

「小さな芸能プロダクションに所属していまして、そこに依頼が入ったんです」

老原はスケジュールが空いてさえいれば、どこののど自慢大会にも出向くそうだ。テレビの仕事をやめてからもうずっと、七年になるという。全国どこでも報酬は一律で、交通費宿泊費別。審査用のチューブラー・ベル一式の運搬費用も依頼者持ちとのことだ。大槻見は交通の便が悪いので通常ならかなり高くつくが、今回は近隣の学校に同じ楽器があったので、そちらを運び込んで使用したという。

「ハンマーのみの場合は、運搬費用は取らない？」

「ええ。バチだけなら、旅行鞄に入りますから。本当はワンセット全部持ち運びたいけど、なかなか運搬代を出そうって人はいませんしね。せめてバチくらいは愛用のものをと思って持ち歩いているんですよ」

「そのハンマーが、今回の犯行に使われたわけですが」

老原は顔をしかめて身を乗り出した。

「まったく酷い話ですよ。柄に手彫りの装飾を施してもらった特注で、一本五万円近くするんだから」

「そんなにするんですか」本田が頓狂な声をあげる。

「刑事さん。たかがバチなんて思わないでくださいよ」

チューブラー・ベル自体も相当高価な楽器だそうで、高いと一〇〇万円はくだらないとのことだった。ただ、合奏で使われる機会はそれなりにあるので、吹奏楽部や管弦楽部のある学校なら一台くらいは所有していてもおかしくないという。

「ここのやつは、あまり手入れが行き届いていないですね。よその楽器の扱いに口を出す気はないけれど、せっかくのヤマハなのにもったいない。私の力を持ってしても、本来の魅力の半分も出せていないと感じます。残念です」老原は一息に言って、はっとした表情で顔を上げた。「刑事さん。私のバチ、返してもらえるんでしょうね?」

「え? ええまあ。事件が解決したら返却されるとは思いますが……」

「それは一安心です。大事な商売道具ですから、返してもらえないとなるとこれはとんでもないことですからね。所轄の刑事さんに言っても有耶無耶(うやむや)にされるだけではないかと不安だったんです」

それで頑なに所轄の刑事からの聴取を拒(こば)んでいたらしい。老原の態度は恐縮しているように見え、一方で口調は飄々(ひょうひょう)としている。先ほどから観察に徹している山住は、彼のチグハグぶりに不気味さを覚えた。だいたい、直接殺しに使われてないとはいえ、殺人現場にあったのだ。それをもう一度取り戻したいと思うものだろうか。多少値が張るにしても、買い直したいと思うのが普通のように感じるが。

マイク老原は、今朝、九時半頃に大櫃見に到着した。一昨日の夜、東京から深夜バスで新潟に向かい、一泊して今朝一番のバスでここに来たという。

「浦佐から無料のシャトルバスが出ているんですよ。スキーシーズンにだけ運行しているという東京からの直通バスもありましたが、それだとあまりにも早朝に着きすぎて時間を持て余しそうだったので。だったら新潟で美味い日本酒でも引っかけてから来ようかと思ったんです」

今朝公民館に到着した彼は、杉井の案内で控え室に通された後、顔見知りの能代五十鈴および藤江公孝と挨拶を交わした。九時四〇分からの打ち合わせを終えるとそのままステージに向かい、一〇時にのど自慢大会がスタート。

「あとはご存じの通り、殆どステージ上に」

「何度かステージを降りているかと思いますが」

「午前中で降りたのは能代さんのステージのときと、その後のキチナリさんのクイズ・ゲーム。この時間帯に昼食と仮眠を済ませました」

その際、キチナリの取り巻きがあまりにもうるさかったのでちょっといたずらして部屋を追い出したそうだ。

「いたずら？」

「ええ、これです」スマートフォンを取り出し、音楽の再生ボタンを押す。しかし何も聞こえない。顔を見合わせる山住と本田に、老原は愉快そうに言った。

「お二人ともすっかり大人なようだ。モスキート音ですよ。若者にだけ聞こえる、不快な周波数の音」

なるほど、「控え室の居心地が悪かった」という伊東拓磨・三浦唯両名の供述は、これを指していたのだろう。

「彼らは騒いでいないと死ぬんですかね」

マイク老原は仮眠の後一二時前にステージに戻り、演奏のパフォーマンスを行い、それが一二時一五分まで。それから午後の部の打ち合わせに向かい、終わったら即、午後の部に突入したという。

「慌ただしかったですね。一二時台はみなさんお昼時で賑わっていましたから、ステージから降りるやいなや握手とかサインとか求められてもみくちゃになって。あ、写真はお断りしているんですがね。で、次にようやく休めたのは藤江さんのステージの始まった一四時です。しかしそこもなんのかんので休む間はありませんでした。そして広場に警察の方がお見えになったとき、私はステージ上にいました」

老原は寂しそうに肩を落とした。「杉井さんのプロデュースした、あのお嬢さんたち。どうせならお歌を聴かせてもらいたかったものですね。心残りです」

「本人たちもだいぶ気落ちしているようですね」本田も同調する。自分以外の何か——言うなれば運命のようなものに翻弄された少女たちの心中を思えば、同情の念を禁じ得ない。それは山住も同様だ。しかし今、彼の胸に去来したのは別の思いだった。無意識に、天井を仰ぐ。

「みんな、好きだよなあ」白く光る丸い照明を見つめながら呟いた。

「なんやかんや、とか、なんのかんの、とか。そういうふうにひとまとめにされてしまった些末な出来事に対しても、アイドルの卵に向ける一割でも憐憫を覚えてほしいものです」

老原が訊ねる。「何か、気になる点がありますか？」

「ありますとも」山住はゆっくりと顔を正面に戻した。「杉井稀一郎氏の証言によると、その時間帯にあなたは彼と話しているはず」

「ええ。話しています。それが何か？　先に概観を話し、細部は質問に応じて説明しようと思っていただけですよ」

少なからず威嚇したつもりだったが、老原の口調は変わらなかった。

「では、細部についてお聞かせ願いたい」

「ならば、一四時にステージを降りたときから。のど飴を嘗めようと思って、控え室に戻りました。キチナリさんの取り巻きは戻っておらず、一人でした。それで、ようやくちょっと落ち着けると思って、帰り支度の整理をしておこうとカバンを開けたら私のバチがなくなっていたのです」

「そこで初めて気づいたということですか？」本田が興味深そうに訊ねた。

「ええ。仰天してのど飴を飲み込んじゃって。もう一粒嘗めましたよ」

「つまり、ハンマーがなくなったことについては事件発覚前に認識していたわけだ」

山住が頬杖をついて訊ねた。

「そうですね。それで、慌てて杉井さんを探して、事情を説明しました」

しかし杉井には取り合ってもらえなかった。公民館の出入口に監視カメラが付いており、その確認を願ったが、時間が無いの一点張りだったそうだ。仕方ないので公民館の中を自分なりに探し回るも見つからず。ステージに戻らねばならない時間が近づいてきた頃にもう一度杉井にお願いした。大会終了までには時間を作って探しておくとの言質を得たので引き下がったという。

「公民館の中を探し回ったというのは、具体的には？」

「入れるところには全部入りましたよ。女子トイレにも、通りすがりの参加者の方にお願いして確認してもらいました」

「隆之介氏の部屋は？　その頃には既に殺害されていたはずです」

「施錠されていました。あ、藤江さんの部屋もですが、そっちはノックしたら開けてくれました。モノマネの方と一緒にいらしたようですね。私の控え室は、複数の人が出入りするから施錠していなかった。それがいけなかった」

　山住が首を回しながら呟く。

「ふうん。じゃあ、アイドルの卵には会ったんだ?」

「ええ。会いましたよ」老原はあっさりと答えた。

「二人の様子、どうでした?　態度がおかしいとか。特に、そうだな。神野花さん」

「お名前は伺っていないので、その方がどちらなのかはわかりません。ただ、片方は潑剌とした子で、もう片方は控えめな子でした。対照的な雰囲気ですね。でも緊張とか不安とか、そういうものを差し引いても、二人とも普段からそんな性格のように見えました。どちらも大変かわいらしいお嬢さんで、衣裳がよく似合っていましたよ」

「手袋は?　私、彼女たちの姿を見ていないんですが、衣裳だったはずです。二人は手袋を嵌めていましたか?」

「それは……いや、嵌めていましたね。二人とも。衣裳とはいえ手袋くらいは直前まで外していてもいいだろうにと思ったのを覚えています」

　山住は顎に手を当て、口元を歪めた。「まあ、替えくらいあるか……」指先で顎を叩き始める。しばしの沈黙の後、諦めたように嘆息した。

「やっぱり、ハンマーを持ち出した奴から詰めていくしかないようだな」

　すると老原が思い出したようにポンと手を打った。

「その件でしたら、次にお話しするつもりでした。もう解決済みです」

山住は指をぴんと逸らせたところで固まった。もう解決。その言葉の意味が理解できなかった。

「どういう意味です?」先に声をあげたのは本田だ。「あなたのハンマーを持ちだした人間を、あなたはご存じだと?」

「安心してください。盗難は嘘で私の狂言だった、なんてことはありません。そしたら私が犯人になっちゃう」

「なんだか回りくどい話し方をする人だな。とにかく説明してください」

「単純なことですよ。持ち出した本人が言っていたのを聞いたんです。お昼に私が余興の演奏をしている隙に、カバンを漁って持ち出したのだとか」

「本人と話したというんですか?」

「それはまだですが。なんせ取り巻きが何人もいるから、ちょっとおっかなくて」

「取り巻き?」という本田の声に被せるように、山住の今までで一番深い溜め息が部屋に響いた。

「……おいおい。まだ絡んでくる人物がいるのかよ」

数分後、白いツナギを着た長身の男が、老原の隣に座ると身体を揺らしてへらへらと緩い表情を浮かべていた。

「参ったなあ。警察の取り調べを受けるのなんて初めてですよ。これまでクリーンなイメージでやってきたのに、困ったなあ」

内容とは裏腹な口調で、状況を楽しんでいるようだ。スーツのよれを直す本田の顔には疲労の色。無理もないだろう。講堂まで出向き、人だかりの中心にいた人物を強引に連れだしてきたのだから。

免許証によると、本名は吉成吉文(よしなりよしふみ)。目黒(めぐろ)区在住の二十三歳。芸名は苗字の読み替えのようだ。本田が訊ねる。

「吉成さんはどうしてお仕事を引き受けたの?」

「アイドルのお披露目って聞いたから、それならネタになるなって」

「まさかとは思うが、この場の状況をインターネットで生配信したりしてないよな?」

「さすがにわきまえてますって。俺、炎上とか嫌いなんで。ただ、できる準備はしていますよ。不当な取り調べだと感じたら、自衛手段をとらせてもらいます」

キチナリはスマートフォンのレンズ部分をこれ見よがしに二人に向けた。この手の取るに足らない挑発に腹を立てる気力などとうの昔に失っている山住は、嘆息もなく無視。

「そのときは、君の立場が悪くなるだけだと思うがね」本田が皮肉を込めて言った。

キチナリは自分のサイトのメッセージ・フォーム経由で杉井から依頼を受けたという。通常の仕事の依頼と同じ手順らしく、おかしな点はない。

「大櫃見に来たのはこれが初めてです。連れたちも」

彼曰く、いつも何人かの『連れ』と群れて行動し、楽しそうな話があればどこにでも顔を出すとのこと。ずいぶん優雅な生活をしているようだ。

「俺も、友達の開発した新商品とかゲームとか、自分のチャンネルでバンバン宣伝するし。俺たちの方が、テレビタレントを使うよりも安価でターゲット層にアピールできる場合もあります。持ちつ持たれつですよ」

本田が理解できないという態度で肩をすくめる。それを合図に今度は山住。

「君の人生に口を出す気はないが、一つ聞かせてほしい。どうして老原氏のハンマーを持ち出したんだ?」

「あー、やっぱそれかあ。はい、はい」キチナリは頭を掻いて苦笑して見せた。「いや、そんな複雑な話じゃないんですよ。でも、これはその……怒られるかも知れないんで、その前にちょっと謝りたいんですが……。俺、さっき連れがいるって言ったじゃないですか。そのうちの一人のタクマイト……まあ本名は伊東拓磨っていうんですけど」

遺体の第一発見者の片割れだ。

「そいつとゲームをしたんですよ。俺が何か隠すから、お前はそれを見つけろって」

「子供の遊びだな」本田がメモをとりながら呟いた。山住も同意だが、表情には出さずキチナリに続きを促す。「そのゲームはよくやるの?」

「まあ、何回か」

タクマイトはキチナリの仕事にくっついてくることがままあるが、待っている間は暇だという。自身も一応チャンネルを持っていて、キチナリと同じようにフォロワーに向けていろんな動画を配信しているが、さほど人気はない。

「そんなに面白くないというか……ぶっちゃけ、ネタ切れなんですね。だから彼にも何か動画配信のネタを提供してやろうと思いまして」

キチナリはツナギの左胸を指した。三本の棒がクロスした紋様が刺繡されている。

「これ、俺のトレードマークです。三銃士が剣を重ね合わせるシーンをイメージしてて。俺はみんなのために存在しているんだよっていうメッセージですね」

本来ならダルタニャンも含めて四本あるべきだが、面倒なので山住は指摘しなかった。ともかくこれで、ハンマーが束ねられていた理由は分かった。

「朝、ベル男さんがハンマーを磨いてカバンにしまうのを見ていたんで、こっそり拝借したんです。テープで束ねて、俺のマークっぽくして、隠しておこうと。そんで、見つけるまでのドキュメンタリーを配信したらいいんじゃないかって提案したんですよ。この村、雰囲気だけはあるし、おどろおどろしい血みどろの伝説みたいなものをちらつかせたら多少は面白そうに見えるんじゃないかって」

山住は腕を組み、顎先を突きだして慇懃に言う。

「君、『拝借』って言葉の意味を知っているかね？　なんなら辞書を貸そうか？」

キチナリは返事せずにやにやと下品な笑みを浮かべるのみだった。その隣でマイク老原が、何かを訴えるように首を横に振った。本田がボールペンでキチナリを指す。

「無断で持って行ったのか。キチ……いえ、吉成さん。それ、窃盗なのわかってる？」

「だから先に謝ったじゃないですか。ちょっと勘弁して欲しいなあ。ねえ、老原さん。この通りですから許していただけませんかね。もちろん弁償しますんで。後で口座番号教えてもらえたら、即振り込みます」

キチナリは隣に向けて両手を合わせて拝んだ。

「弁償するの？　じゃ、許す」

老原が即応で頷いた。

「よく考えたら、返却って事件の裁判が終わってからでしょう？　いつになるか分からないし、待ってられないもんね。それに殺人現場にあったものなんて、縁起が悪くて使えないや」

本田と山住は顔を見合わせて呆れる。この男も行動が読みづらい。自分の商売道具を盗まれて殺人の道具にされたのに、こうもあっさりと気持ちを切り替えられるものだろうか。ともかく、その後の話から、なぜキチナリの持ち去ったハンマーが隆之介の殺害に使われたのか――その謎も明らかになった。なんのことはない。彼が選んだ《ハンマーの隠し場所》が隆之介の部屋だったに過ぎない。キチナリが隠し場所を求めて公民館の中をうろついた際、たまたま目の前の通路から強面の老人が出てきた。トイレに向かったようだった。そのとき通路の奥にも部屋があることに気づいたキチナリは、部屋の前まで行き、ドアの隙間から中を覗いた。室内は他に人がいなかったので、こっそり忍び込み、ハンマーを置いて帰ったのだという。

「壁際に背の高いスチール棚があったので、その上に立てかけておいたんです。イメージとしては、熊手みたいな感じですね。はは、見えないか」

ハンマーに指紋がなかったのは、ティッシュで包んで持っていたからだという。騒ぎになったら不味いという自覚はあったようだ。「それ、不法侵入に問えますからね」本田がさっきより強くボールペンで威嚇する。しかしキチナリに悪びれる様子はない。

「ほんとすみませんって。タクマイトがさんざん山の中を歩き回った挙げ句にブツがスタート地点近くの建物の一室にあることが分かって、ようやく見つけたと思ったら怖そうなじいさん……隆之介さん？　に怒られて追い返されるとか、きっと盛り上がると思ったんですね。……あれ？　そうでもない？　俺も今考えたらそんな気がしてきました。とにかくそのときはそう思ったんですよ。ああ、あのおじいさんが死んじゃって悲しいです。これは本当ですよ」

「まあいい。それは何時頃？」

「ベル男さんが一人でステージにいる時だから、一二時から一二時一五分の間です。あ、正確な時間わかるかも」

　キチナリはスマートフォンを操作し始めた。刑事二人に向けられたディスプレイには、どこかの部屋の天井付近を写した写真。スチール棚の天板の上に、先ほど証拠品として押収した三本セットのハンマーがヘッドの部分を頭にして立ち、壁にもたれかかっている。

「ヒントを出そうと思って撮ったんですよ。タクマイトが見つけるべきブツが、どんな感じに置いてあるのか。動画もありますよ。この部屋からこっそり出て行ったあと、おじいさんが部屋に戻っていったところまでを隠し撮りしたものです」

　動画は言葉通りのもので、部屋に帰っていく隆之介が確かに映っている。

「これの撮影時刻が、十二時十五分。ほら、言った通りの時間ですね」

「動画の撮影日時を修正することは不可能じゃないし、参考程度だな」本田が嫌味ったらしく言う。「ハンマー持ち出しの件は分かった。ついでに聞くけど、君が隆之介氏の部屋を訪れた時、何か変わったことはなかった？　来客とか、不審な感じとか」

「湯飲みとかミカンの皮とかが卓袱台に放りっぱなしで、散らかってるなと思ったくらいです。来客っていうなら、さっきも言いましたが部屋の中には誰もいませんでしたよ。冷蔵庫の中に隠れていたとかなら別だけど、って、あるわけねえか。あ、そうだ刑事さん。あの部屋の中でどこか隠れるスペースがあるのか、俺、やってみましょうか？　一〇分くらい時間くれたらその間にどこか見つけて——」

「いいから。いい大人なんだからあんまり常識外れなことを言わないでくれよ。ねえ、山住さん……山住さん？」

苦笑いの本田が隣を見やると、山住はその場で机に突っ伏して低く唸っていた。

「どうしました？　体調でも？」焦る本田に、山住は腕の隙間から目だけ覗かせた。

「……少し、疲れました。ちょっと静かになりませんかね」

窓の外に見える広場の大時計は、夜七時を少し回ったところだった。ライトアップされた文字盤が闇にぼんやりと浮かんでいる。耳を澄ませば、日中には気づかなかった渓流の音が聞こえる。広場に残っていた参加者や見物客もすっかりどこかへ帰り、他の部屋では捜査員もそろそろ引き上げ始めている。マイク老原とキチナリを退出させた後、山住は、本田が給湯室で淹れてきたコーヒーを受け取った。
「どうもお恥ずかしい。ちょっと苦手なタイプの人間が続いたもので」
「わかりますよ。私もああいう悪い意味でスレていない人間は扱いづらくて仕方がない……ん？　このコーヒー、やたら美味しくありませんか？」

本田に促されて山住も紙コップに口を付ける。「本当だ。何だこれ、やたら美味いぞ」思わず続けてもう数口。喉の奥へ流し込むと、瞬時遅れて脳をまろやかに刺激する香りが鼻孔のほうへ上がってくる。

「こんな美味いコーヒーを飲んだのは久しぶりだ。何が違うんだろう」

「ただのインスタントですよ。でも、この辺は水がいいってよく言われますね」

「それにしても美味いな。すっと入ってコクがある。すげえな、元気になってきた」

「それは良かった」本田は苦笑して、長机の上にコピー用紙を置いた。

「ん？　何ですか？　それは」

「いや、事情聴取では山住さんが話したほうが皆さん色々と話してくれましたから。その間に取っていたメモを、休憩している間に時系列にまとめてみたんです」

「タイムテーブルですか？　あのごちゃごちゃした話を？　すごいな、本田さん」

それは率直な賛辞だった。山住はどちらかというと感覚に頼るタイプなので、物事を客観的に整理できる人間には遍く尊敬の念を覚えるのだ。その敬意を表すためか、殆ど無意識に立ち上がって言った。

「コーヒーおかわりいかがですか？　今度は私が淹れてきますよ」

《大櫃見村のど自慢大会殺人事件（仮称）タイムテーブル》

●9時台
09：00【中】能代五十鈴、藤江公孝、キチナリご一行、マイク老原が順次到着（～09：30頃）
09：30【中】隆之介到着。杉井→隆之介、詰め碁の出題（～09：40頃）
09：40【中】スタッフ打ち合わせ（～09：55頃）

●10時台
10：00【外】のど自慢大会、午前の部・開始
10：20【中】ヒッツ☆ミー（巴山晶穂・神野花）到着。
10：55【外】矢吹初宏（モノマネ芸人）、高得点を叩き出す

●11時台
11：00【中】隆之介、出前を頼む
11：15【外】能代五十鈴、歌唱披露（～11：45）
　　　【中】隆之介、出前到着
11：45【外】キチナリ、クイズ・ショー（～12：00）

11：55　【中】出前回収
　　　　【中】能代五十鈴、帰る

●12時台
12：00　【外】マイク老原、演奏披露（〜12：15）
12：10　【中】矢吹、藤江の控え室へ（〜13：10頃）
12：15　【中】隆之介、トイレ
　　　　【中】吉成、ハンマーを隆之介の室内に持ち込む（※隆之介、生前最後の目撃）
12：20　【外】大櫃見村有志による出し物（〜13：00）
　　　　【中】老原、ファンにサインをせがまれる
12：30　【中】スタッフ打ち合わせ（〜12：50頃）
12：40　【中】宮間咲子、ヒッツ☆ミーの部屋へ（〜12：50頃）
12：55　【中】杉井、ヒッツ☆ミーの部屋へ（〜13：30頃）

●13時台
13：00　【外】のど自慢大会、午後の部・開始（※隆之介、ここまでの間に死

亡）
13：30【中】杉井、椅子探し（〜14：00頃）
　　　【中】ヒッツ☆ミー、昼寝等休憩
●14時台
14：00【中】藤江公孝、歌唱披露（〜14：30）
14：21【外】遺体発見
14：30【外】ヒッツ☆ミー、歌唱披露（実現せず）

「こうして見ると、かなりタイトですね」本田が新しいコーヒーの香りに目を細めて言った。「死亡推定時刻は一一時から一三時でしたが、キチナリの証言を呑むならば一二時一五分頃まで隆之介氏は生存していたことになります。そこから一三時までの四五分間で、公民館の中にいた人間によって、隆之介氏は殺害され、雪玉に埋められた、と」

　山住は立ちのぼる湯気に顔を近寄せ、言葉を継ぐ。

「公民館の中って言っても、人の出入りはそれなりにあったでしょう。何か容疑者を絞り込む方法はあるんでしょうか？」

「実は、殆ど除外出来ます。というのも、この建物の構造上の特徴に由来するんですが……見取り図を見てください。公民館の出入口を入ると、まず右手側と左手側にエリアがはっきり分かれます。右手側に広めの講堂と会議室、トイレもあります。左手側には出演者および隆之介氏の控え室が五つ。そして、出入口には監視カメラ。これについては所轄の刑事たちが念入りに確認してくれました」

「ああ、そういうことか」山住は感心の声をあげた。

「はい。一般参加者やスタッフ、または見物客でトイレを借りに来た人などは、全て公民館に入ると右手側に向かいます。逆に左手側に行くのは、ほぼこちら側にある五部屋に居場所をあてがわれた人間のみ。具体的には①ヒッツ☆ミーの巴山晶穂と神野花。②マイク老原およびキチナリと連れの伊東拓磨、三浦唯、他二名。③ゲスト歌手の藤江公孝。④同じくゲスト歌手の能代五十鈴とそのマネージャー。⑤殺害された、巴山隆之介氏。以上です。ちなみに今我々のいる部室は④ですね」

「なるほど。では四五分間のうちで、これら五部屋に来客として訪れたのは……？」

「①の部屋には宮間咲子と杉井稀一郎。③の部屋に藤江のモノマネタレントの矢吹初宏。⑤の部屋に、先述の通り勝手に忍び込んだキチナリ。これだけです」

本田は各部屋に、訪れた人間をメモしていった。山住はそれを凝視して感嘆する。

「そうすると、このタイムテーブルと照らし合わせると容疑者はほとんど数人に絞られるんじゃないか?」

一二時一五分から一三時の間に公民館の左手側に行った人物。キチナリの取り巻きは午前中のうちにマイク老原に追い出されているので除外。能代五十鈴とマネージャーも正午前に公民館を出て行った。藤江公孝と矢吹初宏は、該当時間帯には二人で部屋にいた。巴山晶穂と神野花も同様に部屋から出ていない。隆之介の部屋には杉井と蕎麦屋も訪れているが、共に午前中の話だ。それらを斜線で消していくと、残ったのは。

「公民館の左手側で、隆之介氏の死亡した時間帯に五分以上空白がある人間は、杉井稀一郎、マイク老原、キチナリ、宮間咲子の四名です」

本田はメモに取った証言と再度照らし合わせ、胸を張った。

「もちろん、ちょっと道に迷った人や走り回る子供が左手側に行ったケースもあります。が、どれも数秒から数十秒で戻ってきています。容疑者とはならないでしょう」

「殺せたのはこの四人か。ただ、むう……まずいな」山住は指先で自分のこめかみを押した。「これ、一三時という時刻に誤りはありませんか? 殺害は、本当はもっと遅い時間だった」

「死後硬直の出方から見て、考えられないとのことです。もし雪の中にストーブでもあって遺体を温めていたなら別ですが、そんな痕跡はなかったし、そんな手の込んだ仕掛けを用意する暇もなかったでしょう」

山住は低く唸るように吐き捨てた。「何てこった。犯人、いねえぞ」

本田が不思議そうに首を傾げたので、山住は紙面を指して補足する。

「殺害には一分とかからないでしょうが、その後の細工については、仮に予め準備をしていたとしても二〇～三〇分はかかるって話だ。キチナリ氏の最後の目撃後すぐに殺されてでもいない限り、一三時までに雪玉を雑木林に放り投げるのは不可能だ」

杉井稀一郎が犯人だとすると、殺害可能時刻は一二時五〇分過ぎから五分ほどになる。一三時前にはヒッツ☆ミーの部屋に行っている。マイク老原も空白はおよそ同じ時間帯だ。会議終わりから、午後のステージに上がるまでの一〇分弱。会議前はひたすらサインに応じていたわけだし。キチナリの場合は、一二時一五分のあの動画の直後。宮間咲子は一二時四〇分頃にヒッツミーの部屋にいて、杉井が来る前には去っているので、その間のどこか。これもせいぜい五分程度だろう。

「一二時一五分から一三時の間に三〇分以上空白の時間のある人物はいない……たしかに全員無理ですね」本田が紙とにらめっこする。

「てことは、殺害と細工は別で行われたんでしょうか。殺害は一三時前。細工はその後、一四時二〇分頃に伊東と三浦に発見されるまでのどこかで」

山住は紙コップをゆらゆら揺らす。そう考えるしかない。殺害と細工は別の時間帯に行われた。ただ、そうするとずっとステージにいたキチナリは消える。宮間咲子も同様。その時間は仕事をしている。マイク老原は一四時から時間があるが、なくなったチューブラー・ベルのハンマーを探してそれどころじゃなかった。多少空き時間があったとしても、二〇分以上はあるまい。

「残るは杉井稀一郎だけですね。ヒッツ☆ミーの部屋を出た一三時半前から、外に戻って赤竹磨器子と話した一四時過ぎまで、三〇分～四〇分の空白があります」

「その間、彼は何をしていたんでしたっけ」

「たしか、椅子を探していたと。藤江公孝が出るから客が増えそうだということで」

「成果は？」

「ゼロです。手ぶらで外に出ています」

「杉井氏、椅子を探すために公民館内をうろついていたと言っていたはずですが、特に講堂に待機していた参加者などからの目撃証言は出ていませんよね」

「そうですね。ありません。ふむ、かなり怪しいですよ」

「しかし、何か決定的な証拠がないとなあ」

　山住は煮えきらない態度をとった。今一つ、踏ん切りを付けることができずにいた。山住の表情と自ら作ったタイムテーブルを交互に見比べ、本田も悩み始める。カーテンの引かれていない窓からは夜の闇が覗くばかりだが、時折廊下の遠くから、どこかのドア（講堂だろう）が開閉されるのに合わせて誰かの談笑する声が聞こえてくる。公民館の内部には警察の事情聴取が終わった今もまだ残っている者がいるようだ。

どれくらい経ったか、少なくとも二人のコーヒーがすっかり冷め切った頃、本田があっと声をあげた。手帳を取り出し、パラパラとめくり始める。かなり序盤の方のページを凝視し、何やら頷いている。「あ、そうだ。そうだよな。これ、言っていることがおかしい」

そして山住に嬉しそうな表情を向けた。

「ありますよ！　証拠。ていうか杉井の奴、自白しているようなもんですよ」

「……自白？　杉井氏が？」

山住が顔を上げると、本田は既に廊下に飛び出しており、近くにいた警官を呼び止めるところだった。「おい、そこの君でいい。ちょっと頼まれてくれないか？」

◇

数分後。連れてこられた杉井稀一郎は、容疑を伝えられて激昂した。

「馬鹿言うな！　何で俺が犯人なんだ！　証拠はあるのか？　証拠見せろ！」

彼の背後に若い警官が立ち、羽交い締めにして押さえている。動けずにもがく杉井に、本田が肩をすくめて言う。

「今説明したとおり、タイムテーブルを見ればあなたしか遺体に細工できた人はいないんですよ」

「それはあんたらの捜査不足だろう」杉井は部屋に一〇人はいるであろう警察官たちをぐるりと見回した。「俺が言っているのは証拠を出せって話だ」

「別に物的な証拠がなくても証明はできます。杉井さん、あなたは今日、我々に対して虚偽の証言をした」本田は手帳をめくり、得意げに続ける。「隆之介氏の部屋を訪ねたのは、朝の九時半頃の一度だけと仰(おっしゃ)っていましたよね」

「ああ、言ったとも」

「何をしたんでしたっけ？」

「だから、詰め碁の問題を出してやって――」言いながら、杉井の表情が強(こわ)ばった。どうやら自分でも違和感に気づいたらしい。

「そうですね。相手をしている時間が無いから、もう来なくてもいいように難易度の高い詰め碁の問題を出して放置していた。それっきり隆之介氏の部屋には行っていないはずなのに、あなた、こう言っていますね」

　本田は手帳を杉井に突きつけた。

「隆之介氏が、最後に詰め碁を解いたみたいで良かった、と」

　瞬間、杉井の表情がいびつに崩れ、口元の辺りから呻きのような音が聞こえた。手帳をぱたりと閉じ、本田は杉井に顔を近づける。

「杉井さん。あなた、どうして隆之介氏が詰め碁を解いたことを？」

「いや、そんなことは言ってない」ゆるゆると首を振る。

「そりゃ駄目ですよ。こっちははっきり聞きました。ねえ、山住さん？」

「……そうですね。言っていました」山住は本田の背後で、椅子に座ったまま頷いた。その言葉を後押しにするように、本田はより口調を強める。

「あなたは詰め碁の問題を出したあと、隆之介氏と会っていない。隆之介氏が存命だった午前中は、忙しくてずっと外にいた。詰め碁の碁盤が最終的にどうなっていたのかは、午後に公民館内をうろついていたとき、つまり隆之介氏の死後に碁盤を見ていなければわかりようがない。以上から、あなたは少なくとも隆之介氏の死後にあの場にいたことになる。隆之介氏の遺体を見ておきながら、それを隠していたのはなぜか。あなたが殺害したからに他ならない」

「だから違う。だいたい俺に御館を殺す動機なんてない」

「動機なんていくらでも考えられます。たとえば、隆之介氏がいなくなり正隆氏が跡取りになれば、県はこの辺りの広大な土地を手に入れることができる。杉井さん。あなた、土地の件で正隆氏に協力しようとしたんじゃありませんか？　老い先短い隆之介氏より、これから村を守っていく正隆氏についた方が色々と具合が良さそうだ」

「俺は正隆のことは嫌いだ。あいつと手を組むために、そこまでするものか」

「あるいは、アイドル二人を意のままに操りたいという線もある。隆之介氏の監視がなければ、もっと好き放題できるのに――と。こっちの方が現実味がありそうだ」

杉井は怯んだ表情を見せた。「そんなことはない、デタラメだ……」

「キーチさん！　本当のことを言ってくれ！」杉井を押さえつけている若い警官が声を荒らげた。「お前まで！　何のつもりだ」と杉井は暴れるが、現役警察官の腕力には敵わず滑稽にもだえるのみだった。

本田があげつらうように訊ねる。

「杉井さんね。あなたじゃないって言うなら、他の誰が犯人だっていうんですかね？」

少なくとも杉井が嘘をついていることは明らかである。そして、その嘘を認めるのが彼にとって不都合なことは、その態度を見れば明らかだった。

「そりゃ……いくらでもいるだろ。何度も言っている。御館に恨みを持っている奴なんて外出て石投げれば当たるくらいいる。たとえば神野俊作、花の父親だ。御館の圧力で村八分にされている。他にも、蕎麦屋の親父は嫁を御館に寝取られてるって噂もあるし、村議はこの間ものすごい剣幕で怒られていたぞ」

「なるほど。しかし今仰った皆さんはこの建物に入っていませんから無理ですね」

「じゃあアイツだ、あのネットの男。そうに違いない！」

頭に血の上った杉井の声はほとんどわめき声になっている。

「キチナリさん?」

「そっちじゃない。その金魚のフンの奴だ。遺体を発見した」

「たしかタクマイト……伊東拓磨さんですか。それはどうして?」

「事件が発覚したのは、アイツのネット配信だ。犯人はあれを配信したかったんだ。死体をネットで流すのが目的で、殺す相手は誰でも良かった。アイツを捕まえろ!」

本田はゆるゆると首を振る。

「ありえないでしょう。彼のアカウントは使用停止になっている。本末転倒だ。有名になりたいのなら、自分で自分の首を絞める方法は採らない」

「どうだか! 近頃の若い奴は馬鹿ばっかり——いや待て、嵌められたんだ、俺は!」

「誰に?」

「磨器子だ。赤竹磨器子。アイツは俺に仕事を奪われ、根に持っている。以前にはストーカーじみたことまでされた。それもこれも、俺を嵌めるためだったんだ!」

「それは知りませんが、彼女は公民館に入っていないので無理ですって。論理がぐるぐるしてますよ」

そこに、山住が溜め息交じりの声を挟んだ。「杉井さん。あのですね」

独特の唸るような濁声が室内に響く。杉井はおろか、本田まで口をつぐんで山住に注視した。辺りが静まったのを認め、山住は続きを口にする。

「杉井さんが虚偽の証言をしたこと。このことだけを見ても、今回の事件に深く関わっていることは疑いようがありません」

「いや、だから誤解なんだ。うまく説明できないが、とにかく」

「うまく説明できない？　そんなことはあり得ない。ただ、あったことをそのまま言えばいいだけです。誤解を怖れているのなら、ろくに説明しないってことが一番誤解を生む。何も難しいことは言っていませんよ。ほら、のど自慢大会のチラシにも書かれていたでしょう？　ありのままのあなた。あれですよ。ありのまま言ってくれたら、誤解を起こさないよう注意して、内容を吟味しますし」

くまの酷い目に睨まれて、杉井は怯えた目で押し黙った。山住は溜め息をつく。

「じゃあ、私が一つ不思議に思っていること。これについて考えを聞かせて欲しい。どうして隆之介氏の部屋は施錠されていたのか。杉井さん、あなたは隆之介氏の部屋に行った。しかしマスターキーを持っていませんよね？　公民館のマスターキーはきちんと管理ボックスにしまわれて、今日は一度も持ち出されていない。では、いったいなぜあの部屋は施錠されていたのか」

「それなら」本田が即応する。「私が帳尻を合わせましょうか？　さっき山住さんも自分で仰っていたじゃありませんか。共犯者がいる。そいつが、杉井が出た後にドアの鍵を閉めて、自分はガラス戸から逃げた。ドアに鍵がかかっていれば、犯行の露見は防ぎやすすい。ガラス戸は施錠されていなかったし、用水路を伝って辿り着けるトイレの窓には外側からの侵入の痕跡があった」

山住は本田の説明に指を立てると、その指を杉井に向ける。「今の話、どうですか?」

「そんなことは知らない。だからそもそも俺じゃないって……」

「山住さん、どうもこうもないでしょう。用水路に落ちていた手袋は神野花のものです。宮間咲子からの証言もあります。この事件は杉井稀一郎と神野花の共犯なんです」

「待て。手袋なら花ちゃんが無くしたと言っていた。予備はあるから支障が無いし放置していたんだ」

杉井が喚くが、本田は「うるさいな」と一顧だにせず続ける。

「体格的にも、神野花ならあの窓の隙間から侵入できる。杉井が殺害し、その後、神野花と一緒に遺体に細工して脱出した。神野花と同室の巴山晶穂が昼寝をしていたという時間は、杉井の空白の三〇分と概ね合致しています。神野花はその隙に部屋を抜け出せた。決まりですよ」

山住は頭を掻く。「確かに、私もほぼそうだとは思っているんですが……」

「では何が問題ですか? あとは神野花の証言を取ればいい。今から呼びましょう」

「待て、彼女は関係ない」杉井が叫ぶ。

「じゃあ、あなたは関係あるわけだ」本田が笑みを浮かべる。山住の振る舞いが移ったような演技的な口調だ。

「そういうわけじゃない。彼女はまだ子供だ。殺人事件が起きて憔悴しきっているのを無理に呼び立てて詰問したら、混乱して事実とは違うことを口走るかもしれない」

「杞憂ですよ。聴取はうちの若い女性警官にやらせます。事情を聞くだけです」

杉井と本田が侃々諤々と言い合う。その間、山住は相変わらず煮えきらない気持ちを抱いたまま目を瞑っていた。杉井稀一郎が犯人である。遺棄については神野花も関わっているようだ。状況はこう言っている。しかし、何かを見落としているような気がしてならなかった。それがはっきりしない限り、犯人を決めつけることはできない。山住の感覚が、そう警鐘を鳴らしていた。

唐突にドアが開いたのはそのときだった。

「あの……ちょっといいですかね」場にあまりにもそぐわない、暢気な声。

本田が語気を強める。「よくはない。取り込み中だ。見たら分かるでしょう」

「でもですね」ノックもなく姿を現したのは、マイク老原だった。少しも躊躇せず室内に踏み込むと、本田が何か言う前に手で制して、二人の刑事を見渡した。

「私のバチの件ですが、値段を言ったらキチナリさんが弁償を渋り出しまして。それで、なんとか弁償してもらう方法はないかな、と」

山住は椅子に深くもたれかかり、諭すように老原を見つめた。

「それは、そっちで何とかしてもらうしかありませんね。キチナリ氏を窃盗で立件したとしても、殺人に利用して使い物にならなくしたのは彼ではないですし、弁償を目的にするとなるとこじれる可能性もある」

そこに本田が横槍を入れる。「使い物にならなくしたっていうなら、今あなたの目の前にいる杉井に言ってみたらどうです？　弁償してくれるかもしれませんよ」

すると老原は不思議そうな顔で本田を見た。

「は？　杉井さんが？　どうして彼が私のバチと関係しているんですか？」

本田は肩をすくめ、現状について簡単に説明した。杉井が隆之介を撲殺した犯人である――それを聞き終えた老原は、やはり首を傾げて唇を尖らす。

「解せませんね。会議終わりの杉井さんの動向でしょう？　人を殺しに行くなんて、そんな暇なかったと思うんですが……」

「色々な状況が指し示している。この期に及んで『思う』だけでは証言にはなりませんね。何か明確な証拠がないと」

得意げに言う本田に対し、老原は不服そうにスマートフォンを取り出した。本田と山住を見比べ、「あなたの方が話ができそうだ」と山住の元に近寄ってくる。椅子から立ち上がることなく見上げると、彼の差し出したスマートフォンの画面には、動画サイトのどこかのチャンネルが表示されている。見た瞬間、山住はそれが何を意味しているのか予感を得た。老原からスマートフォンを受け取って操作する。

およそ一分後、山住は深い溜め息をもって告げた。

「本田さん。あなたにとっては、残念なお知らせです。杉井稀一郎氏は犯人じゃない」

「はい？」信じられないといった表情で山住に駆け寄る。「何を今更」

「少なくとも、彼には隆之介氏を殺害できるような時間はなかった」

「なんでそんなことが言えるんですか？　会議が終わったあとの五分弱の空白がある。山住さんも言ったじゃないですか。殺人自体は一分もかからないって」

「それが空白じゃなかったんです。見てください。これ」

山住は老原のスマートフォンの画面を本田に向けた。

「キチナリ氏のインターネット・チャンネルです。彼は別に不法行為をしたわけではないし、証拠画像を押収されたわけじゃない。アカウントは凍結もロックもされずに生きています。そして、今日配信された動画のアーカイブがあります。その中の一つ。オリジナル配信時刻は一二時四九分から一二時五八分。会議が終わり、スタッフが立ち上がったところから始まっています」

「それが何ですか？」

「杉井氏が言っていたことを思い出しまして。会議が終わり、キチナリ氏が自分の前を撮影しながら歩いていたって」

本田の顔が曇る。「それがなんですか？　姿でも映っているっていうんですか？　でも、杉井はキチナリの後ろを歩いていたんですよね？」

「キチナリ氏、撮影っていっても、自分の顔を映しながら歩いていたんです。当然、カメラは背後に向いています。なのでほら、キチナリ氏のニヤケ面の後ろ、杉井氏が仏頂面で映っている」

「……あ、本当だ」説明通りの映像に、本田の肩から一気に力が抜けた。

「会議室を出て、廊下を歩いて、すぐにどこかの部屋に入った。時間は一二時五二分。これ、見取り図と照らし合わせてみましょう」

「これは……①のヒッツ☆ミーの控え室ですね」

「ということは、杉井氏は証言の通り、会議後まっすぐにアイドルの卵の部屋に行ったんです。その後、少なくとも一三時半頃までそこで過ごしている。これじゃ隆之介氏を殺害できる空白の時間など存在しない」

「じゃあ、中にいる二人も共犯なのでは？」

「少なくとも、巴山晶穂の方に動機がないですね。夢の目前で、そこにプレッシャーを感じている様子もなかった。宮間咲子の花束も大喜びで受け取ったそうですし、自分で晴れの舞台を台無しにするとは考えづらい」

スマートフォンの中の杉井を、本田は悔しそうに見つめる。その横で老原がたしなめるように言う。

「ほら言ったでしょう。杉井さんは会議のあと午後の部が始まるまで一人になった瞬間なんてありませんでしたよ。あ、私も同様。隅っこに小さく映っているんです」

「あんたのことはどうでもいい。杉井だ。こいつは、いったい何で嘘をついたんだ？　少なくとも隆之介氏の死亡後に彼の部屋に入ったのは間違いない」

「本田さんはどうも、自分で見つけたものがゴールであるという思い込みから離れられないようだ。ははっ――いや、失礼」

「は？　今あんた笑ったか？　こっちは真剣に捜査しているのに」

「ですから謝ったでしょう。まあいい、私が説明しますよ」

深緑の上着をひらりと翻（ひるがえ）したその姿に、山住はマイク老原がまるで通りすがりの探偵であるかのような錯覚を覚えた。

「なぜ杉井さんが嘘をついたか。それは、難しく考えなければすぐわかるでしょう。彼は今日ののど自慢大会の責任者であり、絶対に中止させたくなかった。手塩に掛けて作り上げてきたヒッツ☆ミーのお披露目をするまでは。でしょう？」

老原は杉井に振り向く。既に暴れることをやめてはいるが、どう振る舞うべきか決めかねているといった表情だ。

「ここまで来たら、残された道は一つですよ。ありのままです。少し前に流行（はや）った歌のようにね。どんな策略を練ろうが、どうせもう欲しい未来は手に入らないんだ」

その言葉を機に、杉井は大きく溜め息をつくと、諦めたように答えた。

「俺は、ただちょっと様子を見に行っただけなんだ。そしたら御館が死んでて、ヤバいと思った。少なくとも……ヒッツ☆ミーのステージまで、見つかっちゃ困る。だから隠した。それだけだ」

杉井は自分の行いを淡々と話し始めた。一三時半頃に、巴山晶穂からスイートピーの花束を入れる花瓶を探して来るよう言われたこと。椅子を探すついでだと引き受け、公民館の中をうろついているうちに隆之介の様子を見に行こうと思い立ったこと。それはあまりに放っておくと隆之介の機嫌を損ねるかも知れないという理由だった。しかし、ドアを開けてみれば、御館と怖れられた老人は既に冷たくなっていた。

「咄嗟に遺体をゴミ袋に詰め込み、雪玉を作った。人工雪の粉は俺が買った物だから、アイディアはすぐに思いついた。俺が考えたことだ。それから卓袱台を使って用水路に橋を架け、雪玉を雑木林に転がした。……何度も言うが、俺は御館を殺してない」

老原が独白を受け止めるように手を広げ、反対側に差し出すように動かす。順番を受け渡された本田は杉井に向けて、しかし視線は老原を睨(ね)めつけたまま吐き捨てた。

「じゃあ、誰が殺したんだ？」

「どうして誰かが殺したと決めつけているのですか？」

それは視線をはじき返すような口調だった。

「私のバチ二本と石頭ハンマーは高いところにあった。さっきちらっと覗きましたが、キチナリさんがそれらを置いたという棚は結構な高さです。背の高い彼ですら、卓袱台にでも乗らないと届かないでしょう。犯人はそんなところにあるハンマーを見つけてわざわざ取り上げて、殺したと？　その間、隆之介氏は何をしてたの？」

「たしかにそうだ」山住は思わず呟き、溜め息をついた。衝動的な殺人にしては動きが無駄だし、計画的な殺人ならそんなものは凶器に使わない。ハンマーがあの部屋にあったのはキチナリの気まぐれ、たまたまなのだから。

「……そういえば、遺体の足の甲に、どこかに強く打ち付けた痣があったな」

「だからなんですか？　山住さんまで」本田が耐えきれずに声を荒らげる。「はっきりしてくださいよ。まるで私が一人で空回っているみたいじゃあないですか」

「いいえ。その可能性を見逃していたのは私も同様です。遺体が細工されていたこともあり、最初から除外してかかっていた。隆之介氏は老人だ。立ち上がればよろめくこともあるでしょう。その際、棚に足をぶつけてしまうことも」

「え？　あ、棚にぶつかったってことですか？」ようやく姿を現した新しい推理の全貌に、本田は渋面を浮かべた。「もしかしてそのときに？」

「おそらく。棚が揺れて、三本のハンマーが倒れ、落ちた。その落下地点に、不幸にも隆之介氏の頭があった。つまり事故死だ」

翌朝、山住は大時計のスピーカーから流れる『野ばら』で目覚めた。他の者が皆帰った中、一人で公民館の和室に泊まったのだった。くるまっていた毛布を畳み、昨日と同じシャツに袖を通す。窓の外を見ると抜けるような晴天だった。
トイレの手洗い場で顔を洗う。外に出るとテレビカメラを抱えたマスコミが何組か右往左往している。広場の中で、声をかける相手を探しているようだ。こういうとき、人を寄せ付けない自分の容貌は便利だ。そう思いながら彼らの間をすり抜け、土産物屋に併設された喫茶店に入った。壁はくすみ、柱には蜘蛛の巣が見える。やはり杉井は大櫃見の観光地化にさほど興味を持ってはいなかったのだろう。
コーヒーを頼み、ガラス越しに見える広場をぼんやりと眺める。昨夜窓から見えた大時計は相変わらず無骨な風体で佇んでおり、朝七時一五分を指している。視線を動かす。植木が少しずつ芽吹き始めている反面、花壇は手入れが行き届いておらず、ややみすぼらしかった。
「もうちょっと手入れした方がいいと思うんですけど、勝手なことをすると怒られるんですよねえ」

嘆息しながら、女性がコーヒーを運んできた。赤竹磨器子だった。相変わらず香水の匂いが強い。

「この土産物屋、公営なので。パートさんの入らない時間帯は私がやっているんです」

彼女は聞いてもいないのにそう切り出した。頰を弛めて、前日の顚末は既にどこかから聞き及んでいる様子だ。

「嬉しそうですね」山住は半ば皮肉を込めて言った。

「そりゃもう。杉井さんが逮捕——事件が解決したんですから」

本音と建て前を使い分けるのが得意ではないらしい。捜査に関するゴシップを提供する気はなかったので、それとなく話をずらす。

「そういえば、その杉井氏。あなたにストーカー行為をされたと言っていましたよ」

「相変わらずあの人はいい加減なことばかり言うのね。あの男、事務所の男子トイレの個室で隠れて喫煙していたんですよ。信じられます？　だから見張ってとっちめてやっただけです。ストーカーだなんて冗談じゃないわ」

磨器子は晴れ晴れとした表情をしており、杉井との間にあった溝の深さが窺い知れる。

「だいたい——」と彼女はまだ何か言いたげだったが、レジカウンターの方から呼ばれ、残念そうに去って行った。強い言葉と強い匂いの猛攻から逃れられたことに心底ホッとして、山住はコーヒーを一口含む。やはり美味い。目を閉じて、舌先に染み渡る苦みに心が活性化するのを感じる。たっぷり十数秒余韻を楽しんでから目を開けると、今度は別の女性が山住の傍に立っていた。

見上げる山住に、その女性は清澄な声で言う。

「おじさん、刑事さん?」

「はあ。まあ」

「本当に?」相手は返事を待たず座席の向かいに座り、ずいっと身を乗り出してきた。「花が事情を聞かれたのって本当なの?」

状況が分からず、山住は固まる。まだコーヒーが足りていないのかも知れない。

「ねえ、聞いてます?」

大人びた風貌だが、念を押すその表情は幼い。赤いニット帽で耳まで覆い隠し、グレーのダウンジャケットに首をすぼめている。

「警察って仲間内で情報共有とかしないわけ? 私、巴山晶穂ですけど」

巴山晶穂といえば、殺害された巴山隆之介の孫娘であり、アイドルの卵の片割れでもある。山住の脳は、目の前に現れたやたら人形じみた少女こそがその人物だと理解するのにもう一口分のコーヒーを要した。

「どうも。おじいさんのことは残念でしたね」

ようやく正気になって弔いの言葉を投げかける山住に、晶穂は首を振る。

「もちろん残念だけど、そういう話をしにきたんじゃないです。それ以上にビックリしたことが多すぎて。私の質問、聞こえてました？」

「あー……捜査のことなら、答えられることは限られてるけど」そもそも山住は隆之介殺しの捜査員ではない。

「そんなのそっちの都合でしょ。私、ビックリしたんだから。今朝起きたらさ、昨日の夜中にキー……杉井さんが逮捕されたっていうじゃない？　そのうえ花まで警察に夜中まで話を聞かれたって聞いて。二人とも電話にも出ないし、メッセージも返ってこないし、私、本当にどうしていいかわからなくて」

そんな中で刑事が泊まっていると聞きつけて公民館に行ったところ、事務員からここにいると教えられたらしい。今気づいたことだが、店内に客は山住しかいなかった。

「杉井稀一郎氏が逮捕されたのは本当です。容疑は死体損壊と遺棄。不慮の事故で亡くなった隆之介氏の遺体を隠そうとした」

「でも、それは私たちの出番を潰さないためだよね？　なのに刑務所に入るの？」

「それは今後諸々の書類が検察に送られた後で決まる話なので、私からは何とも」

「花は？」

「彼女にはあくまで参考程度に話を聞いただけです。昨日遅くまで付き合わせてしまったので、まだ疲れて寝ているのでしょう」

杉井は遺体に細工したことを認めた後、自分一人の犯行であると頑なに主張した。施錠の問題は、実は密かにマスターキーを複製していたという供述により解決された。実物は彼の車のダッシュボードから発見された。持ち出し時の手続きが面倒なので勝手に作り、普段から持ち歩いていたとの話だ。それが問題視されるのが嫌で最初は黙っていたという。

神野花も控え室を出たのはトイレの数回のみであとはずっと部屋にいたと供述した。手袋は気づいたら無くなっていたという話で、用水路に落ちていた明確な理由は説明されなかった。しかしそれだけで彼女と犯行を結びつけるには弱く、証拠不十分という形になった。

少なくとも本田は、隆之介の死亡は事故、死体遺棄は杉井の単独犯ということで事件を収束させようとしている。細部を曖昧にしつつそのような要旨を伝えると、晶穂はホッとしたように頷いた。

「良かった。だって、花が悪いわけないもの。もし犯人扱いされてたらどうしようって不安だったんだ。ねえ、その話していい？」

晶穂がテーブルに両肘をつき、山住の顔を覗き込むように首を曲げた。拒否しても無駄だろう。山住は諦めをもって頷いた。

「あのさ。キ……杉井さんは花を狙ってたの。ロリコンなの。それで、何かにつけて花を呼びつけて、二人っきりになるよう仕組んだりしてたの。隙あらば身体を触ったり、物陰に連れ込もうとしたりして」

「そうだったんですか？　花さんだけ？」

「あの子が大人しいからって。花も怯えちゃってて、よく分からないままあの男の言いなりに動いたりすることもあった。その、昨日何があったか本当のことは知らないけれど、これだけは断言できる。花が関わっているとしたら、あの男に無理やり命令されたに決まってる。断ったら何をされるか分からないんだから。ねえ、聞いてる？」

山住が目を逸らしてコーヒーを飲んだのが気に入らなかったらしい。

「聞いてますよ」

「ならいいけど。私が言いたいのは、あの男が何を言おうと花は絶対に悪くないってこと。おじいちゃんのことは、あの人を恨んでいる人はたくさんいるから仕方ない。でも、花を逮捕したら私が許さないからね。あんたも、昨日いたもう一人の刑事も、絶対どこか僻地(へきち)に飛ばしてやる。ここよりももっとひどい場所へ」

睨みつける晶穂の視線をまっすぐ受けたまま、山住はコーヒーに口を付けた。彼女を刺激しないよう、努めて無感情に答える。

「……大丈夫ですよ。今のところ、杉井氏は神野花さんが関わっているとは一言も言っていません」

「今のところじゃなくて、未来永劫。あの子を危険なことに巻き込まないで」

その後、いくらかとりとめのない主張をして、晶穂は去って行った。彼女の赤いニット帽が窓の外を遠ざかっていくのを見つめながら、だんだん山住の口元は笑みで歪んでいく。次の瞬間、無意識に笑い声が漏れ出していた。ははっ、と吹き出したのが自分でもおかしくて、そのまま高笑いになる。店内に響くすり切れるような濁声に、カウンターで赤竹磨器子が怪訝な顔を浮かべた。しかし山住はお構いなしに笑い続け、やがて大きな溜め息と共に吐き出した。

「あー……なんだよ、お嬢ちゃん。女神かよ」

巴山晶穂がやって来たのは、ひとえに神野花の身を案じてのことだろう。杉井が花を狙っていた。まったくの嘘ではないかもしれないが、まず事件とは無関係だ。それよりも。彼女の言葉は、蜘蛛の糸に似た僥倖だ。巴山晶穂は、自分の祖父の死は事故ではなく誰かに『恨まれて』『殺された』と認識しており、それを自覚なしに口走ったのだ。

晶穂はなぜそう思った？　誰かが話しているのをたまたま聞いてしまったのだろう。巴山家は当主の死で大騒ぎだろうし、大勢の人が入れ替わり立ち替わり訪れている。おそらくその中に、巴山隆之介に『恨みを抱き』『殺そうと思った』人物がいるはず。一体誰だ？　晶穂は誰の話を聞いた？

髪をかきあげながら山住は苦笑する。「でも、直接問い質すのはマズいかな」

晶穂を聴取したらあの調子で大騒ぎするだろうし、敵方に気づかれたら彼女の身が危うくなるだろう。従って、誰の手も借りず、一人でこっそり調べていくしかない。それでもゴールの存在を確信できたことにより、山住は沼の底から這い出たような身軽さを覚えた。

頭の中にやけに軽快なメロディが流れ出す。同時に映画のワンシーンが過る。アメリカの古い風景で、詐欺師がギャングに復讐を挑む――『スティング』だ。

今、どうしてこの映画を思い出したのだろう？　すると、自問に自答が即座に追いつく。かつて、レンタルしたのを酒を飲みながら喜多嶋と観たのだ。脳裏にふと、あの人懐こい顔が浮かんだ。彼は言っていた。復讐劇にはいつも胸躍らされる。

あのとき何と答えたか。覚えていないが、山住は今、まさに躍り出しそうな衝動に包まれていた。

コーヒーの残りを一気に飲み干し、カップをテーブルに打ち付ける。芳醇な香りが頭の中で渦を巻き、それが蕩けて霧散した頃、胸の中に一つの名案が浮かんでいた。

この村には、依頼人――巴山隆之介に恨みを抱き、殺し屋に殺害を依頼した人間がいるはずだ。一人か、複数による共謀かは分からぬが、そいつを見つけて話を聞けば殺し屋まで辿り着けるかもしれない。殺し屋の正体を暴くことこそが、喜多嶋大慈へのたった一つの弔いだ。

ポケットからボロボロの手帳を取り出して表紙を見つめると、いったんは燻りかけていた復讐の炎が再び燃え上がるのを感じた。くっくっくっくっ、と、抑えきれぬ声が再び漏れる。

まだ望みは絶ちきられていない。

第三楽章

殺し屋なんてララ

「ここで待っててください。控え室からサインペンを取ってきますので。一、二分ですから」

そう言ってファンの女性に背を向けると、廊下の奥まで歩いて行って、ノックもせずにドアを開けた。室内では巴山隆之介が碁盤に向かって唸っており、突然の来訪者に気づくと尖った視線を向け、吐き捨てるように言った。

「今、集中しているんだ」

無視して上がり込み、碁盤を眇めて見て数秒ほどで隅を指さす。「それ、簡単ですよ。ここをハネてこうなったら、それをこう詰めると白が死ぬでしょ」

「ん？　本当だ」隆之介は嘆息した。「って、答えをいう奴があるか。お前は誰だ？　見たことのない顔だが」

「あなた、巴山隆之介さん？　なるほど強権的な感じだ。でも元々はそんな性格じゃないでしょ？　もっと小心者で用心深かった。怯えの裏返しで強がっていたはずなのに、演技しているうちに忘れちゃった？」

「……何者だ？　俺を虚仮にしているのか？」隆之介の表情が歪む。「そういえば最近、ウチの周辺を嗅ぎ回っている奴がいると聞いたが、お前か？」

「そいつなら死んだよ」立ち上がろうとした隆之介に先んじて、懐から口の開いた小瓶を取り出し、中身を彼の顔にぶちまけた。その間二秒。

「——くはっ、何だこれは？　何をした？」

咄嗟に顔を拭う隆之介は滑稽で、思わず顔が緩む。

「ああ、そんなに塗しちゃ逆効果なのに。ほら、こっち向いて。最後に何か言い残すなら今のうちですよ」

既に隆之介の目からは光が失われていた。合間にリモコンを取り上げてテレビのボリュームを上げ、室内を見回す。卓袱台の上に山ほどのミカンの皮があった。

「あれ？　おじいさんのくせにあんなにミカンを？　そんな情報は聞いていないぞ。いや、問題ない。予定変更だ」

粉塗れで朦朧としている隆之介の顔をハンカチで拭うと、着物の襟首を掴み、小声で耳打ちした。

「具合はどうかな？　とりあえず立ち上がって、そうだな。この棚を蹴ってみようか。なんで和室にこんなビルの管理室みたいなスチール棚があるんだ、ムカつくな。そんな感じで、思いっきり」

隆之介は言われるままに立ち上がり、右足を振り上げると、力一杯棚を蹴った。角に当たったせいで音は響かなかった。が、勢い相応の痛みはあったようで、鈍い呻きとともによろめいて尻餅をつく。

「おお、お見事。今のは痛かったでしょう。よし、もう一回いってみよう——って、なんだ?」突如、視界の上から何かが振ってきて、反射的に空中でつかみ取る。

「なんでこれがここにあるんだ。おかしいだろう」

金属製のハンマーに、なぜかチューブラー・ベル用のバチがテープで括られている。習慣で手袋を嵌めていて良かった。ひとまず床に置き、すぐに隆之介に向き直る。

「まあいいや。起きて」

茫洋としたままうずくまっていた隆之介を起こすと、ポケットから注射器を取り出す。針を覆うカバーを外し、先端を上に向けてシリンジをトントンと指で弾いた。ほんの少しだけピストンを押し、中の空気を完全に逃がすと、隆之介に手渡す。

「自分でやるといい。あんたが自分でやるんだ。大丈夫。自分が死ぬことには気づかずに済む。それは大事なことだからね」

隆之介は渡された注射器の針を見つめている。

「着物の内側に手を入れて、そうそう、臍の内側に針を刺すんだ。日本製の、〇・二ミリの注射針さ。世界で一番痛くないよ——そう、それでいい」

言われるままに隆之介は帯をずらし、力任せに衿を引っ張り出す。皺ばんだ腹が露わになると、それを伸ばすように左手を添え、臍の窪みの中程に注射器の先端をあてがった。針は皺の隙間に埋まるように抵抗なく突き刺さり、注射器の中の液体はみるみるうちに減って無くなった。そこまで見届けると、注射器を抜き取るのに手を貸し、簡単に服装を直して隆之介の身体を床に寝かせる。隆之介はすぐに目を閉じ、呼吸が次第に弱まっていく。完全に止まるまで十数秒とかからなかった。命の処理が終わったところで、先ほど落ちてきたハンマーに目を向ける。これがここにあることは腑に落ちないが、ある以上は仕方がない。それよりも、有効に利用できる方法を思いついた。取り上げると、亡骸の頭部に向けて思い切りよく振り下ろす。隆之介の身体は悲鳴もあげずに痙攣を見せた。もう事切れているので、今のはただの物理的な反射だ。

遺体のすぐ傍にハンマーを置き、散らばった粉をウェットティッシュで拭う。そして何食わぬ顔で部屋を出て、予め持っていたサインペンで待っていた女性のノートに自分の芸名を記し、杉井たちの待つ会議室へ向かった。一二時半からの打ち合わせには、一分前に到着した。

ノートに記されていたサインには《マイク老原》とあった。

「どうやって文章にしようか、今からワクワクしているよ」

『趣味に口出しする気はないけれど。でもあなた、ファンを待たせて人を殺したの？』

「スケジュールがタイトだったからね。何、一分足らずで事足りたよ」

『それ、自白にならない？　部屋に盗聴器があったら一発でアウトだわ』

老原がいるのは、村の中心地の広場を見渡せる旅館の一室だ。食事は上々で、特に朝食に出たヤマメの酢味噌和えと薄味のだし巻き卵は気に入った。「大丈夫だよ」

壁を軽く叩いた限りでは、大声を出さなければ隣に気づかれることはない厚さだ。探索機を持って部屋をぐるりと回ってみても、監視カメラや盗聴器の類は検出されなかった。そうでなくても彼はいつも監視カメラの位置を確認しているし、いざとなれば技適マークの付いていないカメラですらジャミングできる装置を持ち歩いている。以前には、盗聴器の集音マイクに大型スピーカーでノイズを送り込み、盗聴主を難聴にしてやったこともある。連中は怖くない。

加えて、所持していた危険物は全て公民館のトイレに流した。勿体ないが、ここに滞在するならば証拠を保持し続けることは危険だ。やむを得ない。

「というわけで、これ以上は急な依頼を受けることはできないよ。今持っている中でいちばんの刺激物は、青ケ島産の島唐辛子のボトルくらいさ」

『お気に入りの調味料だっけ？』電話の向こうの女性は楽しそうに言った。『じゃ、安心して聞けるわね。教えて？　自分の商売道具で殺人を犯した気持ち』

「勘違いしないでくれ。君も知っての通り、僕は人を殴り殺したりしない」

『毒殺専門だもんね』

「薬殺だよ。その一文字の違いは重要だ。僕は、社会に潜む病巣を治療しているんだよ。君は毒、毒とうるさいけれど、僕が使うのは薬で、その効能が人の命を奪うってだけだ」

『薬、ねえ。何かの粉をかけたら相手が大人しくなったのは何で？　それも薬なの？　それともあなた、催眠術も使えたっけ？』

「使えるよ。って、あの粉はスコポラミンの粉末さ」

デリリアント——幻覚剤の一種で、今回のものは南米産のエンジェル・トランペットという樹木から精製された上物だった。これを経皮・経口で摂取すると自らの意思を維持したまま行動に対して自覚がない状態になる。いわば自律する操り人形だ。老原の説明に古賀は感嘆した様子で言った。

『生きたままゾンビにするってこと？　そんな毒……薬があるなんて信じられない』

「コロンビアでは強盗団にこいつをぶっかけられた奴が命令されるがままに自分の家財道具を運び出すのを手伝った、なんて事件があった。それに、アメリカのテレビドラマにも登場したよ。僕が見たのじゃトトリマイドって名前に変更されていたけどね」

　もっとも、作用機序にまだ未解明な部分があるのは確かだ。精神に作用するものなので、動物実験がなかなか進んでいないのだ。だから時間のないとき以外はあまり使用しない。この仕事を円滑（えんかつ）に進める肝は優先順位を見誤らないことと、臨機応変さなのだ。

「そうだ、古賀さん。あのおじいさんの既往歴、情報漏れがあったぞ。こっちは急な依頼を引き受けたんだ。そのくらいはちゃんとしてもらわないと信用問題になるよ」

今回、老原はフラノクマリンを使えば簡単に事が済むと思っていた。ミカンやグレープフルーツなど、柑橘類に多く含まれている活性成分だ。特定の薬が腸や肝臓で代謝されるのを大きく阻害するため、飲み合わせによっては、薬物を過剰摂取したような状態になる。年長者であれば、心臓に負担がかかってあっさり死ぬ。だから高血圧の薬を服用している人は柑橘類を食べないものだ。老原は、隆之介もまたコレステロール降下薬や抗血圧薬を服用しているだろうと予測したが、部屋にはミカンの皮がたくさん残っていた。つまり血圧降下剤の類は常飲しておらず、おそらく効果が出ない。

『ごめんなさい。ターゲットの主治医がカルテを電子化していなくて、ハッキングできなかったの。でもあなたなら問題なくやってくれると思って』

やはり最近、扱いがややぞんざいな気がする。確実な仕事をするためには確実な情報がいる。彼女にはもう少し気を引き締めてもらう必要があるだろう。

「たしかに、たいした問題はなかったがね。何を使おうか迷ったくらいだ」

かの有名な、トリカブトとテトロドトキシンの混合毒を使えばある程度時間を調整できて楽だが、警察にバレるだろう。アルコール注射も考えたが、隆之介が飲んでいたのはお茶ばかりで、昼間から酒を嗜む人間でもない様子だった。なのでそれも却下。

結果、最終的にはチオペンタールを使用した。

「アメリカでは死刑執行に使われていた、人道的な薬さ。最近は入手が難しいけどね。と言っても精製が困難というわけではなく、死刑反対を掲げる製薬会社が供給を渋って――」

『その話は前に聞いたわ。話し出すと長くなることも知ってる。それより、興味があるのは別の部分。どうして遺体をハンマーで傷つけたりしたの?』

「偽装工作だよ」

理由は簡単で、検視させないためだ。フラノクマリンなら、柑橘類の誤食と思わせられる。しかしそれが使用できないとなると、神経毒の使用にあたっては警察に不審がられないよう注意が必要だ。自身がすぐにどこかに身を隠せる状況なら問題ないが、今回は現場の村から動くことができない。自らが容疑者に入る可能性を視野に入れる必要があった。

「薬を使って殺す行為と、それを気づかれないようにする行為はまた別の話だ。そんなときにたまたま棚の上からハンマーが落ちてきたら、渡りに船だと思うだろう?」

『せっかくお薬できれいな姿のまんま旅立たせてあげたのに、なんだか可哀相(かわいそう)』

「とんでもない。僕は他人への敬意を忘れない。だからいつも、死の瞬間を本人に気づかせないように細心の注意を払っている」

隆之介の魂(たましい)は安らかにあっち側の世界へ旅だった。あとに残された遺体をこっち側に生きる人間の都合でどう扱おうが、文句を言われる筋合いはない。

「今回も素晴らしい瞬間に立ち会えた。ああ、早く書きたい。注射器を握らせたときの、赤ん坊に戻ったような表情。可愛らしくて、父性に目覚めそうだったよ」

ブルートゥースのキーボードで文章を書いているとき、老原がもっとも高揚を覚えるのは、ターゲットの死の瞬間だ。「まさにエクスタシーさ、本人が自分の死に気づいてないのに、僕は一部始終それを見てるんだぜ？」

『天職だわね』

「そう。天職だ。今回の仕事も後腐れのない簡単なものだったよ」

鄙びた旅館の一室で、電話の向こうへマイク老原は軽やかに笑った。しかし、返ってきたのはやや皮肉めいた問いかけだった。

『簡単？　どう自己申告しても結構だけど、だったらあれはどういうこと？』

「あれとは？」

『どこのテレビでもやっているわ』生々しく聞こえてくる古賀の嘆息。老原はテレビをつける。なるほど、ニュースでは東北の山村で起きた奇妙な事件について報道していた。不慮の事故で亡くなった富豪老人の遺体が、雪玉に詰められているのを、インターネット・チャンネルの配信者が撮影した。犯人は地元の役場の職員で、老人の死については容疑を否定しているが、真相究明にはまだ時間がかかる。そのような内容だった。

「この件については僕の望んだことじゃない。まったく、だから突発的な仕事は嫌なんだ。いいかい？　人の生き死になんてほんのわずかなズレで決まるもので、僕がやるのは最小限の力でほんの少し修正を加えることだ。費用対効果のいい殺し方が僕の本懐だ。料理人が渾身の一皿を作ったときとか、プログラマーが美しいコードを書いたときみたいな充実した気分を味わうことがやりがいなんだ。ああ、音楽家が渾身の演奏をしたとき、でもいい」

『あなたの哲学は今は結構。私が聞いているのは、どういう経緯でこんな話になったのかってこと。あなたの言う「簡単な仕事」がね』

担任に説教される小学生の気分だった。殺してやりたい気分だが、電話越しの殺人はいい方法が思いつかない。なので渋々説明した。自分がせっかく事故に見せかけて巴山隆之介を殺したのに、遺体を見つけた杉井稀一郎という男が隠蔽工作を図ったこと。結果、ネット配信に死体が映り込むというショッキングな事態になってしまったこと。早口に釈明した老原に対し、古賀はゆったりした口調で返した。

『ずいぶん珍しいケースね』

「君に言っていないだけで、仕事の前後でよそからの闖入があるのは珍しくないよ。この仕事を始めてからは、たいていのことを珍しいと思わなくなった。きっと初代の教えが良かったのさ」

マイク老原には先代がいる。《初代》マイク老原は引退を決意してから実行するまでの三年の間、二代目となる男に自分の持つ全てを伝えた。テレビ局や雑誌社の人間との付き合い方。我の強い参加者のあしらい方。見栄えの良い姿勢と身のこなし。殺し屋としての生き方。

マイク老原とは殺し屋の名だった。

「結果的には事故で処理された。僕の仕事としては、いつも通りだ。こんなにテレビでクローズアップされるとは思わなかったけど、それは仕事とは無関係な次元の話だ」

事実、ハンマーでの偽装があったからこそ、事件の細部に宿る些細な疑念は全て杉井稀一郎に擦り付けられた。この点を見れば、老原の取った行動は正解だったと言える。長年の経験により培われた直感が働いたのだ。

『たしかに、世間の誰も、そこに殺し屋が関わっているとは思わないでしょうけどね』

なお、老原自身が事件の発覚を知ったのは、ステージでヒッツ☆ミーが歌おうとした直前だった。杉井のところに制服警官が来て、そのまま大騒ぎだ。のど自慢大会の牧歌的な雰囲気は一瞬で消え去った。

『私もネットで見てたわ。司会の男がテンション上げてきて、藤江公孝以上のすごい奴が出てくるかと思いきや、なんか垢抜けない女の子が二人出てきたわね』

「なかなか可愛い子たちだったよ。しかも片方の子は杉井にだいぶ入れ込んでいるみたいで、あれは彼のことがちょっと羨ましかったね。あんな子が傍にいたら、いろんな死に様を想像しちゃって気が休まらないだろう」

『それは知らないけど。急に放送が打ち切りになったからビックリしたわ』

「あれ、あのまま歌っていたらどうなっていたのかな。見たかったものだよ」

『きっと駄々滑りよ。私、ああいうの見てられない。背中のあたりがぞわぞわするの……って、話が逸れてるわ。警察が来たときはさすがにあなたも驚いたんじゃない？』

一瞬だが肝を冷やしたのは事実だ。なんせ二日前の晩にも一件仕事を済ませたばかりである。しかし蓋を開ければまったくの杞憂だった。それ以前の杉井の不審な態度から、すぐに全貌に合点がいった。

「杉井ってのは嘘の下手な男でね。彼が殺人の容疑者になると詳細を調べられちゃうから、色々手を尽くして警察には事故で納得してもらったよ。終わってみれば、想定の範囲内に収まった楽しい仕事だったね」

依頼さえあれば、杉井を自殺に偽装する――なんてことにも興味はあったが。

電話を切ると、老原は窓を開けた。昨日に引き続き天気は良く、嫌なことはすぐに忘れてしまった。太陽の光に心地よさそうに目を細め、独りごちた。

「さて、余暇だ」

◆

以下は、かつてとある雑誌に掲載された初代・マイク老原のインタビュー記事の抜粋である。一九九八年、某出版社の会議室で行われたものだ。

――老原さんにとって、素晴らしい歌い手とはどんなものでしょうか？

それを定義するのは難しいですね。まったきを得た歌い手などいませんし、過ぎた点や及ばぬ点が味となるのです。強いて言うなら、大切なのは自身の生き方にまっすぐであることでしょうか。歌は嘘をつきません。

――では、今後のど自慢大会を、あるいはもっと大きく音楽を取り巻く状況はどのように変わっていくと思いますか？

たぶん、国民の誰もが知っている流行歌というものは減っていくでしょうね。初心者用の楽器の値段がだいぶ下がり、高校生が気軽にバンドを始められるようになってきました。また、電子音楽向けのツールも飛躍的な進歩が見込まれます。来年あたり、コンピュータの技術革新が起こると言われています。そうなると、発信者の母数が増えます。発信者が増えるということは、受け手にとっては選択肢が増えるということです。音楽に限ったことではなく、小説や映画だって、全ての人にとっての名作というのはなかなか生まれ得ません。しかし母数が増えれば、一万人に無視されても一人には刺さるものがたくさん登場するでしょう。ですので、おそらくエンターテイメントの楽しみ方はミニマムになっていくと思います。ともすれば、家族や恋人の間でさえも共有できないものへと変質するかもしれませんね。

——そういった流れの中で、のど自慢大会はどのように変わっていくのでしょうね？

基本的に、趣味嗜好が細分化することを否定的に捉える必要はないと思います。むしろ、私はこれが好き、あなたはあれが好き、そういうことをお互いに認め合えるような状況になればいいですね。そうなったときは全国放送としてののど自慢大会の役目は終わるでしょうね。一〇年か、長くても二〇年以内かな。でも、きっとそれは良い状況だと思うんです。音楽という存在はより身近で私的なものになっていき、たとえばアパートの隣の部屋に住む顔も知らない男の作った曲を自前でCD-Rに焼いたやつがその辺のお店で販売されていて、試聴してみたらすごく良かったとか。あるいは公園で即興で鼻歌を歌っているお姉さんに人だかりが出来て、大喝采を浴びるとか。音楽はかしこまった商品ではなくてただの日常に戻っていき、そしたらテレビでわざわざ人を募って大会を開くなんて必要はなくなるけれど、その方が皆さん楽しいと思いますよ。

——音楽は人と人との繋がりの中に戻っていくということですね。

まあ、音楽でお金儲けしようという人には大変な世の中になるでしょうけど。シングル

CDのミリオンセラーのタイトル数は一九九五年頃にピークを迎えましたが、以降減っています。全体的な売上げ自体も、遠からず下降に向かうでしょう。

――なるほど。音楽業界のことをとても真面目に考えていらっしゃる老原さんですが、番組で採点の鐘を鳴らす裁量はどれだけ預けられているのでしょう？

番組開始当初は別に審査員……番組のプロデューサーや、作詞家、音楽学校の講師などが別室でモニタリングしていて、彼らの評価を元に鐘を鳴らしていました。しかし、一〇年目を過ぎた頃に完全に私に一任していただけるようになりまして、そこからは全て私の判断でやっています。

――鐘の数の多寡については、何か明確な判断基準があるのでしょうか？

明確、という言葉が難しいですね。私にとっては極めて明確なのですが、それを他の方に説明するのは非常に困難です。

――気になりますね。

あえて説明するなら、そうですね……マトリクス図ってご存じですか？　四角い一枚の紙があるとします。その水平方向と垂直方向の中心にそれぞれ直線を引いて……四分割するんです。田んぼの『田』みたいな形ですね。縦横の線は各々違う要素を表していて……たとえば《熱量》と《技量》にしましょうか。その線には目盛りがついています。で、出場者の歌声に応じて、紙の上のあるポイントにピンを刺します。紙の右上ほどプラスの評価です。

——歌声を聞いて「よし、この辺だな」とピンを刺すわけですね？

正確には、聴いているうちに脳裏にそのイメージが湧くんです。その人の歌声によって、頭の中にマトリクス図が生成される感じですね。ちなみに、いちばん右上がいちばんいいというわけではありません。いちばんいいのは、『田』の字の右上の四角形の、中央よりやや右下から左上に登っていく楕円(だえん)の中に収まるものです。そういう歌声は技術にかかわらず耳に心地よく、何より押しつけがましくない。歌い手の純粋な感情が自然と胸の内に入り込んできます。だから、気づいたら随分と派手に鐘を鳴らして……演奏してしまったこともありますね。うっかり感情が暴走したというか。

——それがかの『黒マントのフーガ』の誕生秘話というわけですね。さぞすごい歌声だったのでしょうね。

抜群に上手(うま)いってわけじゃありませんでしたよ。ただ、技術や恰好(かっこう)つけではなく、その歌を誰かに聴いて欲しいんだという、そういう欲求にこそ、魅力は宿るのだと思います。今後歌を歌う人……うちの番組の参加者でも、歌うたいを目指す人でも、その歌声を聞く相手の存在を忘れないでほしいものですね。

——なるほど。本日はありがとうございました。

記事は小さいもので、多くの人は気づかないか読み飛ばした。しかし、このときのインタビュアーは半年後、もう一度彼に接触した。週末の夜に阿佐ヶ谷の路上で弾き語っていた若者の歌に感動し、老原の発言を思い出したのだ。

その勧めで《初代》マイク老原は人生で一冊だけ本を出版している。一九九九年のことだ。初版部数が少なかったため存在を知る人は多くはない。

その著書によると、初代はもともとミュージシャンを志望して東京へやってきたが芽が出なかった。自分の才能に限界を感じたとき、ふと彼はある法則を発見したという。音楽を聴き終えた後、映画を見た後、小説を読んだ後、感じる気持ち。便宜的に言い表せば「後味」についてである。演奏の出来・不出来以外のもの。メロディの美しさ以外のこと。「切ない」とか「感動した」とかいう漠然とした内容は、心理の中のある地点にピンが刺されることで起こる。裏を返せば、演奏が終わったときに受け手の心の狙った地点にピンを刺すことができれば、技術や内容にかかわらず成功であり、それこそがもっとも重要なことだ。

初代はそれを『情緒のピン』と名付け、あらゆることの根底に位置する概念だと考えるようになった。ベルを鳴らすのは、上手い下手ではなく、その地点をどれだけ真摯に目指しているかによる。初代にはそれを読み解く能力が備わっていたのだ。

そしてたまたまその本を読み、自分にも同じ能力が宿っていると考え、出版社に連絡をよこした者がいた。彼が出版社からの紹介で初代の在籍する市民楽団に入団したのは二六歳のときである。音楽大学を出たものの音楽で食べていけるほどの才能は持ち合わせず、一度は文房具会社に就職した。しかし仕事に馴染(なじ)めず二年で辞め、アルバイトをしながら楽団の門を叩いたのだ。確かにそれほど優れた楽器の才能はなかったが、初代は彼に自分と同じ能力があるのを見つけた。

彼の場合それはサーモグラフィーだった。

「音楽を聴き終えたり、映画を見終えたり、本を読み終えたりしたとき、頭の闇の中に緑色のエーテルのようなぼんやりとしたイメージが浮かぶんです。その形が……しっくりくるやつだと、しばらく後にたいていヒットを飛ばしていて」

初代が引退を決意したのはこのときだった。三年後、二〇〇三年に初代はのど自慢大会の審査係を引退し、束(つか)の間のリニューアル期間を経て《二代目》マイク老原が世間に姿を現した。しかしその後番組は視聴率低迷が続き、初代の予言を叶(かな)えるように、インタビューからちょうど一〇年目で番組は終了。以降二代目は地方のイベントや町おこしでののど自慢大会に呼ばれる《流しのベル男》として生きるようになる。多いときには年に一〇〇回以上の大会に出たこともあった。《二代目》マイク老原は気づけばその人生の三分の一をベル男として過ごしている。キャリアの長さだけでいえば、そろそろ初代を追い抜くはずだ。初代に別荘へ呼び出され「これからする話を聞いたら、君は拒否という選択肢を失うことになる」と切り出された過去を、今では懐かしくさえ思っていた。

巴山隆之介の死去から一夜明けた日。古賀との電話を終えた《二代目》マイク老原は、古びたガラス張りの扉の前に立っていた。『宮間不動産』という文字がギリギリ読めるレベルで残るガラス越しに中を覗くと、カウンターの奥で雑誌を読んでいる女性が見えた。彼女は老原の視線に気づき「どうぞ」と口を動かした。老原はガラス戸を引き、ストーブの焚かれた店内に踏み込む。

「いらっしゃいませ。どうぞお掛けになって」

対応してくれた女性は、名を宮間咲子といった。来客用のガラステーブルを挟んで相対する。彼女は長い黒髪をハーフアップに結っており、スキニージーンズと厚手のセーターに身を包んでいる。年齢は多めに見積もっても三〇には届いていまい。指輪は嵌めておらず、申し訳程度の化粧しかしていないが、それでも老原が見とれるには充分だった。

咲子は老原の顔をまじまじと見ると、小首を傾げて言った。

「あら、最近どこかでお見かけしたような……?」

「よくお気づきで。昨日、警察の事情聴取のときにすれ違いました」

「そうだ、そうだわ。廊下でちらっと。覚えていていただいて光栄です」

「あんまりきれいな人だから、印象に強く残っていたんです」

「ありがとう。よく言われるわ」咲子は微笑んだ。謙遜も増長もない笑みだった。咲子は父親と二人で、この辺りの不動産関係を取り仕切っているとのことだった。

「素敵な花ですね」

老原はテーブルの上の花瓶を指す。先程から甘酸っぱい匂いが鼻孔に広がっていた。

「一度人に贈ったんだけど、いろいろあって持ち帰ったの。スイートピーよ」

「花言葉は『門出』か」

「ありがとうございます。男性の方は花を見ても何も言わない人が多いから、褒めてもらえて嬉しい。で、ご用件は？」

老原は咲子の目をまっすぐ見据え、整った声で答えた。「別荘です」

それは初代からの遠いアドバイスによるものだ。連絡が絶えて久しい今でもときどき思い出す。あの日、二人がいたのは初代の所有する勝浦の別荘で、大切な話があるといって呼び出された。海が近く、開け放たれた窓からは夏の薫りが爽やかな風と共に流れ込んできた。サイダーを注がれたグラスの氷はすっかり溶けていたが、のどの渇きに絶えかねて生ぬるい炭酸を一気に飲み干す。その一方で初代は、室内で日差しから守られているとはいえ、汗一つかいておらず、櫛一つ乱れぬ姿で言った。

「別荘を見つけろ。安住の地だ。私はここに来ると、汗もかかなければのども渇かない。君にもそういう場所がどこかにある。この仕事を始めると自分の肉体について不満をありありと感じるようになる。癒すには別荘が必要だ。日本全国かけずり回ってでも、いつでも使える、自分だけの別荘を持ちなさい」

以来、仕事で全国を渡り歩きながら《二代目》は自分に相応しい別荘を探している。

「大櫃見に別荘を持つのはきっと悪くないわ。一年通して閑静だし、治安もいい。あ、ちょっと昨日あったけれど、あんなことは私が生まれてから初めてのことよ」

苦笑した表情から、隆之介にさほど好意的ではなかったことが読み取れる。

「あなたは外の人だから話しても問題ないと思うけど、うちの父親なんかは、ああいった形で御館が亡くなって結果的によかったんじゃないかって。でないとあのおじいさん、あと三〇年くらい生きそうだったもの。毎日美味しい物食べていつまでも強くならない囲碁の勉強して気に入らない人間を怒鳴り散らすだけの生活だから、あんなに健康だったのよ。そういう人には無理やりに死を与えるのも優しさだってさ」

「だいぶ嫌われていたんだね」

無理やりに死を与える――なんとなく、自分の姿と重なった。無意識に、今回の殺人を依頼した人間のことを思う。誰かは知らないが、大櫃見のような狭い村で『無理やり』殺してしまいたいほど人を憎むとは。いや、狭いからこそ人は選択肢の数を絞ってしまう。よくある話だ。

「とっとと息子の正隆さんに諸々譲って隠居生活に入れば良かったんだわ。正隆さんはいい人よ。話が分かるし、無駄遣いもしないし。だからこれから大櫃見はずっと平和。そしたら本当に言うことなし。キノコや野菜は甘いし、川魚もすごく大きなヤマメが釣れるの。東京に卸すときは結構な値が付くんですって。それに、今だとまだギリギリぼたん鍋の季節ね。イノシシの肉って固いけど、ちょっとした下拵えでとろとろになるの」

「それはぜひ食べてみたいね。美味しい物は好きだ」

「海がないから海のお魚だけは地産地消とはいかないけれどね。でも私は海ってあんまり好きじゃないの。身体がベタベタして、匂いも不快だし」

「この辺で泳ぐとしたら？　湖？」

「そう。車で二〇分も走れば湖水浴場のある湖に着くわ。毎年冬になると越冬のために白鳥がやって来るんだけど、なかなかの壮観よ。村の人間だけの楽しみなの。これも、ぜひ見て欲しいわね」

「美味しい物と雄大な自然。素晴らしいですね。あとは、生活の不便は？」

「市街地には車で一時間半程度。でもインターネット環境が充実しているから、届くのにちょっと時間はかかるけど、たいていの買い物は事足りる。この村、ネットの回線速度がやたら速いでしょ？　ずっと電波が悪かったんだけど、何年か前に磨器子さんが手配してくれたのよ。会った？　役場のお喋りなオバサン」

「ああ、香水のきつい人だ」

「それ、本人には言わないようにね」咲子は苦笑した。気候は、山から下りてくる風があるから、夏から秋は爽やかだという。

「冬から春は……ご覧の通り」

とすると、場合によっては村に閉じ込められることも覚悟せねばなるまい。しかしそれはそれで悪くないと思った。大自然と共にあることは仕事より優先されるべきだ。

「幹線道路は県道も国道も除雪車が走るわ。集落の中は、消防団の若い男が雪かきをしてくれる。ああ、あなたくらいの年齢ならきっと駆り出されるわね。でもそれは郷に入れば郷に従えってことで、受け入れてもらえると助かるわ」

「腰は頑丈です。雪かきくらい問題ない」

「だといいけど」咲子は老原に笑いかけた。どうやらこの地に住むに相応しいかどうか、面接はクリアしたようだ。

「で、どんな物件をお探しかしら。小さな村だし別荘地としてはどマイナーだから、期待に添えるものがあるかはわからないけど。そうだ、中古でいいのかしら?」

頷いて、まるで夢を語るように続ける。

「僕が別荘に求めるのは、日常と非日常の入れ替え作業です」

老原が現在住んでいるのは東京二三区のはずれ、小さな二階建ての戸建て住宅を賃借している。窓の外に西武線の線路が見えて、交通も買い物も利便性に富んでいるが、駅前の道路は高校生が自転車で併走するため大変に煩わしい。そういった環境に住む老原にとって、人や文明に邪魔されない大櫃見のような空間は非日常そのものである。見せかけではない自然。春には小鳥のさえずりや、秋には虫の声で目を覚ましたい。

「ご家族は？」

「あいにく独り身でして。色々あって……いや、何にもなかったと言った方が正しいかも知れないけれど」

「色々あったって言った方がミステリアスでお似合いだわ」

「じゃあ色々あった」

咲子は失笑し、誤魔化すように立ち上がった。「用意できる物件を出してくる」

奥の書類棚に向かった彼女を見つめ、深呼吸する。願わくは、この地に愛されますように。老原は大櫃見のことをすっかり気に入っていた。御館がいなくなったことで、村の住人の生活も風通しの良いものとなるのではないか。自分はいい仕事をしたに違いない。そんなことさえ思った。と、未来に思いを馳せる暇もなく咲子が戻ってきた。

「お待たせしました、老原さん。あ、老原さんで合ってるのよね？」

彼女は着席してテーブルに資料を広げる。「これが大櫃見の全体図で、今紹介できる物件はここだけになります」

広げられた地図には、ほぼ円形に広がる大櫃見村の全景が記されていた。石段を登った村の入口には広場があり、目印の大時計が印されている。そこから左右に円を描くようにぐるりとゆるやかな道が広がっている。一方、広場からまっすぐに延びた道が村の目抜き通りで、規模は小さいが商店街が形成されている。その道をひたすらまっすぐ行くと川にぶつかり、小さな橋を渡って左に向かうと別荘地帯が広がっていた。ざっと数えた限り七、八軒の建物が適度な距離を保って点在している。咲子の指は、その中の真ん中よりやや村よりの一軒を指していた。

「以前使ってらした方が財産整理で手放したの。本人が年配で、息子さんは西の方で家庭を持っちゃったから戻ることはないだろうって。一〇年以上前に建てられた物だけれど、リノベーション済みで中古とは思えないほどきれいよ。住み心地は保証する」

咲子は地図の横に物件情報の紙を並べる。外観写真を見て笑みが零(こぼ)れる。装飾が簡素なところが老原好みであった。内装の写真もきれいで、一部の調度品は残されたままだという。

運命に気に入られたようで、老原の意欲に拍車がかかった。

「そうだ、一つ質問があるんですが。犬を連れてきても大丈夫？」

「飼ってるの？」

「いえ。ただ、ずっと飼いたいと思っているんです」

東京の住居は大家の意向でペット厳禁だ。しかし、もしいい別荘が見つかったらペット可の物件に引っ越し、犬を飼うつもりだった。仕事で家を空ける際には誰か知人に世話を頼むとして、年に数回一緒に別荘を訪れ、一緒に野山を散歩する。それは老原にとってちょっとした夢であった。

「犬って可愛いわよね。この付近でも飼っている人は多いし。個人的な好みでは、鈴木(すずき)さんが飼っているジョンがチャーミングね。柴犬(しばいぬ)で、いつも顔がとぼけてて」

「最高ですね。僕も飼うなら柴と決めています。あの表情がたまらない」

「わかる。絶妙な顔なのよね。何をしても我関せずっていうか」

「失敗しても『俺が悪いの?』みたいな表情だし、仕方ないって気分になりますよね」

「ええ。あの表情は猫にはないものね」

柴犬は日本古来から山岳地帯で獣猟犬として活躍していた。この辺の気候にもすぐ馴染むだろう。主人や家族には忠実で深い服従心をもつし、大胆でありながら沈着で、かつ冷静な判断力を持つ。きっとよきパートナーとなる、老原はそう確信している。

「無駄吠(ぼ)えもしないし、室内で飼育しやすいのもいいですね」

「吠えない犬としてはバセンジーもいるけど、あっちはちょっと可愛すぎるかな」

「わかります。柴は生き物としてどこかオフビートなんですよ」

自立し、他人と距離をおく気高さを持っているのだ。

「素敵な言葉。いわれてみれば、私はなんでもオフビートなものが好きかも。小説も、映画でも。だから柴もきっと好きなんだわ」

老原は想像する。この集落の草原を駆け抜けるまだ見ぬ相棒のことを。均整のとれた体躯、ピンと立った耳、厚い被毛、強健な体、そしてクルリと巻いた尻尾……。

咲子は老原の話に楽しげに頷くと、時計を見た。

「これから時間はありますか？　そんな夢を実現するに相応しいかどうか、実際に行って見た方がいいと思う。他にも細かいことで、説明したいことがあるし」

もちろんである。二つ返事で、二人はさっそく別荘へ向かった。

建物はカナダ風建築で統一され、内装は無骨ながらも暖かみのあるもので溢れていた。内壁、外壁ともざっと見回した限りでは大きなヒビは見当たらず、状態はよさそうだ。ドアやサッシの軋みはなく、窓は二重ガラスで防寒対策も万全である。二階建てのその建物に、老原は入った瞬間から魅了されていた。広いリビングには暖炉があり、絨毯を敷いてロッキング・チェアを置けばそれだけで絵になるだろう。

「その暖炉は使えるわよ。前の持ち主は火事を怖れてそんなに使っていなかったみたいだけれど、暖炉があれば他に暖房は要らないほど。万が一故障しても近所に直せる人がいるから心配ないわ」

「それはいい」老原はリビングをうろつく。奥のキッチンも広く、棚も大小様々な食器類を置けるだけのスペースが確保されていた。

「この、調度品が白い塗装で統一されているのは素晴らしいですね」

「どれも地元で採れたケヤキの木材を使用しているわ。強靭で、耐朽性に優れてるの。この辺りは川が近いし積雪も多くて湿気に気をつけなくてはいけないけれど、何年も放置しない限りは大丈夫」

老原は機嫌良く頷く。長瀞で見た家よりも暖炉が豪華だし、指宿よりも東京に近い。金沢より光がよく入るし、下田のように潮臭くもない。

窓の外を指して問う。「あの川は、溢れたりしませんか?」

「台風の時期は増水して流れもかなり速くなるけれど、水がここまで来ることはないと思う。少なくとも、ここ三〇年くらいの間にそんなことがあったって記録はないわ。心配ならちょくちょく様子を見に来たらいいだけよ」

「なるべく足繁く通うつもりではいます」

「じゃあ問題ないわね。あと、診療所も近いから急な病気も大丈夫。お医者さんは住み込みだし、ちょっと歳はいってるけどしっかりしてていざってときは二四時間対応してくれるわ。じゃ、二階へどうぞ」

二階には寝室と和室、更に客間が三つも用意されていた。「和室は畳替えをしたばかり。部屋数は多すぎるくらいだけれど、余るなら物置にしてしまえばいいわ」

「寝室も充分な広さがある。キングサイズのベッドを置いてもゆとりがありそうだ」

天井を見上げても染み一つなく、雨漏りの心配も不要だろう。

他にもいくつかの説明を受けたが、問題らしい問題は見当たらなかった。事務所に戻ったとき、老原は既にリビングに置くソファの色について思いを馳せていた。咲子はその様子を満足げに眺めている。「気に入っていただけたみたいね」

「まったくです。ええと、宮間さん」

「咲子でいいわよ。この辺の人はみんなそう呼んでる。父と区別するためにね」

「じゃあ、咲子さん。あの物件の購入を前向きに考えたいのですが、書類を確認することはできますか？」

咲子は立ち上がって奥へ行くと、すぐに分厚いファイルを手に戻ってきた。

「土地家屋の権利書と、二〇〇〇年以降に立てられた物件だから、住宅性能保証書も。瑕疵担保責任を負う期間の一〇年は過ぎているけれど、建てたのはそこの工務店だから何かあったら割安で修理してくれる。あとは建築確認済証と副本……建築図面ね」

一つ一つ、ファイルをめくっては老原に説明していく。

「設計した建築家は前の持ち主の友人の方だけど、連絡先は把握しているので必要であれば仲介するわ。登記簿記載事項の中で特に重要なことは、ここに別立てでリストを作ってある。売り主さんにローンは残っていないので、売買契約はいつでもできます。あとは……暖炉の取扱説明書に、諸々の保証書なんかもまとめて入っているわ」

「検査済証は？」

「それはないわね。建てたときはまだ必須じゃなかったから」

「なるほど。まあ、問題ありません」

立地も建物も気に入った。その上、この不動産屋はしっかりしたところだ。書類がすぐに出てくるし、情報を細部まできちんと把握している。もはや迷う余地はなかった。

「それで、価格はいくらぐらいになりますかね」

「リノベーションに費用がかかっているから、最初に提示した額から大幅に値引きするのは難しいかな。でも、気に入ってくれたなら嬉しいから父に相談してみるわ。多少はおまけできると思う」

老原は迷うことなく、手付金の支払いを決めた。ローンの審査が通ればいつでも購入の手続きに入れるという。

「たいへん助かります」老原は心の底から頭を下げた。それから諸々の書類に署名・捺印する。記入済みの書類を見て、咲子は微笑んだ。

「本名は随分地味なのね」

「だからあんまり言いたくないんですよね」勿論偽名だが。

同じく偽名のクレジットカードを切ると、あらためて咲子に礼を言う。別荘を手に入れたら自慢のチューブラー・ベルを一式置いて、来客に演奏してやろう。そんなことを思い描き、喜びを噛みしめる。その様子を楽しげに見つめながら、咲子は言った。

「そうだ、せっかくのご縁だし、夕飯を一緒にどうかしら。さっき話したぼたん鍋が美味しいお店があるの。日本酒との相性は最高よ。もっとも——村の人に、私といるのを見られるのが嫌じゃなければだけれど」

組んだ膝の上に肘をつき、咲子は覗き込むように老原を見上げた。睫毛の長い彼女の瞳が、蜘蛛の巣のように見えた。厚い唇が花びらのようで、甘い匂いが漂ってくる錯覚を得る。刹那、机上のスイートピーからだと気づいて口元が緩む。もはや老原は、髪をかきあげる彼女の仕草に、自分が彼女の飼い猫であるかのような気分になっていた。一定の距離を保ちつつ心が通じ合っている。要するに、この素晴らしい日の祝杯をあげる相手として咲子は魅力的で、断る理由など一つもない。

が、念のために訊ねる。「いいんですか?」

「何か問題があるかしら?」

「いえ。てっきり杉井さんと懇意なのかと。昨日、親しそうに話している様子がステージ上から見えたもので」

咲子はその質問がおかしかったようで、口元を押さえて吹きだした。

「杉井くんはただの同級生よ。そりゃまあ、カワイイ顔立ちをしているけど、正直全然。だって私、年上が好きだから」

「そうでしたか」

「それに、仮にそういう間柄だとしても、これから裁判とか色々あるでしょ？　塀の向こうに行くことになったら、どのみち私は独り身だわ。そんなの待ちたくないもの」

そういうわけで、断る理由は完全に一つもなくなった。咲子はまだ予定が入っているそうで、一八時に店で落ち合う約束をして老原は宮間不動産を後にした。

ふと、宮間咲子が依頼人だったら、などと夢想する。殺人を依頼した者と実行した者が晩餐(ばんさん)を囲む――映画になりそうなシチュエーションで、なかなかに甘美だ。これもあとで文章に残そう。そういや《晩餐》って、英語でなんだっけ？

◆

不動産屋を出た後一度宿に戻った老原は、部屋に入るや扉の鍵を閉め、全てのカーテンを閉めた。朝と同じように、カバンから小型の探知機を取り出すと室内を探る。盗聴電波の類が見当たらないことを念入りに確認してからようやく携帯電話を取りだし、電話をかけた。コールするとすぐに女性の声がする。『はい、ごきげんよう』

「もしもし、あのさ、古賀さん」意図せず、少々気が急(せ)いて早口になっている。

『どうしたの？　今頃エアコンの切り忘れにでも気づいた？』

「この時期は使ってないから大丈夫だよ。ただ、僕のしたいのはその話じゃないんだ」

『なら、あなたがゴミ捨てのルールを破った時の話でもする？』

「破っていない。疑われただけだ。犯人は向かいのマンションの大学生だった」

『そうだったかしら』

古賀の声はどこかわざとらしく聞こえた。老原は彼女のことを声でしか知らないが、いつも感情に乏しく、冗談を言うときでさえ平坦であった。だから老原は、それが笑うべき事柄だったことにいつも後から気づく。古賀はどうやら退屈していたらしい。

『じゃあ、犬を飼いたいけど大家が犬嫌いだから無理って話？』

「それでもない。いや、飼えるかもしれないな。ようやくいい物件を見つけたんだ」

『別荘の話？　それは良かったわね』口調は変わらない。『私としてはぜひ日本海側に別荘を持って欲しかったけれど。新鮮な魚を送ってもらえそうだもの』

「期待に沿えず申し訳ない」

『冗談よ。あなたがどこに別荘を持とうが自由だもの。ただ、予定は教えておいてね』

「もちろん。ただ、もっと卑近な話だ。購入費用の方で、少し足が出るかもしれない」

打てば響くリズムの会話はここで途切れた。古賀は少しの間の後に言った。

『身の丈にあった買い物をするのは大事だわ』

「いや、心の底から欲したならば何としても手に入れるべきだ。それに、背伸びしているわけじゃない。今月、僕は立て続けに三件の仕事をこなした。今週二件、二週間前にも一件。結構なペースだ。その報酬の振り込みをなるたけ急いで欲しい。そうすれば別荘だけじゃなく深緑のソファを買ってもまだお釣りが出る」

『報酬はちゃんと支払うわよ。今までに振り込まれなかったことがある？』

「ないが、遅れがちなのは事実だ」

『わざと遅らせてるわけじゃないわ』

「わざとであってたまるか。そもそも、最近君たちは仕事に対する意識が大雑把ではないか？　あるいは僕への態度が。下調べが雑なこともそうだが、あれもだ。つい二週間前の、組織を嗅ぎ回っているという男を殺した件。いつものようにどこかから依頼があったと言われたが、あれは内部からの指令だったんじゃないのか？」

『探偵殺しの件なら、あなたの気にすることじゃない。それに、悪い予兆は早めに対策するのが吉なのよ』

古賀は言うが、外部の人間に存在を嗅ぎつけられたのは彼女たちの落ち度だ。いったいどうして、あの喜多嶋とかいう探偵は組織に気づいたのだろうか。聞くに、過去の依頼者の一人が口を滑らせたという。

「滑らせたって、何をだい？　我々への連絡方法か？」

老原の属する《組織》への殺人依頼は、インターネット上のサイトに特殊な方法でアクセスすることで行われる。その《特殊な》アクセス方法は、当然ながら多くの者に簡単に知られるやり方であってはならない。古賀は肯定の返事をして続けた。

『それ自体はいいのよ。我々への連絡方法を広めてくれる人がいないと、顧客は増えないし。ただ、喜多嶋が問題なのは、我々のことを探ろうとしたこと。これを見逃すことはできないでしょ? そういう人間に存在を気づかれたことを落ち度と言われたら返す言葉はないけれど、人と人との間を取り持つ仕事な以上、仕方のないリスクよ』

「仕方ない、か。おかげで東京から変な刑事がやって来て、実に鬱陶しかったよ」一瞬、山住について詳細に伝えようと思ったが、やめた。どうせ「話が長い」と言われるだけだし、彼を放っておいたところで問題になるとは思えない。

「ともかく、報酬の件だけど、せめて最初の依頼の分くらいは振り込まれてもいい頃だろう」

責め立てる口調の老原を、古賀は面倒臭いという感情を上手く隠して答えた。

『急ぎすぎよ。毎回ふた月以内には支払っているんだから、今回もそうするわ』

「ふた月もあれば色々なことが手遅れになったりするだろう。家賃と公共料金の支払いは問題ないが、今月は保険の引き落としがあるから少々不安なんだ」

『そんなに自転車操業なの? のど自慢の方だって、よくは知らないけどそれなりにこなしているものだと思っていたわ』

「そっちは社長の勧めで大部分を積み立てにしてある。つまらないことで崩したくない」

『なら、普段から自由になるお金をもっと用意しておくべきよ。でなければ、その出費が本当に必要かどうか、よく吟味することね。知ってるわよ。あなたときたら気軽に手付金を払うくせに、いざ契約となると尻込みしちゃって踵を返すって。そういうの、無駄金っていうのよ』

「無駄じゃないさ。最終的な段階でうまくないことに気づくのはよくある話だ。やむを得ないことだし、そこにお金を注ぎ込むのは僕の方針だ」

『じゃあこっちも問題じゃないわね。ふた月以内の支払いは我々の方針よ』

どうやら交渉の余地は無いらしい。古賀は殺されるべき人間の選別を行うコーディネーターであり、ぞんざいとは言えまだ信頼しているが、ときどき彼女のことこそ殺してやりたくなる。歯噛みして、保険の支払いは最悪二ヶ月は遅れても大丈夫か？　と頭の中で電卓を叩く。その隙に古賀は『じゃあね』とあっさり電話を切ってしまった。

お金を稼ぐのは大変だ。そんな感情の籠もった溜め息が、一人の部屋に響いた。

◆

いつか、例の別荘に招かれてぬるいサイダーで乾杯したとき、《初代》マイク老原は楽しそうに話してくれた。殺人とは楽譜だ。表面を見ればただの紙っぺら、記号の羅列でしかないが、その裏には様々な情報、技術、呼吸、思想が隠れている。良い演奏と良い殺人は似ていて、良い殺人の裏側には膨大な哲学と修練と研究の積み重ねが存在する。

《二代目》マイク老原の最初の殺人は、サラリーマン風の男を立体駐車場の隙間から果てしない奈落に突き落とすことだった。防犯カメラの死角は突いていたし、そのビルの警備員達がバイトの学生で怠けがちなことも知っていた。だから仕事は簡単に済んだ。ただし、自分の身体が直接ターゲットの身体と接触する経験は、あまり好ましいものではなかった。相手にまつわりつく穢れのようなものが自分に伝染してきそうだったからだ。その後、毒——薬を扱うようになった。それは死者の穢れさえも除染してくれるように感じたからだ。仕事のためとはいえ、余計なストレスを抱えたくはない。

老原は子供の頃に、自分の身体には不具合が備わっていると気づいた。朝起きると、背中や足のふくらはぎの辺りが妙に疼くことがあるのだ。いくら自分で揉みほぐしても良くならず、ただ不快さに絶えなくてはならない。痛いとか、見かけ上何かが現れるとかではないので他人から理解もされにくい。病院にかかっても原因は不明で、医者の多くは成長痛だとか思春期の一時的なものだとか言ったが、三〇歳をとうに過ぎた今でもなおその疼きは不定期にやってくる。

数年前まで老原は月に二回ほど近所の皮膚科に通っていた。薬をもらってすぐ終いのはずだが、話の長い年寄りがいるとそれだけで三〇分か、下手するともっと待ち時間が延びる。一見ガラガラに見えても全然順番が来ないこともあって、耳を澄ますとたいてい診療室から老婆の長い話が聞こえてくる。そういうことに次第に嫌気が差してきて、やがて老原は自分の身体を治療しようと思うのをやめた。なぜ疼くのかではなく、どういうときに疼くのかについて気にかけるようになり、数年後、ある法則に気づく。原因は寒暖差にあるようだった。日記を読み返せばわかることだが、夏の暑い日が続くといけないとか、太陽に当たりすぎると良くないとか、真冬の寒さに晒されると悪いとか、そういった予測は軒並み外れた。涼しい日が数日続いた直後の真夏日や、三週間雨が降らなかったあとの大雨の日になると、背中の疼きは現れる。自分の身体は急激な気温の変化に対応できないのだと気づいたとき、それまで忌み嫌っていたこの体質を初めて少し愛おしく思った。疼きが、子供向け番組に出てくるドジでちょっと間抜けなキャラクターの滑稽な様と重なって見えたのだ。

次に老原は、滑稽なキャラクターにはたいていこれには目がないという好物があることに着目した。彼らは特定のスーパーの焼き芋じゃないと駄目だったり、おばあさんの作ったパイじゃないと満足できなかったりする。もしかすると自分の疼きも、そういった好物を与えてやれば機嫌が良くなるのではないかと考えたのだ。

ある時、旅先で珍しく深酒を呷り、水をガブ飲みして目覚めた翌朝。二日酔いどころか元気が漲(みなぎ)っていた。水は現地の井戸水だという。そこで自身の身体の好物が《水》だと気づき、老原はまるでくしゃみがきっかけでペニシリンを発見した学者のような僥倖(ぎょうこう)を感じた。

その後、すぐに新たな探求が始まった。水道水の塩素が良くないと耳に挟んだ翌日から、飲料水をミネラルウォーターに変えた。それから風呂に使う水にも重曹(じゅうそう)を加えてアルカリ性に寄せるようにし、シャワーヘッドも塩素を除去するものに付け替えた。以降、目に見えて疼きは減った。老原はインターネットで様々なミネラルウォーターを買い込み、長い時間をかけて一種類ずつ試していった。pH値を調べるキットも購入し、水の一つ一つについて調べて記録した。水に関わる論文の多くに目を通したし、雑誌のエッセイ、怪しげなブログの記事に至るまで、水に関連する情報については現在でも敏感にアンテナを張っている。水なくしては自分の幸福は摑めないとでもいうように、水に対して偏執的なこだわりを持つようになった。先日杉井に渡された水を断ったのもそのためであった。彼の差しだした水はどこのコンビニや自動販売機でも売っているミネラルウォーターで、悪いわけではないが、老原の体質には合わない——正確には、合わないような気がしてならない。いずれにせよ、より良い水を知ってしまった以上あえて飲む必要はない。

老原は数年の積み重ねの果てに、これだというバランスを見つけていた。酸性に寄った水はあまりよろしくなく、かといってアルカリ性に寄りすぎてもいけない。これまで出会った水でいちばん理想に近い水はいつもセラミックの保温マグに入れて持ち歩いている。軽井沢近くで出会った硬水で、彼が口にする水の殆どはここ何年もそれのみであった。

　しかし今回、大櫃見の水を試しに飲んでみて仰天した。控え室の台所の、蛇口を捻って出た水だ。近くの井戸水を引いているとのことだが、一瞬で、味が違うと感じた。水なのに甘く、まるで真夏に炭酸水をがぶ飲みしたときのような爽快なのどごしを感じた。頭の中に初代の言葉が思い起こされた。その場所が相応しいかどうかは一瞬でわかる。たしかにその通りで、大櫃見は老原に取って相応しい場所なのだと確信した。

　隆之介の遺体の発見されたのと同じ用水路に沿って、より上流に向かって歩いて行く。やがて川にぶつかり、今度は川に沿って歩いて行き、橋を渡る。風は仄かに春の草花の薫りを漂わせ、老原の足取りを軽くする。川のせせらぎを楽しみながら歩いて行くと、緩やかな斜面に舗装路が続いており、足元に雪が残っているので注意深く進む。人の気配が完全になくなったあたりで渓流に下り、冷たく澄んだ水に目をこらした。老原の期待は当たっていた。冷たく澄んだ水面の向こうから、目に見えないものが自分に手招きしているのをはっきり感じた。

　大櫃見の水は実に具合が良さそうだ。山の湧き水は透き通っていて、余計なガスや不純物を含んでいる様子は見えない。覗き込めば、川魚が泳いでいるのが見えた。生活排水が垂れ流しにされていることもなさそうである。下水道が完備され、自然の川は自然のままにある。文句のつけようがない。カバンからスポイトを取り出し、川の水を吸い取る。次いで片手大の白い装置を取り出すと、蓋を開けて中に水を垂らした。水のpH値を測定する機械である。安い買い物ではなかったが、水温を二五度に調整した上で試薬紙を使うという面倒な作業が必要だった以前と比べ、一瞬で結果が分かる。しばらく待つと液晶画面に数値が表示された。

「……驚きだな」

今常用している長野の水より理想に近い。寒暖差の激しい日にあの水は少し刺激が強いが、これなら急な乾燥や汗ばむ陽気のときに摂取しても問題ないかもしれない。

老原は空のフィルムケースを取り出すと、スポイトに残った水を全て注ぎ込んで蓋をした。それから水漏れしないように小分け用のポリ袋に詰め、カバンの隅にしまい込む。これは老原のコレクションとも言うべきもので、彼の自宅には今までに出会った水が万に届くほどの数も保管されている。

「……とはいえ、最終的には相性だがな」老原は川面に視線を戻した。

水にも相性がある。それは経験から重々承知している。いきなり多くを飲み干すことは危険だ。荷物を川縁に置くと、水面に手を伸ばす。まずは両手を水に浸してみる。ぴりぴりとした痛みや、身体の芯を突き抜けるような冷たさはない。どうやらここの水にいきなり嫌われたというようなことはなさそうだ。それどころか、受け入れられているとさえ感じた。矛盾するようだが水の冷たさには温かみがあり、意識しなければ冷たさを感じずにいられるほどだった。次に老原はその水をすくって顔を洗ってみる。目にしみないのは予想通りとして、もみあげや無精髭に触れても不快なはりつきは感じられない。水は毛を撫でるように流れ落ちる。濡れた眉に触れると、新品の筆のように柔らかな感触が得られた。ここでほぼ確信する。自分はこの水に愛された。この水には、ずっと再会を願ったまま引き離されていた遠い星に住む母親のような慈しみがあった。

立ち上がり、周囲を見回す。先ほど咲子と足を伸ばした別荘地帯にほど近いが、山は深く、集落から少し入っただけなのにとても静かで穏やかだ。周辺にはいくつか他の別荘も並んでいる。どれもよく手入れされていて、家主の品の良さが窺える。水は良いし、美しい女性も多いし、別荘も手に入る。さきほど古賀にやり込められたことなどすっかり忘れ、老原は上機嫌で荷物をまとめ、来た道を下り始めた。

下り坂の途中で、男達が話しているのが見えた。中心にいる男には見覚えがある。巴山正隆だ。昨日の今日でもう仕事なのだろうか。会釈するが、あまり興味なさげに返された。老原だと認識していないのだろう。今後この村に別荘を買うのだから良い印象を与えようとも思ったが、別な日でも遅くはあるまい。取り立てて会話を交わすこともなく、老原は彼らの前を通り過ぎた。

ちょうど広場に差し掛かった頃、村のあちこちに設置されたスピーカーから『歓喜の歌』が流れ始めた。水色に塗られた大時計を見上げると、たしかに正午だった。この曲に伴奏を付けたのは昨日のことだ。ずいぶん色々あった気がするが、人生とはそういうものだろう。

広場の土産物屋の脇にレストランがあった。昼食はそこで済ませ、ついでに土産物でも見ていこう。そう決めて、土産物屋へ立ち寄った。木造に見せかけた樹脂製の庇（ひさし）や看板は安っぽく、入口の段階で気が削（そ）がれる。客は他になく、店員の女性は暇そうだ。しかし彼女は老原を見かけると、途端に顔色を変えてこちらへ駆け寄ってきた。

「まあ老原さん。また会えて光栄です」でっぷりとした中年女性だ。黒々としたおかっぱ頭は白髪染めが露骨で、そのせいで余計に老けて見える。

「どなたでしたかな」

「赤竹磨器子といいます。役場の人間で、杉井稀一郎の部下にあたります」

「ああ、杉井さんの。それはお世話になりました」

鼻につんとくる香水の刺激で思い出した。この女、昨日からずっとちらちらとこちらを窺っていて気味が悪い。しかしそのことをおくびにも出さず、握手とサインを求める磨器子に老原は快（こころよ）く応じた。こういうとき、老原は手慣れたもので、如才ない笑顔とインクの切れかけたサインペンでも認識出来るシンプルなサインで返すことができる。これで満足かと思ったが、磨器子は色紙を握りしめたままそこから動かなかった。

「この辺り、見る物が何にもないでしょう？　川とか別荘とか眺めたって退屈でしょうに。上流にダムはあるけど、この時期じゃ釣りもできませんしねえ」

「釣りの趣味はありませんので。それに自然が多くてそれだけで充分楽しいですよ。東京じゃこんな景色は絶対に見れない」

「それよりお土産の紹介しましょうか？　温泉の素が特産品ですよ。ただ、最近は外国製のマグネシウム入りの何とかソルトってのが出回ってて、うちも取り寄せて売ってみたらそっちのが人気になっちゃったけど。あとは、何がいいかしら？　お酒、煎餅、漬け物、マシュマロ、煎餅……」

どうにも話が長く、こちらから口を挟む暇がない。やむなく老原は数歩離れ、彼女がふと顔を上げたところに強引に言葉を差し込んだ。

「あなた、土産物屋さんなんですか？」

「県職員ですけど、閑職に回されているっていうか……。ほら、杉井さんのせいで」

「そういえば、杉井さんも大変なことになりましたね」

「みなさんそう言うのよねえ」磨器子は澄まし顔で視線を横に流した。「私は、杉井さんがいなくなってせいせいしているんだけど。二度と帰ってこなけりゃいいのに」

「随分ですね。たしかに彼のしたことは犯罪ですが、殺人を犯したわけじゃない」

「死体遺棄でしょ？　立派な犯罪よ。あの男、いけ好かなかったからほんとスッキリしているわ。ザマミロって感じ」

「そんなに嫌いだったんですか？」

「そりゃそうよ。宮間咲子とか、村のチャラチャラした連中と仲がいいし。一年に一センチずつ身長縮めばいいのにってずっと思ってたわ。そしたらそのうち消えてなくなるでしょう？」

「彼は一八〇センチ近くありそうだから、消えるのを見届けるには長生きしなくちゃいけませんね」

「あらそうね。じゃあ年に一〇センチ、いや、二〇センチ……いや、もうそんなこと考えなくていいのか。やだ、なんだかそれって嬉しいことだわ。私まだちゃんと噛みしめてなかった。ああ嬉しい」

　磨器子の話は長く、魔窟（まくつ）へ迷い込んだ気分だった。話には中身がないし、そのうえ笑顔は品がない。

「そうだわ。マイク老原さんとお話しできるなんてまたとない機会だわ。ねえ、よろしかったら今夜うちに夕飯を食べにいらっしゃらない？」

「お申し出は有難（ありがた）いのですが、普段から人と食事をともにする習慣がないものでね。悪（あ）しからず」仏頂面で答え、土産物の棚に手を伸ばした。

「これ、いくらですかね？」それは大櫃見とは何の関連もない、折り曲げると発光するケミカルライト……いわゆるサイリュームの束だった。

「一〇本入りで三〇〇円ですけど……老原さん、そういうのを使うコンサートに行かれたりするんですか？」

「のど自慢大会で腕に巻いて出てくる女子高生が多いんですよ。前から気になっていましてね」金を払うとその場で袋を開け、一本取り出す。二〇センチくらいの、細い筒。「これを折ると光るのかな？　——ああ失礼！」勢いよく力を込めすぎて、ポリエチレンの筒が割れて中の液体が飛び散った。磨器子の頬にぴしゃりと撥ねる。

「すぐに洗い流した方がいい。過酸化水素が含まれているし、目に入ると危険だ」

磨器子は、あらやだ大変、と慌てて洗い場の方へ消えていった。ようやく厄介払いができて老原はホッとして振り返る。と、ちょうどそこに見知った顔が通りかかったので呼び止めた。

「あれ？　山住刑事。まだいらっしゃったんですか」彼はふらりと売店へ入ってきて、喫茶コーナーのカウンターを見回していた。老原に気づくと手を挙げて会釈する。

「ああ、どうも。老原さんこそ」

「今日はもともと余暇なので、のんびりしようと思っているところです」

そのままの流れで山住啓吾と同じテーブルに着く。「コーヒーを」とぶっきらぼうな山住と対照的に、老原はハンバーグセットを注文した。歩き疲れて空腹なのだ。コートを脱いで窓の外を見やると、マスコミ関係者と思しき連中がまだ何人かウロウロしている。

「本当ならもっとのどかなんでしょうね」

老原が呟くと、山住は愛想笑いを返した。「注目というのは、当事者の望まぬ形でしか浴びないものです。この村が静かになるのは、住民が諦めた頃でしょう」

「仰るとおりでしょうね。そういえば刑事さん、事件は?」

現場検証は今日も行われているはずだ。しかし山住はゆるりと首を横に振った。

「正確に言うと、私は今回の事件の担当ではないので」

「ああ、そうですか。ではもう一人の……本田さんが?」

「彼も今日は来ていません。杉井氏の調書を取ることで忙しいようです。今日動いているのは所轄の方々ですね」

言い終わると同時にコーヒーが運ばれてきて、山住は待ち構えたように一口すすった。目を閉じ、味わいを楽しんでいる。

「やはり、これ、美味いな」

「ほう、刑事さんもお気づきですか。そうだ、ちょっと見てください」老原は嬉しくなって、カバンから付箋サイズの紙を取り出した。山住の目の前でコップの水に浸してみる。すると、紙はみるみる桃色に変化した。「ね?」

「……はあ」ピンときていない様子。

「いやね。pH値が東京の水道水に比べて高い。いい水を使っているんですよ。あとで時間があればもっと詳細に調べようと思っています。今まで私の中では軽井沢近くのサービスエリアの水と鹿児島の伊集院町(いじゅういんちょう)の水がツートップだったんですが、その二つが色褪(あ)せるほどの素晴らしい水です」

山住は変化した紙をしばらく凝視した後、無言で微笑みを作った。もっといくらでも語れたが、その態度に程よく満足したので、老原は一服しようとカバンから箱を取り出す。と、山住は不思議そうにその箱を指さした。

「それ、煙草(たばこ)じゃありませんね」

「咳止(せきど)め薬です。乾燥に弱いのでね。常備しているんですよ」

「ははあ、それが。箱を見たのは初めてです。吸っている人も。いや、煙草とそっくりですね。煙草の代わりにして禁煙が出来そうだ」

「残念ながらニコチンが入っているので駄目ですね。そもそも、禁煙したいなら方法は一つしかありません」

「是非聞かせてください。私も我慢しているんですが、どうしても時々吸いたくなる」

「じゃあ山住さんには無理だ。禁煙の唯一の方法は、最初から吸わないこと。これ以外にありません」

山住が今度は笑みを浮かべなかったので、老原は肩をすくめて補足する。

「けれどもそんなことは言われずとも知っているだろうし、今知ったところで禁煙の足しにならない。ま、つまらない冗談です。ところで山住さん。一つ質問してもいいですか?」

「はあ、どうぞ」

「先ほど、私の吸っているこれを見て、あなた言いましたね。箱を見たのは初めて。吸っている人を見たのも初めて。その言い方、ちょっと引っかかったんですが」

するとと山住は驚いたのか、何度かその場で咳き込んだ。

「……いや失礼。昨日のことといい、驚きだ。隆之介氏が事故死というのはあなたがいなけりゃ気づかなかった。今も、そんな細かいところを見破るとは。探偵のようだ」

「まさか。しがないベル男ですよ」

「ならばベル男とはとんでもない洞察力を持っている。仰るとおり、最近仕事の関係で存在を知ったばかりなんです。写真でその吸い殻を見る機会がありましてね」

「吸い殻?」

「先日、IT社長が死んだんですが、ご存じですかね。金崎という男です。昨日の朝はテレビでもやっていたんですが、今日は大櫃見の件で吹っ飛んじゃったかな」

「どうでしたかね。見たような、忘れたような。ああ、バスの中で死んでた男だ」

「彼は死ぬ直前、函館(はこだて)行きの長距離バスに乗っていたんです。道中、最後に立ち寄ったサービスエリアで彼はこれを吸ったんですが、そこに毒物が混入されていまして」

押収された吸い殻から、金崎の唾液が検出されたとのことだった。彼は他にももらい煙草で一本吸ったが、そちらの吸い口にも微かに同じ毒物の反応があったという。

「毒入りの煙草を吸って、そこから更にもらい煙草？　何でそんなことになったんでしょう。待てよ。死亡していたのは朝ですよね。なら、毒は遅効性だった。自殺かな？」

「ご名答です。眠りながら死ぬために毒を吸引し、その後、最後の一服のためにもらい煙草をしたと、今のところ見られています。動機は、追っ手から逃れられないと感じて……といったところですね」

「毒入り煙草に咳止め薬を使ったのは？」

「通常の煙草に仕込んでおくと、忘れてうっかり吸ってしまうと思ったのでしょう。金崎はかなりの愛煙家だったようですし」

「なるほど」毒を仕込むのに通常の煙草を使用しなかった本当の理由は、味が薄ければ金崎は必要以上に深呼吸し、より多量に毒を吸引するだろうという目算があったからだ。山住の発言を聞くに、金崎殺害の事後は老原の意図通りに進んでいるようだった。ただし、一つだけ気に食わない点がある。

「それより、そんなのよくわかりましたね。灰皿のゴミでしょ？」

「ええ。本来は明け方にゴミ箱や灰皿の中身を集めて集積所へ運ぶことになっていたようですが、担当者が怠けたようです。喫煙所は寒いし遠いですからね。しかし、そのおかげで回収されずに済んだ」

「幸運な怠慢だ」老原は内心で舌打ちした。最近の労働者は自分の仕事へのこだわりが薄いのではないか？　寒いからって職務を放棄する程度の仕事なら辞めてしまえばいい。そんな老原の内心などもちろん露知らず、山住は先を続ける。

「個人的には他殺の可能性が排除しきれないと思っていますが、私の担当ではないので深く首を突っ込むことはありません」

「真相解明を祈っていますよ。しかし刑事という仕事は大変ですね。そんな些細な偶然を何でもかんでも結びつけてしまうのだから。疑心が暗鬼を生むことも多いでしょう」

「仰るとおり、悪い癖ですね。割と当たることも多いんですけどね。あまりにもあからさまな偶然は、その裏に仕掛けがあることが多いんですよ」

「なるほど、やはり大変なお仕事のようだ」老原は肩をすくめて苦笑した。そこにウェイトレスが食事を運んできた。山住に「どうぞ」と促され、ナイフとフォークを手に取る。パーティションで区切られた向こうの土産物屋にはスキー帰りと思しき客が入ってきて、うろついている。さっきから話に混ざりたそうに見ていた磨器子がそちらへ向かって行ったのを横目に、ハンバーグを切り分けながら、老原は小声で言った。

「しかし、この村はこれからどうなってしまうんでしょうね」

「どうもしませんよ、きっと」山住は無造作に答えた。「人間が一人いなくなったところで、その代わりの人間はすぐに現れます。動物の本能として、穴は塞がれるものです。特に揉めることもなく次の代……正隆氏だったかな？　が当主となって、これまで通り時間は流れていくでしょう」

「なるほど、時間の問題か。私も及ばずながら、早く落ち着くことを願ってますよ」

そういえばキチナリは、自分のおふざけが間接的に人の命を奪ったと思っているため、たいそう落ち込んでいた。どうでもいいことだが。老原は目玉焼きにナイフを入れて、半熟の黄身を絡ませたハンバーグを口に運ぶ。気づけばその様子を山住がじっと見ている。

赤竹磨器子といい、この村では人を観察するのが好きな奴とばかり出くわす。居心地が悪くなり、誤魔化すように訊ねる。

「そういえば山住刑事。不思議だったんですが、どうして東京の刑事がここに？」

山住は僅かに身を硬直させた後、老原を下から睨めあげるような視線で見た。

「……実はちょうど、老原さんにそのお話をしようと思っていたところです。私が追っているのは、東京で起きた別件です。探偵が死んだ事件なんですが」

「ああ、小田嶋だか、喜多嶋だか……」

「喜多嶋大慈といいます。かなり優秀な探偵だったと聞いています」

「その探偵が、この大櫃見と何か関係あるのですか？」

「ある、と私は思っています。喜多嶋大慈は、死ぬ直前に大櫃見のことを調べていました。具体的には巴山隆之介氏についてです。喜多嶋は、隆之介氏が殺し屋に狙われていると考えていた」

「殺し屋？」老原は首を傾げる。「はあ、そんな者がいると。探偵が何を言おうが勝手でしょうが、警察官である山住さんがそれを信じたんですか？」

「可能性としては否定できるものではありません」

「可能性。もしかして今も信じている？」

山住は無言で頷いた。老原はわざとらしく呆れた態度をとり、手にしていたフォークの先を山住に向ける。

「巴山隆之介さんが死んだのは事故だと、あなたも本田さんも認められたじゃありませんか」

「ええ。凶器とほぼ同様の三叉状のハンマーを作成し、実験もしました。その上で、本田刑事は事故だと結論づけました」

「でも山住さんは違うと？　隆之介さんの死は事故死ではなく、誰かに殴り殺されたと考えているんですね。そりゃ愉快だ。キチナリさんが罪の意識に苛まれずに済む」

フォークの先を見つめたまま返事をせぬ山住に、老原は念を押すように訊ねる。

「それとも、何か根拠はあるんでしょうかね？　誰かから聞いたとか」

「勘です」山住は口元を歪める。「昨日、大櫃見に殺し屋が現れ、隆之介氏を殺した」

「いつ？　殺害できるような時間のある人間はいなかったと伺っていますが」

「我々の見逃している空白があるのだと思います。殺害自体には殆ど時間なんていらない。失礼ですが、老原さん。あなたは昨日の昼休み、どこで何をしていましたか？　演奏が終わって会議が始まるまでの間に少々時間があったと記憶していますが」

「それなら言ったでしょう。ファンの方にサインをしていました。時間などありゃしません。あなたは私を容疑者にする気ですか？」

フォークをくるりと回してハンバーグに突き立てる老原に、山住は真剣な眼差し。

「逆です。力を貸して欲しい。一般の方にこんなことを言うのは情けないと承知です。しかし昨日の隆之介氏の件といい、今話していてもそうだ。老原さんはまるで探偵のように、物事を正しく見渡すことができる。ちょっとした引っかけにも動じない。あなたがいれば、私は望む真相に辿り着けるかもしれない」

もぐもぐと、急ぐことなくハンバーグを咀嚼してから答える。

「スカウトですか？　これは予想外だ」

「謝礼は……警察から出すことはできませんが、個人的に用意しますので」

多少なり、考える振りをする。警察と繋がるメリットは幾許かあるだろうが、山住のような神経質なタイプは付き合っても面倒なだけだ。それに、何が悲しくて自分で犯した殺人の捜査を手伝わなくちゃいけないのだ。結果、肩をすくめてこう言った。

「あまり上質な冗談ではないかな」

「……そうですか。残念です。失礼しました」山住はテーブルに両手をついて頭を下げると、その姿勢のまま顔だけ老原に向けた。

「私ね。学生時代、トルコに旅行に行ったんです。当時、バイトで家庭教師をやってまして、同級の友人の弟を教えていました。そいつが高校に合格したお祝いってことで、彼と私と友人の三人で。もちろん親御さんの許可を取ってですね」

「はあ」こっちも話が長かったか。老原はやや諦念めいた感情を抱いた。自前の水筒を取り出して、水を一口飲む。山住はその様を見もせずに続ける。

「イスタンブールの博物館に行ったとき、古文書がずらりと展示されていたんです。もう、どこまで行っても、本、本、本で、気が滅入ってくるほど」

「文字も読めないでしょうし、付き添いで行った国の歴史なら感慨もないかもしれませんね」

「そうだけど、そうじゃないんです」山住はおもむろに顔を上げた。曰く、そこにはたくさんの古文書が時代順に展示されており、古いものにはびっしりと文字が書かれていた。しかし、時代の変遷と共に紙面には記号や画が並ぶようになり、文字はその傍らに添えられるものとなっていったという。

「ははあ。文字で書かれたものが浸透しきると、やがて誰も読まなくなりますからね。みんな内容を知っているから」

「そう。読まれない文字は無駄なんですよ。紙にとっても、人生にとっても。誰でも知っていることをわざわざ文字にする必要はない。するとやがて、文章は形を変える」

山住は老原の顔を見た。どうやら問いかけのつもりらしい。

「記号化ですか？」

長々と書かれた文章は、いずれ特定の記号に置き換わる。この記号はあの文章の内容を示しているというルール付けが行われる。すると紙にスペースが生まれる。数ページにも及ぶ文章がほんの五センチ四方の記号となることで、文章はより先のことを記し始める。今まで誰も知らなかったことの記述に費やされるようになる。

「そのことを、最近よく考えます」山住は首肯し、項垂（うなだ）れるような姿勢でコーヒーに口をつけた。「記号化された内容は、意味を知る者にしか読み解けない。では、後からそれに触れた者はどうすればいいのか」

「何を仰りたいのかわかりかねますが……」

「見えている記号の裏側にある膨大な情報を正しく理解して紐解（ひもと）くことができれば、その本質を摑める。たとえば死という事象は一種の記号です。その裏には複雑に入り組んだ事情がある。隆之介氏の事故死は私にとって腑に落ちるものではない。正しく裏側を読み解けていないと感じる。彼の死は、その表層の奥深くに膨大な量の思惑や計略が隠されている気がしてならないんです」

「ははあ、わかったぞ」老原は正面で渋面を浮かべる山住を指さした。彼の言葉が止まり、視線が向いたところで指先を上に立てる。

「アンタは復讐をしたいだけだろう」

「……どういう意味ですか？」

「一緒にトルコ旅行に行った教え子ってのが、喜多嶋大慈？」

山住は唐突な指摘に思考が追いつかないようで、老原の指先を見つめたまま頓狂な声で言った。「どうしてわかったんですか？」

「そりゃ、さっき自分で仰ったじゃないですか。無関係な物事を結びつけて考える癖があるって。そして考えていることはずっと探偵殺しの件だ。簡単にピンときたね。きっとアンタの悩んでいることはこうだ。喜多嶋の死と隆之介の死は、根拠はないけどどこかで繋がっている。隆之介が殺されたときに思ったんだろう。きっと犯人は喜多嶋にも関係があって、そいつを捕まえれば事件は解決だ、と。これで喜多嶋の無念を晴らせると期待した。ところがいざわかってみれば事故死で、喜多嶋とはいくら洗い出しても接点なんかない。それで途方に暮れて、何か別の繋がりを欲してわざわざこの村に留(とど)まっているんだ」

「……その通りです」山住は溜め息交じりに椅子に身を沈めた。

「喜多嶋は、東京湾の入江に浮かんでいました。前日の大雨のせいで護岸には流木がたくさん流れ着いていて、それに引っかかっていたとの話です。腕に擦過痕があり、余程もがいたか、誰かと争った痕跡にも見えた。その上、浮かんだ場所が中央区と江東区の境目だったもんで、二つの管轄が担当を押しつけ合って初動捜査が遅れた。私は、彼がそんなところで人生を終え、そんな扱いを受けたことが残念でならない。仇を取ってやりたい、そう思うことを止められない」

腕の擦過痕は、犯人と争ったからついたわけではない。岸の上からビニール傘で突っついて海に沈めているときに、護岸のどこかに引っかかって擦ったものだ。あの日のことはよく覚えている。喜多嶋大慈は誰かに尾行されていることに怯えきっていて、用心深く、なかなか隙ができなかった。しかしどんな人間も、嗜好品への欲求を抑えることはできず、そして求めるときには必ず油断する。彼の場合は酒だった。怯え疲れした喜多嶋は、ある日、久しぶりに旧友に誘われて深酒した。彼は酔っ払うと酔い覚ましに歩いて帰る癖があり、その日も新橋から自宅のある東大島までおよそ二時間はかかる帰り道を歩いている最中だった。

雨の中ビニール傘を差して千鳥足で歩く彼を尾行し、酔い覚ましに柵から身を乗り出して海面を眺めていたところに近づいてアルコール注射をするのは極めて簡単だった。意識を失ったのを確認して、海中に落とした。まだ開発途中の新しいエリアで、監視カメラは作動していなかった。喜多嶋はもがくことなく、顔を水中に浸したまま海面に浮かんだ。全ては数十秒で事足りた。人は死ぬとき、死ぬことに気づくべきではない。このときも矜持は守った。

親愛なる教え子を殺した本人が目の前にいることを知ったら、この刑事はどんな表情をするだろうか。さっきからムカつくので、教えてやりたい衝動に駆られる。彼が顔を歪めたところで「冗談ですよ」と笑ってやりたい。が、さすがに悪趣味すぎるのでやめた。それに、真に殺人者と呼ばれるべきは殺人を依頼した者だ。普段は気にしないが、仕事が終わって気が緩むとたまに考えてしまう。自分を殺人の道具にしたのは、どこのどんな奴だろうか。勿論これまで実際に探そうとしたことなどない。殺し屋と依頼人の間には何の繋がりも存在しないのが当然だからだ。なるほど、殺人者の正体を求めて右往左往する山住は、たしかに物欲しがりな俗物に見える。老原は自戒も込めて、次のような言葉を向けた。

「残念ながら、二つの死に関係はないんじゃないですかね。もっと落ち着いた方がいい。自分に言い聞かせるんだ。妄想に囚われてはいけないって」

この刑事は、自分が正義の側にいて揺るがないと勘違いしている。病巣を放置する藪医者のようなものだ。胸の奥にアルミホイルが詰まったような不快感が生まれ、老原は窓の外に目を向けて呟く。「おや、あれは……」

山住が視線をなぞり、広場の方を見つめる。「何です？　マスコミがうろついているくらいしか……」

「ああ、失礼。見間違いでした」老原はコートを抱え、立ち上がった。「暗くなる前にちょっと散策したいので、申し訳ないが、そろそろ失礼させていただきます」

「あ、こちらこそ長話を——」

山住の言い終わりを待たず、老原はぶっきらぼうに立ち上がった。背を向けたままレジに向かって会計を済ますと、テーブルの方から「うわっ、何だこれ」という悲鳴と咳き込む音。店の外側にまわり、老原は水をがぶ飲みする山住を窓越しに覗き込んだ。胸ポケットから島唐辛子の小瓶を出して、テーブル上のコーヒーを指さす。さっきよそ見をしている隙に大量に投入してやったのだ。

「ちなみに水にも入れましたよ」

山住は水を吹き出して咳き込んだ。その様子に心から満足し、老原は広場を後にする。彼に悪意がないことは知っていたが、せっかくの休暇のいい気分を台無しにした罰をくらえ。

気が晴れたので、もう一度水を調べに行くことにした。もっと奥の方まで行けば、もっと素晴らしい数値と出会えるかも知れない。軽快に歩き出す。

しかし、天は老原に更なる災難を与えた。

スマートフォンが胸で震えたので出ると、相手は古賀だった。声を潜める。

「今、外なんだけど」

『大丈夫よ。仕事の話じゃないから』少し疲れている様子の声だ。

『お金のこと、さっき話したじゃない？　そのことなんだけど、ちょっとクライアントがね……』それが疲労ではなく呆れているのだと気づいた直後、老原に衝撃が走った。仕事の収入は、基本的に依頼金と成功報酬の二度に分かれる。今回の巴山隆之介の件もそういう仕組みで、今のところ依頼金のみが振り込まれている。ところが。

『成功報酬を払う義務はないって言うの。隆之介の死は殺し屋の手によってもたらされたものじゃないからって』

「ばっ」咄嗟に口から言葉が出るが、先が続かなかった。数秒の後、一気に捲し立てる。

「馬鹿言うな。そんなことがあってはいけない。それで君はどうしたんだ？　まさかとは思うが——」

『そのまさかよ』古賀は珍しく深い溜め息をついた。『だって、逐一説明するわけにもいかないでしょう？　あなたの正体に勘付かれるかもしれないし。それにクライアントはこう言っているのよ。百歩譲って事故死じゃないとしても、その場合、死体遺棄で逮捕された杉井が殺人も犯したに違いないって。そして、杉井が殺し屋のはずはないから、依頼は遂行されなかったって』

依頼人とのやりとりはいつもと同じ、強固なセキュリティ対策の施された匿名チャットによるもので、相手の素性は互いに分からない。カナダの企業が開発したもので、「電脳上に存在するただ一つの鉄壁」が売り文句だ。だから強気な発言に出る者もいなくはないが、それにしても物事の道理を無視しすぎている。真っ当な人間とは言えない。

「酷（ひど）い言いがかりだ。モンスター・クレーマーとして公正取引委員会に申し立ててもいいくらいだ」

『もちろん我々がそんなことするわけないってことは相手も分かっているでしょうね。だから、なんていうか、あなたの予想は外れたわね。後腐れのない仕事じゃ全然なかった。こんなことになるなんて、初めてじゃないけどすごく久しぶり』

電話を切った後のことはよく覚えていない。いつの間にか宿に戻っていて、布団も敷かずに夜までふて寝していた。

◆

人生には余暇が必要だ。それは人間一人一人の話ではなく、社会全体について言えることである。経済を回すエネルギーは、生命維持のために必要とされる箇所ではない部分から発生する。そこから生まれたエネルギーが、人々の交流を促進させ、社会の歯車を回し、経済を豊かにする。もし無理やり抑えたなら、やがて戦争になるだろう。歴史を見ればそれは明らかだ。一見不必要だが、なくてはならない無駄。余暇とは、言うなれば呪われた部分である。

「バタイユね。読んだことがあるわ」

老原の話に、咲子はニコリと目を細めた。二人は咲子お気に入りのぼたん鍋屋で向かい合って座っていた。鍋はもう殆ど空で、熱燗は二人で何合飲んだのか既にわからない。五合目までは数えていたが……。

老原は肩をすくめ、鍋越しの咲子にバツの悪そうな顔を向けた。

「バレたから白状するけど、受け売りなんだ。よく知っているね」

「この辺りは娯楽が少ないもの」

咲子との会話は楽しさに溢れていた。頭の回転が速く、切り返しも鋭い。何事にも興味を見せ、また彼女の語る逸話も面白かった。かつて別荘を買いに来た赤い帽子の奇妙な男のことや、診療所に今のアフリカ系二世の医師がやってくるまで何人も医者が根付かなかったことなどを面白おかしく話してみせる技術を持っていた。おかげでさっきまでの憂鬱は吹っ飛んでおり、お返しとばかりに老原は自分の仕事について語っていた。

「のど自慢大会というのはまさにその呪われた部分なんだ。参加者は率先して、無駄なことに全力で挑む」

上手い下手ではない。こぶしがきいているかどうかではない。倍音が出ているかなんて関係ない。老原が鐘を鳴らすときにもっとも重要視するのは、彼らが自己の抱える呪いに対していかに正直であるか、だった。

かつて出会った若い男性の歌は、最近の流行歌を特徴的な抑揚で歌った。技術だけ見れば表面的な猿まねで、基本的なボイストレーニングも受けていないだろう。カラオケ文化が円熟しきった現代においては、大舞台に小手先の技術のみで立ち向かう者も増えている。土台を一から積み重ねずに、見てくれを真似(まね)しただけの張りぼて。彼のプロフィールを司会者が「将来は歌手になるのが夢だそうです」と紹介したが、薄ら寒く感じたものだ。しかし、老原はきらびやかに鐘を鳴らした。

「なぜなら、その若者の歌声は呪いに対して誠実であったからだ。彼は歌が好きなのではなく、有名になってチヤホヤされたいという思いから歌っていた。そんな内面を臆面(おくめん)もなく曝(さら)け出し、全力でチャンスを掴もうとしていた。それは崇高(すうこう)な魂であり、格式の高いものだった。ここで彼の鐘を鳴らすことは、彼の未来の無駄の拡大に繋がるだろう。彼の人生にとってそれが重要であるかは不明だが、社会にとってそれは重要なことなんだ」

「面白いわ。彼の虚栄は、彼にとってというよりは社会にとって必要なのね」

仮に彼が一時成功しようとも、長続きはしない。社会には虚栄を持て囃(はや)し続けるほどの余裕はないからだ。やがて落ちぶれた彼の様子を見て、他の人間は気づく。あのやり方では駄目なのだと。その瞬間、世界から間違ったやり方が一つ排除される。これを進歩と言わずして何と言おうか。

「そういった、進歩の一助となっているかどうか。これが《格式》だ。格式を備えた魂は純粋で、純粋な魂による工夫は、邪悪な企みよりも遥かに特異だ」

「今度はラディゲ？　哲学的で素敵ね」

咲子が本当にそう思っているのか内心はわからない。しかし彼女の目は爛々（らんらん）と輝いており、少なくとも心から楽しんでいるのだと老原が思い込むには充分であった。この点においては彼女もまた、老原言うところの《格式》を備えているのだ。

「私、子供の頃、マイク老原って本名なんだと思ってた。だから二代目が現れたときはビックリしたわ。ちょっと腹を立てたかも。騙（だま）されてた、なんて」

「僕もビックリしたものだよ。まさか自分が二代目になるなんてね」

「どうして二代目になったの？」

ここで老原は少し迷った。表向きの理由は用意してあるし、過去に何度もテレビで語ったこともある。しかし、咲子に本当のことを話してみたいという欲求がわき上がっていたのは事実だ。彼は時々こういう衝動に駆られる。自分の抱えている秘密を曝け出し、それでも認めて変わらず笑顔を見せてくれる相手を求めている。

試しにこう言ってみたらどうか？　毒とは社会を治療する薬で、殺し屋とは医者なのだ。殺人は社会的進化の渦中で必要な、解放のための行いであり、社会を今よりも先に進めるための手術のようなものだ。興味があれば、今度、東京の自宅に招こうか？「リノベーション可」の物件なのをいいことにこっそり改造した自室には研究スペースと薬の保管庫がある。その一つ一つが、過去の研究者たちと自分の共同作業による英知の結晶だ。

もしくは、彼女が読書家であるならば、ドクニンジンの話はどうか。そこに含まれるコニインは身体を少しずつ麻痺させていく。先ずは足元から、次第に麻痺の範囲は上に広がっていき、やがて心臓をも止める。コニインに侵されたソクラテスが自身の変調を弟子たちに語りながら死に至った話は、彼女の興味を惹くのではないか。それともシンプルに、世界中の美しい毒たちについて話しても良い。解毒剤がないため、食べてしまったら最後ただ死を待つしかなくなるタマゴテングタケや、かわいらしい名前とは裏腹に、触れるだけで焼け付くような痛みを与える植物・ギンピーギンピーについてなど、話して聞かせたいことはいくらでもある。古賀は反応が薄く、最近では喋っている途中でいつの間にか電話が切られていることもあるが、彼女ならあるいは。

「言いたくなければ、いいけど」

その一言で我に返る。話してどうする。今想像したような話を聞かせた途端、咲子は警察に電話をかけるに決まっている。そうでなくても食事時だ。人の死ぬ話なんて聞きたくないだろう。毒薬の話をすると味覚が鋭くなると感じるのは、どうやら自分だけらしいから。

自分の抱える秘密を打ち明ける相手。誰だって欲していると思う一方で、自分だけはどれほど望んでも出会えないとも感じている。今日も迷った末に首を横に振り、「一応、当時テレビ局に提出したプロフィールにはこう書いてあるよ」といつもの用意された答えを語った。

出生は静岡県で、音楽大学進学を機に上京。金管楽器の修練に励むも芽が出ず、卒業後就職した文房具会社も長続きしなかった。イタリアン・レストランで給仕のアルバイトをしながら場末の市民楽団に入団し、その主催者が《初代》マイク老原だった。

「僕は初代に気に入られ、彼の引退時に白羽の矢が立った」

「テレビで二代目になったとき、うちのお父さんはがっかりしていたっけな。個性がないって。でも私は気に入ってたの。前のおじいちゃんよりカッコイイじゃんって思って」

「まあ、いろんな意見があったみたいだね」

襲名後、テレビ局のスタッフからの評判は悪くなかった。仕事ぶりに関しては問題なく、挨拶や気遣いもきちんとした人物と評された。その反面、華(はな)に欠けるというか、少々集団の中では埋没(まいぼつ)する傾向にあった。一人でいれば一人であり、一〇〇〇人の中にいれば一〇〇〇分の一になってしまう。代替わりしたときこそ鳴り物入りで紹介され、何週にもわたって素性をピックアップされ、過去の大学や市民楽団もクローズアップされ、ワイドショーに取り上げられたりもした。しかし、取り立てて面白いトピックが出てこないことが分かると、人々の興味は離れていった。のど自慢番組のプロデューサーも、老原に個性をつけるために様々な手を打った。手品をやらせたり、くだらない決め台詞――もう自分でも何て言っていたか忘れてしまった――を用意して事あるごとに言わせたりしていたが、結果は振るわなかった。初代が退いていなければ番組はまだ続いていたかも知れない。そう思わせるには充分だっただろう。

番組が終了して行き場を失った老原は、しばらく隠遁生活を送っていた。貯蓄を切り崩していれば数年は問題なかった。

そんな中、新潟の自治体が上越地震からの復興の名目でのど自慢大会を開くことを決定し、所属プロダクション経由で老原に連絡が届いた。アルバイトの非番だったこと、交通費支給ということで老原は快諾し、数年ぶりにマイク老原として人の前に立った。彼自身のことは忘れられていても、マイク老原の名前は中高年には浸透しており、二代目であることは気にされずに受け入れられた。また、最初の復帰舞台のゲストで登場した演歌歌手は老原がテレビ時代に何度も共演した相手で、彼はその後も老原を各地の公演に同行させ、仕事を増やしてくれた。そうして少しずつ仕事は増えていき、ギャラも格安なため全国の町おこしイベントで重宝され、やがて《二代目》マイク老原は『流しのベル男』として局地的ではあるものの名の通った人物となった。

「じゃあ、ずっと営業で稼いでいるの？　お笑いの人みたいね」

「お笑い芸人にも仲の良い人は多いよ。彼らは僕とは競合しない職種だから敵対しないし、それどころかお笑いの舞台の審査係として鐘を鳴らしたこともある」

こうして、テレビとは別の場所でマイク老原は復活したのだった。後にテレビ番組で数度紹介されたことで、インターネットでは彼のファンサイトも登場した。現在どこの公演に出ているといった情報も随時探せるようになった。老原のプロダクションは大して広報に力を入れているわけでもないのに、である。プロダクションも、老原はランニング・コストが低い割に定期的に小銭を稼いでくれるため、悪く扱うことはなかった。

「そうして、日々日本のどこかで鐘を鳴らしている。それが僕だ」

話を聞き終え、咲子は満足げに頷いた。

「すごく魅力的な仕事だと思うわ。あなたと会えて良かった」

「ありがとう。本心から言ってもらえているのなら光栄だ」

「本心に決まっているでしょ。私、嘘はつかないもの」

「ものは言い様だね。あなたのような自意識を高く持っている女性は、たしかに滅多なことじゃ嘘をついたり言い訳したりしない。でも、心変わりがとても多い。『そのときはそう思ったけど今は違う』と意見を翻した経験は、一度や二度じゃないだろう」

「何それ、ちょっと酷くありません？　そんなの誰にだってあることでしょう。仮に後で心変わりしても、今抱いているこの感情は本物だわ。大事なのはそれでしょう?」

「その言葉が聞きたかった。まったく同感だね」

ニヤリと口元を歪めた老原に、咲子は目を大きく見開いて呆れの表情を浮かべる。

「あれ?　もしかしてこの人、私をオトそうとしてる?」

「心外だな。正確に言うなら、君が僕をオトそうとしているんだろう?」

「何のことかしら」

そっぽを向く咲子の笑顔の奥底に緑色のエーテルが蠢いているのが、老原の目には確かに見えた。

その夜、薄闇の中で色づく咲子の顔を見ながら、彼女に言わなかったことについて思いを馳せる。

広島県に生まれた老原は、幼い頃に両親を事故で亡くした。その後、静岡の親戚のもとに引き取られ、高校時代までをその家で過ごす。その家には老原より年長の男子が二人おり、彼ら家族は四人一丸となって老原を虐げた。動物は群れの中に弱いものを一匹用意するとよく聞くが、まさにそれであった。

暴力と虐待の中に育った老原がある技術を身につけるのに時間はかからなかった。他人の顔色をうかがい、思考と行動を推測する。最初は《機嫌を損ねないためには》という初歩的なことから始め、次第に《機嫌を損ねるきっかけに近寄らせないようにするためには》《そもそも機嫌を損ねがちな性格を矯正するには》と方策は長期スパンを見据えたものになり、中学校を出るまでには少なくとも義兄二人の行動を完全に掌握できるようになった。

しかし、問題は両親であり、そちらはうまくいかなかった。人格の未完成な子供であればまだしも、彼らはすっかり凝り固まっていたからだ。老原が何か提案すればことごとく無視され、暴力は強まるばかりだった。そうなるとせっかく掌握した義兄たちも両親の傘下に戻り、より強大な暴力として返ってきた。

その頃には諦めを感じていた。彼らを殺さねば自分が死んでしまうが、自分にそんな度胸はないと知っていたのだ。ところが転機は思わぬ形で訪れる。ある日、高校から戻った老原が見たのは居間で死体となっている親戚夫婦の姿であった。強盗に押し入られて殺害されたのだ。

物音が聞こえて押し入れを開けると、揃ってフリーターとなっていた兄弟の弟の方が血塗れで横たわっていた。必死に押さえる左胸からは、空しくも血が溢れている。その双眸は老原を捉えていたが、意識は死から逃れられない絶望に飲まれているのがはっきりと見て取れた。老原が無言で見ていると、いやだ、いやだ、と何度か口が動いた後、弟の目は苦悶の顔のまま光を失った。人間の魂が否応なく身体から引き剥がされた瞬間を見て、老原は脱力し、恐怖以外の理由で気を失った。

それは彼にとって《解放》であった。凶悪な犯罪やおぞましい死に様に戦いて失神したのではなく、育ての家族の暴力から解放されることへの喜びがあまりにも大きすぎたのだ。目覚めたとき、老原が最初にしたのは弟の死の瞬間について克明に文章に書き記すことだった。解放の喜びをもう一度嚙みしめるべく、病室で点滴を受けながら一心不乱に書き殴った。その手帳は今も自室の金庫に大切にしまってある。

ともあれ、以降、老原は《解放》のための殺人は必要悪として許されると考えるようになり、その考えは《初代》マイク老原と出会ったことでより強化された。演奏者として師事する一方で、老原は初代の殺し屋という裏の顔にさほど驚きを感じなかった。勝浦の別荘での質問に「拒否しなくていいなんて、ずいぶん気が楽だ」とあっさり答えてみせたとき、初代もまたあっさりと自分の正体を明かした。そのときの嬉しさは何度も嚙みしめるに値する。初代の背後に漂っていた緑色の薄い靄が、初めてはっきりとした輪郭を伴って姿を現したのだから。

その後《二代目》となった老原は、初代によって殺人を七つの大分類、五六の小分類に分けて教示され、一つ一つについて仔細に手ほどきを受けた。老原が薬に興味を示したときの、初代の嬉しそうな顔を見ると自分が尊くなったような気がした。「死は誰にでもどのような形ででも訪れるものであり、死に方こそが運命である」引退の際に初代の遺した言葉は、二代目となった彼にとって至言だった。とはいえ、弟の死に際の表情はずっと老原の胸の内について回り、従って「人は死ぬとき、死ぬことに気づくべきではない」というポリシーは、もっぱらそこに由来する。

市民楽団は仲間との不和が原因で去ることになった。正確には初代のいないその場所が物足りなかった。人の生死を操る仕事に手を染めた老原にとって、二流の楽団は生ぬるく、かえって現実味のない世界だったのだ。以降、老原はずっと自分が幸福であると感じながら生きている。

不満といえばただ一つ、わかり合える相手がいないこと。ときどき思い出して悲しくなる。かつて親戚の家で暮らしていたとき、老原は一匹の柴犬を飼っていた。名前はロットンといい、オスで八歳だった。毎日の散歩は老原の仕事で、ロットンはよく懐いてくれた。ロットンの走るままに老原も町を走り回り、最後には疲れてへばったロットンを引きずって家まで連れ帰った。老原にとって心許せる友人だったが、ロットンは勇敢な番犬でもあった。強盗に立ち向かい、親戚一家と一緒に殺されてしまったのだ。その悲しみは耐えがたいものだった。そういえば一人残された兄はどこでどうしているのだろう。行方知れずだが、探そうという気は微塵もなかった。

隣で寝息を立てる咲子の背中を眺める。別荘を買ったら犬を飼う。そいつをここに連れてくる。彼女は、犬と仲良くなってくれるだろうか。きっと大丈夫だろう。そんなことを思い、眠りについた。

◆

翌朝、リビングに姿を現した老原の恰好を見て咲子は笑った。

「どうしてシャツのボタンを下の二つしか止めていないの？」

「モリッシーの真似さ」

「誰だっけ、それ」

「イギリス人だよ。素晴らしい詩と独特の歌唱で多くの若者を魅了した」

「ふうん、じゃあ知らないや。何かのキャラクターかと思ったわ。コスモ星丸とか」

「コスモ……ああ、つくば万博の」

二人で、彼女の作った朝食を食べる。咲子は両親と近い場所に部屋を借り、一人で暮らしていた。咲子の焼いたベーコンのカリカリ具合は絶妙だった。目玉焼きにはコショウのみというのも老原の好みと合っている。昨日の日中に生じた歪みが嘘のようで、全てが順調に見えた。食事後にかかってきた電話に、咲子が出るまでは。

咲子は携帯電話を耳にリビングの外へ出て行った。一人取り残された老原がなんとなく室内を見回していると、ドアの向こうから咲子の「はい、え？　ええ……そんな……」という沈んだ声が聞こえてくる。何かあったのかと心配したが、傍の固定電話がＦＡＸを受信し始めた音のせいで、詳細は聞こえない。

電話を終えて戻ってきた咲子の口から真っ先に出たのは謝罪の言葉だった。

「ごめんなさい、まさかこんなことになるなんて」

「どうしたんだい。僕がここにいることで何か不都合でも起きたんだろうか」

「そうじゃないの。それは全然いいんだけれど、あの別荘のことで……」

昨夜、咲子の父のところに、あの一帯の土地をキャッシュで買いたいという者から連絡があったそうだ。

「それも、相場よりもだいぶ大きな額で。そしたら売り主も悪い顔をしないわ」

しかし、自分はもう手付金を払った。あとは契約の日取りを決めるばかりと思っていたのに。それを伝えると、咲子は唇を真一文字に結んで目を背けた。

「もちろん、あなたがあそこを買いたいと言っていることは伝えるけれど、もし明日とかに全額支払われたりすると、ちょっとその……力になれないかも」

「一体全体、誰がそんな一足飛びなやり方を?」

「ごめんなさい。顧客情報になっちゃうから、私の口からは言えないの」

鈍器で殴られたような感覚だった。耳がキインとして、視界に一瞬どこか遠くの宇宙の光景が広がった。気が遠くなったが、どうにか意識を保つことには成功した。視界が再び平凡な室内に戻ったとき、老原は不思議と平穏な気持ちだった。遠く離れた、超越した思考のどこかで、老原は当て所なく彷徨う山住刑事の姿を見た。それで気がついたのだ。何も心配は要らないということに。

　気まずさを残したまま咲子と別れ、昨夜帰らなかった宿に荷物を取りに戻る。昨日と同じようにカーテンを閉め、扉にも鍵をかける。古賀に電話をかけ、老原は挨拶もそこそこに開口一番切り出した。

「古賀さん。依頼されていない人間を殺すのは、ルール違反かな?」

『……急にどうしたの?』

「答えてくれ」

　電話の向こうでしばしの逡巡の後、呆れたような声が帰ってきた。『私たちの間に厳密にルールは定義されていないけれど、それでも考えるまでもないことだわ。仕事以外のあなたの行いについて、我々がケアすることはない。バレたときに庇うとか、逃走の手助けをするとか。それどころか、あなたの行為が明るみに出ることは我々にとってマイナスでしかない。そういう邪魔になるようなことを企てるのなら、相応の覚悟をしてもらうことになるわね。ねえ、何か馬鹿なことを考えているんじゃ――』

「でも、依頼人が成功報酬を支払わないというなら、それは重大な契約違反だ。そして君たちの組織では、違反者へのペナルティは死だろう? あの探偵のように」

『それを決めるのは上の人間で、現場のあなたじゃない。お願いだから暴走しないで』

「分かってるよ。今のはただの確認だ。次の質問。じゃあ、脅すのは？」

『……脅す？　何の話？』電話の向こうで彼女が眉をひそめたのがわかった。『悪い癖よ。回りくどい話し方をするのはやめて』

「さっきからずっと依頼人の話だよ。僕は昨日、東京の愚かな刑事と話した。そのおかげで気づいたんだ。我々殺し屋とは表層の記号で、その本質は依頼人だ。依頼人こそが殺人者である」

『どういう意味？』

「たとえば、依頼人にこう言うんだ。刑事があんたの行いに勘付いているが、報酬を払わないのならこちらから情報を流すことになる。脅すのさ。もちろん実際に警察に言うわけはないが」

『だから何の――』

「僕の別荘を横取りしようとしている奴がいる。そいつに一泡吹かせたい」

『意味が――』

「今の状況から逆転して別荘を手に入れるには、大金がいる。向こうがぐうの音も出ないほどのね。そして今、大金を入手する方法があるとすれば依頼人だ。そいつと接触して、そうだな、当初の契約の一〇倍の額を支払わせる。《警察に言う》が非現実的なら《お前を殺す》でもいい。あくまで脅し文句だが、それならさすがに屈するだろう。もちろん僕と君たちの配分はいつも通り。どうだい？　これなら、組織としても美味しいはずだ。赤字の仕事の補塡どころか臨時収入になるぞ」

古賀に返事の隙間を与えないよう一息に言って待つ。数秒の後、未だ困惑を残しながら彼女は言った。

『そりゃ、お金を回収できるのならそれに越したことはないけれど』

「決まりだな」老原はにんまりと頷いた。これ以上何を言っても無駄だと悟ったのか、古賀は軽い嘆息を漏らす。

『うまくいくことを願うわ。私があなたに依頼人を教えたりしないってことさえ忘れないでくれたら、何も干渉はしない』

「できるわけないって思ってる？」

『ふん。もしできたなら独り占めしたって結構よ』

電話を切り、老原は一人で腹を抱えて笑い出した。古賀は老原が依頼人に辿り着けるなど想像もしていない。しかし老原は畳敷きの床に大の字に寝そべると、晴れ晴れとした気分で天井を見上げた。今日一日頑張れば、きっと別荘は取り戻せる。まだ成功の約束されたプランとは言えなかったものの、胸の中は期待で漲っていた。愚かな刑事と、無能な跡継ぎと、村の女たちに、自分の掌の上でいくらか動いてもらえばいい。依頼人はこの村にいるのだ。逃しはしない。すっかり上機嫌で、気づけば鼻歌が零れていた。この歌は何だったっけ、など考えながら、老原は悦に入る。
まだ望みは絶ちきられていない。

第四楽章

残された人にだけ時間は流れる

母が死んだ日のことを覚えている。神野花がそう言うとき、まわりの大人たちは皆一様に怪訝な顔をする。人から聞いた話を実際の経験と混同しているのだろうとか、ただの願望を本物として記憶に上書きしたとか、ひどいのになると同情を引くための作り話だとか。たしかに、母が亡くなったのは、彼女が三歳になる前のことだ。物心つく前の記憶は往々にして失われてしまうという。だから周囲の反応も止むなしだ。そのうち花は、自分が確かに覚えている過去のビジョンについて、人に話すことはやめてしまった。

でも、一緒に病院の窓の外の緑を眺めた母のことや、夜泣きする……どういうわけか泣かずにはいられなかった私を抱いて夏の夜の散歩に出かけた母のことを、私は誰に伝えればいいのだろう。花は時々そんなことを考える。自分の頭の中にせっかくあるものを誰にも伝えずにいたら、死んだ瞬間に消えてどこにもなくなってしまう。それはもったいないことではないか。

神野花は生まれてからの一七年をずっと大櫃見で過ごしてきた。父・俊作と母・夏子の子として生まれ、二歳八ヶ月で母と死別。その後、父は再婚もせずずっと一人で花を育ててきた。俊作が仕事で多忙な時期は、代わりに夏子の妹である宮間咲子が花の面倒を見てきた。咲子は花にとって年齢の近い母親でもあり、年齢の離れた姉代わりでもあった。いつしか花にとって自分を抱いてくれた温かい手の記憶は母ではなく咲子のそれに変わっていき、当時中学生だった咲子の制服のリボンは、花にとっていちばん最初に手に入れた玩具(おもちゃ)だった。よだれまみれになったリボンを見ても咲子は嫌な顔一つしないで、嬉しそうに花の頭を撫(な)でてくれたのを覚えている。

幼稚園から小学校にあがる頃には、花のいちばんの親友は巴山晶穂になっていた。晶穂はその奔放(ほんぽう)な性格ゆえ、周囲から見れば晶穂と花の関係は固定化された上下関係だったに違いない。しかし、花にとって晶穂は自分を導いてくれる人間だった。晶穂の行動はいつも純粋で楽しそうで、それを見るのは花にとって新鮮なことだった。だから夕暮れ過ぎのダムに一人置いてきぼりにされたことや、大雪の中でやっと作ったかまくらを潰されて雪の中に埋められたことも、周囲がいじめを心配するのとは正反対の満たされた感情とともに記憶を彩っている。花はむしろその状況を喜んでいたと言っても過言ではない。無理に誘われて一緒に吹奏楽部に入ったのも、あっさり一緒に辞めたのも、今となってはいい思い出である。上級生からの命令で手入れが悪くて錆(さ)び付いた金管楽器を磨(みが)かされた後、晶穂がうんざり顔で「この周辺の水や風土はどうも楽器に良くない。ここにいたら私らも錆びるわ。あんたたちみたいに」なんて先輩に吐き捨てたときも、花は笑って同調した。

そんなだから、晶穂が自分の姪(めい)にあたることを知ったとき、花は驚きよりも納得を得た。晶穂の行動の一つ一つが花にとって光の中の出来事で、かつて花を抱きかかえていた咲子もきっとこのような気持ちに包まれていたのだ、と嬉しくなった。

花は物心ついたときから、晶穂の様子を窺って育ってきた。だから彼女の仕草、表情、言動一つ一つから、その内心を読み取る事ができる。彼女の感情が、どこからどこへ変化したのか、自分の胸の内に湧き上がる感情とリンクしていて、言葉などなくてもまるで自分のことのように感じ取ることができる。

だから、晶穂の混乱がどれだけ深いのかも手に取るようにわかった。

一昨日、二人を事情聴取するために現れた女性警官に対して晶穂が食ってかかったときの言葉は印象深かった。

「なんで、なんで警察のくせに事件を止めなかったの？　あんたたちのせいで——」

警官は頭を下げるのみだったが、まったくの筋違いである。晶穂は、自分の意に沿わぬ事柄を想定していない。生まれた頃から妥協というものをしたことがない。没落しつつあるとはいえ、村でいちばん富と権力を持った家に生まれ、蝶よ花よと育てられてきた。容姿さえ、この集落の中でも誰もが息を飲むほどだ。四月生まれなこともあり早くから体格にも恵まれ、子供の頃は向かうところ敵なしであった。子供だけではなく、その親に対しても……それはもちろん借りた威ではあったが、圧倒的な権力を申し分なく発揮していた。自分の住んでいるところが田舎であることにいくらかの不満を持ってはいたが、今はただの準備期間に過ぎないと割り切っており、いつかどうせ東京に出ると信じて疑っていなかった。完璧過ぎる人生。それが、一昨日までの巴山晶穂だった。小学校の頃から女王として過ごし、従順な女子どもを従者のように横に並べて、気に喰(く)わない男子を顎(あご)で使う。それが当たり前の人生だったのに、たぶんもう、それは終わりを告げた。

どこで間違えたのだろうか？　きっかけは？

たとえば杉井稀一郎。

キーちゃんがおじいちゃんと手を組んで何か変なことを考えている。ついては花にも力を貸して欲しい。そう言われ引き合わされたとき、花はすぐ、彼が何を企(たくら)んでいるのか察した。杉井は、この村で花が出会った者の中で最も邪(よこしま)な感情を自分に向けている。大人しくて、御しやすそうだからという理由で、自分をどうにかしようとしている。そのために晶穂を利用している。杉井が晶穂に向ける視線と、花に向ける視線とでは、意味がまるで異なっていた。杉井は、花を女性として見る一方、晶穂のことは性能のいい掃除機とか、新しいパソコンを見るような目つきで見ていた。どう断ってやろうかと考えたが、隣の晶穂の爛々(らんらん)とした瞳を見たら、何も切り出すことはできなかった。それに、仮に全てが杉井の思い通りに運んだとしても自分が杉井と結婚するなど晶穂が認めるとは思えないので、大人しく言うことを聞いておこうと思った。

この判断が誤りだったのか？

やがて、ヒッツ☆ミーを世にお披露目するために費やした時間の中で、杉井の視線は変化していった。花に向けられていた邪な視線は柔らかなものになり、晶穂に向ける視線もモノに対して向けるそれではなくなっていた。杉井は二人を道具とか所有物として見ることをやめていた。これは、主に晶穂の性格によるものだろう。晶穂は認めないだろうが、あれは恋だ。晶穂に恋されたことが、杉井の内面を変えたのだ。当初は青い色の服ばかりを着ていた杉井が、だんだんと赤を身につけるようになったのも顕著な変化だろう。晶穂のイメージカラーを好むようになったのだ。この変化に杉井自身が気づいているのかは不明だが、花は晶穂の魅力を杉井と共有できたような気がして、多少は好ましい感じがした。だから、花は杉井に協力した。杉井が、隆之介の死体を隠そうとする行為を。

その行動がいけなかったのか？

杉井はやはり、晶穂の道のりを我欲で逸らす邪悪な側の者であり、自分はそれに荷担してしまったのではないか。

自問しても、答えの出る気配はなかった。

この二日間はいろいろなことがあった。原因はたった一つの変化だが、あまりにも大きな変化だった。巴山隆之介の死に、大櫃見の大人たちはこの世の終わりではないかというほど慌てふためいていた。死の発覚直後のことはよく覚えていない。花は晶穂とステージ上にいて、今まさに歌い始めるところだったからだ。晶穂が嬉しいと花も嬉しい。それと同様に、晶穂が緊張すれば花も緊張する。晶穂の緊張はその瞬間最高潮で、彼女をフォローしなくてはならないと気負う花の緊張も頂点まで張りつめていた。もう何も考えられず、置かれた立場で定められたことをするために全神経が研ぎ澄まされていたそのときに、突然緊張の糸がぷつりと切られた。花と晶穂は、その場にいたどの人間よりも呆気（あっけ）にとられ、放心状態だった。

一度家に帰らされたが、夜半過ぎに女性の警官が訪ねてきた。彼女は杉井の逮捕を告げ、それから花の行動についてもう一度質問した。何時に家を出て、何時から何時までどこにいて、その行動に証人はいるのか。口ぶりから、杉井が何も言っていないことには気づいた。だから、疑いを掛けられても必死に否定した。証人はいないけれど、隆之介の部屋になど行っていない。トイレの窓も何も知らない。手袋はどこかで落としたのが風に吹かれて用水路に落ちたのだろう。警官が去った後もしばらく動悸（どうき）は続き、いまにももう一度彼らが現れて自分に手錠をかけるのではないかと不安で明け方まで眠れなかった。

いつの間にか眠りに落ち、目を覚ましたのは昼前のことだ。相変わらず父は帰っておらず、一人リビングでテレビをつける。牛乳を温めて飲みながらニュースにチャンネルを合わせると、昨日のことが大々的に報じられていた。どこか東北の田舎で、富豪が事故死した。遺体は雪玉に偽装されており、死体遺棄の容疑で県職員が逮捕され、事情を聴かれているという。容疑者が死そのものにも関わっているかどうかは現時点では不明。しかし箱の中のコメンテーターたちは、いかにも杉井が殺害にも絡んでいるだろうと推測する口ぶりだった。自分のよく知る人を辱められた感じがして、思わず目を背ける。ほどなく、その現場に藤江公孝なるピークを過ぎた歌手が居合わせたという話に移り変わる。藤江がゲスト・コメンテーターとして現れると、司会者があからさまに作った表情で心配の言葉を投げかける。藤江も藤江で、しまらない顔で「本当にびっくりしました」とか「あんな平和そうな場所で」とか、愚にも付かないコメントを並べ立てていた。やがて観客が撮ったであろうのど自慢大会の映像が流される。事件発覚直前の頃のようだ。モザイクがかかってはいるが、ヒッツ☆ミーとしての花と晶穂の姿がわかった。緊張で凝り固まる晶穂とは対照的に、忙しなく周囲をキョロキョロしている花が、シルエットだけでも充分に分かる。我慢が仕切れなくなって花はテレビを消した。リモコンをソファに叩きつけてから強く空を蹴った。

スマートフォンに晶穂からの着信とメッセージが鬼のように届いていたが、すぐに返事をする気にはなれなかった。彼女の悲しみと心配を解決する方法が思いつかなかったからだ。スマートフォンには他に叔母である宮間咲子からのメッセージも入っていたので、花はそちらに電話して、彼女の家に遅めの昼食を食べに出かけた。

咲子の作る食事はいつも大胆かつシンプルだ。山盛りのキノコと豆苗をからめたパスタを食べながら、彼女の話を聞く。午前中に仕事を済ませた後、巴山家を弔問して帰ってきたところだという。

「いいタイミングで花が電話くれたから、帰る口実ができたわ。もう、どんどん人が集まっていて、あのままいたら私まで手伝いに借り出されるところだったもん」

村長や村議会議員。地区の自治会長、婦人会長、消防団長、最寄りの氏神様（うじがみさま）の宮司（ぐうじ）。他にも、隆之介が資金を提供した大学の学長、病院長、懇意にしていた県議は県知事の手紙を携えやって来た……等々、押し寄せているらしい。ふだん正月の祝宴に使う大広間は、黒い服を着た恰幅（かっぷく）の良い大人たちで溢（あふ）れかえり、使用人たちは対応に追われ、隆之介の長男・巴山正隆も次々やってきて慰めの言葉を掛ける弔問客にそういう機械のように頭を下げ続けていたという。

「花はお葬式で充分でしょう。晶穂ちゃんも来客の対応に追われているから、今日行ってもたぶん話せないと思うし、騒々しいし」

隆之介に近い位置にいる大人たちは通夜・葬儀の相談をしていたが、それは喧々囂々（けんけんごうごう）の騒ぎだったという。正隆は頼りないし、正隆の弟・隆二は県外に出たっきり居所も分からない。そのことを情けないと嘆く者もいれば、けしからんと憤（いきどお）る者もいたそうだ。また、村内の対立関係が浮き彫りとなり、巴山家の独裁ともいえる大櫃見の現状を変えるべきだという立場と、引き続き巴山家のワンマン政治を続けるべきだという立場が言い争って収拾の付かない有様のようだ。しかし双方共通の見解だったのは、杉井が隆之介を殺したのだろうという点だ。杉井の家族は何年か前に居を移しているからいいが、杉井本人はたとえ大櫃見に戻っても居場所はどこにもあるまいとのことだった。晶穂はお茶くみに奔走して忙しそうだったらしい。花が食事を終えるのを見計らって咲子は話をこう打ち切った。

「そうそう。それで、私は今夜ちょっと飲んでくるから。仕事のお客さんと」

咲子はあまり酒癖が良いとは言えない。花は彼女の発言が示していることを察知し、食事を終えるとすぐに自宅へと戻った。あとはソファでごろごろしていたら、いつの間にか寝入ってしまっていた。

更に一夜明け、巴山隆之介の死から二日後。ゴールデンウィーク間っ只中で、学校も休みだ。かといって何かをする気にはなれない。自覚がなかったとはいえ、実の父が亡くなったのだから。俊作は相変わらず、どこかへ旅行に行ったまま連絡が取れない。晶穂を誘う気もまだ起きない。朝からまたスマートフォンにメッセージが届いていたが、彼女の憔悴を受け止めるだけの心のゆとりはまだ生まれていなかった。村はふだんの休みの日とは比べものにならないほど沈んでいて、仕方なく花は村立図書館で昼までの時間を潰した。建物の外から『歓喜の歌』が響いてきた頃、葬儀の手伝いで忙しいという隣人から電話が入り、犬の散歩を頼まれた。それで家に戻ろうというとき、広場のベンチで男を見かけた。

最初は何をしているんだろうと思った。楽器の演奏の練習か、あるいは手紙を書いているのか、とか。ところが傍を通り過ぎようとして背筋に悪寒が走った。大時計の傍のベンチに座った男は、膝の上に折りたたみ式のキーボードを開いて、その上に指を走らせて文字を打っていたのだ。画面は？　即座に湧いた疑問を解消することができず、立ち尽くす。すると、影の揺れを感じたのだろう。男は振り返り、帽子をあげて微笑んだ。

「これはこれは、神野花さんでしたかな？　ごきげんよう」

「あ、こんにちは……」最初、それが誰かわからなかったが、声を聞いて思いだした。

マイク老原だった。

◆

衝動に身を任せるのは愚かなことだ。分かってはいるが、キーボードを打つ指は止まらない。やはり怒りは文章を書くスピードを格段に上げるな、と老原が思っていると、ふいに目の端に人影が見えた。若い、一〇代の少女だ。整った顔立ちから、すぐにそれが誰か気づいた。

二日前にのど自慢大会で出会った少女だ。歌こそ聞き逃したが、午後にバチを探して控え室を訪ねたときに軽く言葉を交わした。名前は神野花といったか。彼女は突っ立ったまま、マイク老原を不思議そうに見つめていた。老原はすぐに察する。おそらく彼女は彼に対して、ただのベルを鳴らすだけの人——そういうイメージしか抱いておらず、人格の存在を考慮していなかったのだろう。それが今、何か不思議なことをしている。奇妙に見えても仕方がない。子供を怖がらせるほど野暮ではないので、老原はなるたけ柔和に言った。

「失礼。こんな場所でキーボードだけ開いていたら、そりゃ不気味ですよね」

「不気味というか、不思議だったので」

申し訳なさそうに言う花に老原は苦笑し、ジャケットの胸ポケットからスマートフォンを取り出した。

「ブルートゥースで連動しているので、画面を見なくても文字が打てるんです」

花は興味を引かれたらしく、老原のほうへ近寄ってくる。「でも、画面を見なかったら変換はどうするんですか？　一発で正しい漢字に変換できるとは限らないのに」

老原はスマートフォンの画面を差し向ける。

「英語で書けば、変換は要らない」

花は得心したように頷(うなず)いたが、どうやら英語力は平均的な高校生と大差ないようだ。ぱっと見ではそれがただの英単語の羅列以上には認識できていない様子だった。

「英語できるんですね。すごい」

「音楽をやっていると色々な国の方とお話しする機会がありますからね。とは言っても大したことはありません。この文章だって向こうの中学生にも笑われるでしょう」

「でも、画面を見ないで文字を打てるというメリットのためだけに、英語で文章を書いているなんて。想像の遥か上のことで、素敵です」花は広場の時計を見た。時刻は一二時半に届かないくらいだ。

「横に座っても？　これから犬の散歩なんですが、その前にもう少しお話しを聞きたいです」

「どうぞ」老原はカバンをどけた。

老原は広場すぐの宿に逗留しており、明朝のバスで大櫃見を去る予定だ。その前に村の若者と交流するのはやぶさかでなかった。

日差しは良い。広場の花壇は寂しいものだが、花によると山の方へ行けばまもなく芝桜が満開になるという。

「毎年晶穂と散策する定番のコースがあるんです。今年も一緒に歩けたらいいけど」

あと数日で今年のスキーのシーズンも終わり、大櫃見には遅い春がやって来る。そのことを心待ちにしているのか、花は穏やかな口調で次のように訊ねてきた。

「それ、何を書いているんですか？　日記？　それとも小説とか？」

「どちらも正解、と言ったところですね。お恥ずかしいですが、自分のことをなるべく書き残しておこうと思っておりまして」

「すごいですね。私なんて、自分のことを書こうと思ってもてんでわからないです」

「私も迷うばかりです。とはいえ、人様にお見せするためのものではありませんし気楽ですよ」老原は春の日差しに目を細めるように微笑んだ。二五歳から書き始めていると告げると、花は面白いくらい驚いてくれて、彼の気分は更に良くなる。

「ただ、技術は一向に磨けていないと感じますね。ずっと石に向かって羽箒で擦っているような気がする。あ、無意味って意味ですがね。おかげで撫でる行為だけで、原稿用紙換算で一万枚近くにはなっている」

「大長編じゃないですか」

「あとで推敲するのが大変ですよ。とりとめもないし、展開もない」

先程までキーボードにぶつけていた怒りは夢散し、口の滑りも良くなっていた。

「今はどんなシーンを書いていたんですか？　内緒だったらいいですけど」

「仕事の話です。後払い分で貰えるはずのお金を取りっぱぐれて、なんとか仕返ししてやろうと怒りに燃える場面です。大きな買い物をするので、お金が必要でして」

「仕事？　取りっぱぐれたんですか？」花の質問に、老原は慌てて続けた。

「言っておきますが、今回ののど自慢のことじゃありませんよ。そうだ、あんなことになって残念です。あなたも出番を失ってさぞ気落ちしていることでしょう」

「いいんですよ、私は」花は恥ずかしそうに笑顔を作る。「私のはただの付き合いというか、メインはもう一人の子なので」

「巴山晶穂さんですか。彼女は今どうしていらっしゃるんですか?」

「それこそ落ち込んで、ずっと家にいます。昨日は家の手伝いをしていたそうですが、今日は朝から部屋に籠もっているみたい」

「でも、あなただって付き合いでも一年以上レッスンを続けていたのでしょう? 自分の中に情熱がなければ続かなかったはずだ。それが叶わなかった落胆を越えて、気分を切り替えようとしている。晶穂さんよりも強くて立派だと思いますよ」

ことさらに褒められたことが気恥ずかしいのか、花はもう一度老原のスマートフォンに視線を向けた。

「私は何かを続けるのが得意じゃないだけです。老原さんのように、一つのことをずっと続けていることのほうがずっとすごい。……あ、隠さないでくださいよ」

画面を覗き込もうとする花だが、老原はスマートフォンをくるりと裏返す。

「駄目ですよ。書きかけを人に見せるのは恥ずかしい」

「私、英語読めませんもん」

「だとしても、恥ずかしいものは恥ずかしい。自分の趣味を一方的に知られることに慣れていないんですよ」

老原の言葉に、花はほとんど反射のようにこう返した。「じゃあ、そうだ。私も見せますから」

そしてリュックからノートを出す。

「実は、私も歌詞を書いているんです。いえ。書いていた、というのが正しいけど」

「ああ、杉井さんから伺っています。たしかご自分達で歌うものを」

「その機会はもうないでしょうけどね」

「待っていれば、わかりませんよ。そりゃあ、待つという行為は疲れます。でも、そんなのほったらかしにしておけばいいんです。ある日突然続きが始まるかもしれないんだから。待つという行為は、幾多ある選択肢の中の重要な一つなんですよ」

「じゃあ、せっかちな人は？」

「大変ですね」

「雑なコメント！」花は呆れたように吹き出した。会話の思いがけぬ楽しさに、老原は花へ手を差し出す。

「では、せっかくだからちょっと見せてもらいますかね。何かの縁だし、文章を書く先輩として感想を言えることがあるかもしれない」

「あんまり身構えさせないでくださいよ。文章、というよりおふざけなんですから」

「たしかにヒッツ☆ミーという名前はだいぶおふざけだ」

「その名前、ダサいですよね。私は『ザ・殺人事件ズ』にしたかったんだけどな。でも晶穂もキ……杉井さんも、自分が自分がってタイプだから、誰かは引っ込まないと」

「ダサいというのも一つの個性ですから、気にすることはない。どれどれ……」

花のノートを見て、すぐに老原はくっくっくと喉を鳴らした。「独創的だ」

「コンセプトが『サスペンス』だったもので」

「なるほど。この、殺し屋の歌？　殺し屋を歌ったものはイギリスのクラッシュというバンドのセカンドアルバムに収録されている『屋根の上の殺し屋』が有名だが、これはそれ以上に攻撃的ですよ」

「褒められた、やった」花は得意げに拳を作った。しかしすぐに嘆息する。「滑ったかも知れないけど、どうせなら歌いたかったなあ。なんて、今この村で言ったら全員から怒られるでしょうけど」

「ほら、やっぱり残念に思ってらっしゃる」

「老原さんって、結構揚げ足取りする人ですね」花は口を尖らした。「じゃあ、もしも歌う機会があったら、聞きに来てくださいよ」

「もちろんですとも。約束しましょう。準備ができたら、いつでも呼んでください」

事件は一応、解決に至った。隆之介の死は事故死で動かないようだ。杉井は取調べに素直に応じ、捜査にも協力的であるため、起訴されても執行猶予が付くだろう――そのような話を老原は耳にしている。この目の前の少女は疑いこそかけられたが、結果的には無罪放免だ。しかし老原には手に取るように分かった。花は、自分が何の罰も受けないでいることに安堵以上に後悔を感じている。誰かに打ち明けてしまいたいが、それではせっかく黙っていてくれる杉井の思いを台無しにすることになる。そんな板挟みの葛藤が、彼女を包む緑色のエーテルから読み取れた。花にとって、彼女が杉井の死体遺棄に協力したことは、一生抱え続けなければいけない秘密なのだ。まだこんなに純朴なのに、と軽く同情を覚えた老原は、嘆息混じりに言った。

「杉井さんのことは、あなたが悔やむ問題じゃない」

ふと風が揺れる。花は何も返事せず、目に入った前髪をかきあげるとリュックを抱えて立ち上がった。

「趣味の邪魔してごめんなさい。私、これから犬の散歩があるんです」

「さっきも言ってたね。犬を飼っているの？」

「お隣の鈴木さんとこの犬です。超かわいいの」

「さてはジョンかな？　知ってますよ。不動産屋の女性に聞いた」

「ええ。フルネームは鈴木・ジョン・ライドンですけど」

「羨ましいね。この辺を犬と一緒に走り回ったら楽しそうだ。実は私、大櫃見に別荘を持とうと思っているんです。そしたら柴犬を飼って、ここに連れてくるつもりです」

「素敵ですね。ぜひ別荘を買って、犬も飼ってください。とっておきの散歩コースを教えてあげますよ。花畑から、川沿いに抜けるの」

「楽しみだ。この村の水は格別ですからね。犬と戯(たわむ)れ、水と交じる生活。夢のようだ。ダイニングにはチューブラー・ベルのいいやつを置くつもりです。のど自慢大会で使ったような、手入れの行き届いていないやつじゃない。驚くほど美しい音色ですよ」

「ああ、あの楽器は……。手入れが悪くて、恥ずかしいです。でも、演奏は興味あります。ぜひ聞かせてください」

「嬉しい答えだ。そうだ、あなたと会ったことをここに書かせていただいても?」

老原がキーボードを指さした。「もちろん。光栄です」二人は握手し、笑顔で別れた。

花を見送ると、老原はすぐさまキーボードに指を戻す。そして物凄(すご)い速さで文字を打ち始めた。良き出会いは、怒り以上に書くスピードを上げるのだ。

隣家のジョンは、花が近寄るといつも尻尾を振って駆け寄ってくる。足の周りをクルクル回り、へっへっと鼻息荒く花を見上げる。その隙に首輪の鎖(くさり)をリードに付け替え、花はジョンを引き連れて川沿いのいつもの道を散歩した。橋を越えるところで向こう側に巴

山家の大きな屋敷が見える。その裏手の方を行くと、五分咲きくらいの芝桜の花畑が広がっている。ジョンがその中を踏み荒らそうとするのを引っ張り、ミツバチの舞うのを避けながら小道を進む。人のいないのをいいことに鼻歌を歌い、周囲に漂う香りに満足感を覚えながら進むと、急に顔の周りにユスリカの群れが飛んできたので両手で払って一人で大笑いする。ひとしきり笑った後、ふいに思い出した。たぶんベル男の日記……乃至(ないし)は小説を書くという行為に触発されたのだろう。

あれは中二の終わり頃だ。

自分が父・俊作の実の娘でないと知ったのは、たまたまだった。自宅裏の納屋には、危ないから入らないように。そう言い付かっていたのだが、その日の花はどこか誰にも見つからない場所が必要だった。同級生の男子にラブレターを貰ったからだ。今時手紙なんてという思いと、そりゃ連絡先を知らなければこうするしかないかという気づきと、自分以外の誰にもこれの存在を知られる訳にはいかない（特に晶穂には）という決意の末、花は絶対に誰も来ない場所――自宅の納屋に思い当たった。父は例によりどこかの盆栽展に出かけており、咲子も当時は村外の会社に勤めていた。鍵の隠し場所は知っていたし、ここなら誰にも見つからない。納屋の扉を開け、農具や古い家具で迷宮のようになっている中をかいくぐって進むと、奥にやたら大きな木箱を見つけた。たぶん何かの農具を入れる箱だろうと思ったが、花の注意を引いたのは、その箱は他の泥や埃(ほこり)まみれの諸々(もろもろ)と異なり、最近人の手に触れられた痕跡があったことだ。把手の表面だけ埃が拭われている。上に乗ったゴチャゴチャとした荷物を丁寧にどかし、花は箱を開けた。中には大量のお札が無造作に入っていた。

こっそり宝くじに当たっていたとか、偽札とか、色々なことが頭の中を駆け巡ったが、箱の隅に大事そうに隠してあった封書を見つけ、疑問は氷解した。中に入っていたボロい手紙には、花の出生の秘密と巴山家からの口止め料としての金銭的援助について認められていた。同級生からもらった恋文なんて、一瞬で頭から消えてしまった。

晶穂が姪であると知ったとき、同時に花は父・俊作が本当の父ではないということを知った。ショックというよりは、納得がいったという感情の方が大きかった。道理で、父は自分に興味を持たないはずだ。小学校に入る頃には父との会話は殆どなくて、学校から帰ると夜まで咲子の家で過ごすことが多かったし、週に数回は咲子の家に泊まって同じ布団で一緒に寝た。中学に入った頃には咲子の家と晶穂の家、週の半分はそこで過ごしていた。ずっと、父は私を嫌いなんだと思っていたが、以降花の俊作に対する感情は変化した。神野俊作の身には、自分ではどうしようもないことが起きて、きっと彼自身も悩んでいたのだ。そんな、言葉にすれば同情に近い感情を抱くようになった。

本当の父親である巴山隆之介については、ただただ現実感がなかった。周囲のどこを見回しても、あれはせいぜいおじいちゃんである。それが父であるという事実は何かの間違いとしか思えなかった。そもそも隆之介と花に接点はない。村の偉い人で、晶穂のおじいちゃんで、同じ村に住んでいるだけの人だ。だから花は、本当の父とか本当の母なんてのはどうでもよくて、自分は咲子や晶穂に囲まれて生きていけばそれでいいのだと決めた。

では、父・俊作の人生とは何なのだろう。

花は続けて、幼い頃の母の視線を思い出す。記憶の中で、病床の――ベッドの中の母が花に向けた視線ははっきりと目に焼き付いている。最初、それは我が子を遺して死ぬことへの無念なのだと思っていた。あるいは娘に対する申し訳なさか。けれど日々生活し、成長していく中で、その認識は間違いなのだろうと感じるようになった。少なくとも、母が申し訳なく思っていたのは、自分ではなく父に対してだ。母は、父がこれから生きなくてはならない孤独で絶望的な人生について胸を痛めたのだ。

事実、花の知る限りにおいて神野俊作の人生とは困難と苦境の連続だった。彼の実家は山形市で音響機材の卸業を小規模ながら営んでいたと聞いている。しかし彼は妻のために仕事を辞めて、大櫃見という縁もゆかりも無い場所へ居を移した。これまで経験のなかった農業に携わるようになり、やがて椎茸栽培を任されるようになった。細やかで忍耐のいる仕事は俊作の性分に合うものではなかったが、それでも辛抱強く、任務をこなすように粛々と励んだ。元々は、それは大櫃見で愛する妻と暮らしていくために必要なことだったのだろう。しかし、授かったと思われた子供は自分の子供ではなく、挙げ句よそに口外することは許されないと強要された。それでもなお、大櫃見に根付くために辛抱を続けていたのに、彼の拠り所であった妻はあっさりと病死してしまった。そのときの絶望たるや、どれほどのものだったろう。

村を出ようにも、俊作が継がなかったこともあり実家は店を畳んでいた。そのせいで絶縁状態にあり、戻る場所はなかった。周囲の人間は、俊作が花の出生の秘密を暴露することを怖れ、まるで監視しているかのようだった。つかず離れず干渉されるというのは精神に多大なストレスを与える。俊作の頭にはあっという間に白いものが増え、これまで以上に寡黙に、趣味に精を出すようになった。彼は、花が自身の出生について知っているという事実を未だに知らない。花のために、今日もずっと父親という役割を一応は演じているのだ。酒に溺れることもなく、花に暴力を振るうこともなく、淡々と寡黙で、仕事の時以外はほとんど家で盆栽の手入れをしている。花の作った夕飯を言葉少なに食べ、時折ふらりと旅に出る。

父の人生を思いながら、花は一つの結論に達した。人の一生とは、望むとか、望まざるとかどうでもよくて、他人の一生に振り回されるものなのだ。

散歩の途中で力尽きたジョンを引きずって帰ってくると、彼を小屋に繋ぎ、花は自宅へ戻った。これからどうしようか。晶穂に会いたかった。

◇

花は、ベル男の口ぶりから、彼が何かを察しているのかもしれないと思った。根拠はないが、そう思わせるだけの妙な説得力がベル男にはあった。このままずっと心を痛めながら生きていくなら、いっそここで打ち明けてしまおうかと思った程だ。

晶穂も不審がっているに違いない。晶穂の考えていることは、花にはすぐにわかる。晶穂は、二人の間に生まれた新しい秘密について気を遣っているのだ。花が何か自分に言えない秘密を抱えていること。それが、隆之介の死と杉井の逮捕に関わっていること。

あのとき花が、横になっていつの間にか眠りこけていた晶穂を横目に控え室を抜け出たのは、ある予感を抱いていたからだ。杉井が花の尾行に気づかず隆之介の部屋に入り、それきり出てこなかったとき。感じた予感は虫の報せのようなもので、そして当たっていた。ドアの向こうでは、遺体を前に杉井が狼狽えていたのだから。その後のことは必死だったからよく覚えていない。手袋を落としたことにも気づかなかった。部屋に戻ったとき、晶穂はいかにも今目覚めたとでもいうように顔を上げたが、本当は起きていたのではないか。でも「花瓶、見つけてきたよ」という花に、彼女は何も問い質さなかった。花は、晶穂の悲嘆を受け止められないなどと思いながらも、本当は彼女からの指摘を怖れていた。だから連絡を取れずにいた。

しかし、さっきベル男と話して痛切に感じた。なるべく早く、晶穂と和解しなくては。でも、まだ勇気が出ない。

水を飲もうと台所を見ると、冷蔵庫のドアにメモが貼り付けられているのに気づいた。父の字で、お使いを頼むものだった。取りに行ってほしいものがあるという。そういえば先週あたりに言われていたかもしれない。メモにある電話番号に連絡すると、一度脱いだ薄手のダウンジャケットにもう一度袖を通した。

一五分後、花は、赤竹磨器子の家の居間に座っていた。

磨器子は一人暮らしだった。四〇代半ばで、結婚歴はなく子供もいない。両親は山を越えた隣の市に住んでおり、磨器子は村に数少ないアパートで一人気ままに暮らしている。台所の他に居間と寝室と客間があり、花は台所に隣接した居間の和室の卓袱台の前に正座して、出されたお茶を飲んで待っている。磨器子は何か用意するからと台所へ行ったきり戻って来ない。

部屋を包むやけに甘い刺激臭に懐かしさを感じる。ここに来るのは久しぶりだ。たぶん小学生の頃に咲子が仕事の都合で不在だったとき、一時的に面倒をみてもらったことが何度かあるはずだ。その頃からいくぶん色褪せた柱や襖の様相を、感慨もなく眺める。散らかってはいないものの、ところどころに埃が溜まっているのが目立つ。昔から壁にはあちこち、画鋲で直にメモが貼られている。ボールペンの走り書きなので細かくは見えないが、時間や場所が記されているようだ。何のメモかは、興味がないので聞いたことはない。だが、タンスの上にある小さな本棚の中の一冊に目が留まる。立ち上がり、著者名のところにマイク老原と印字されたその本を手に取った。

単行本サイズのソフトカバーで、ベージュを基調とした表紙には幾何学模様の上に『情緒のピン』というタイトルが特徴的なフォントでデカデカと配置されている。帯に《ベル男が語った全て》とある。文字の脇に配置されたベル男の写真は、花の知るものではなかった。そういえば今のベル男は二代目といったか。ということは自分の会った男の書いた本ではないらしい。若干の肩すかしを感じつつも、本を開いてみる。だいぶ古くて、読み込まれているようだ。パラパラとめくって見出しを目で追いかけ、気になったら本文も流し読みする。そのうち、あるページで笑いがこみ上げてきた。

なんでも、《初代》マイク老原は他人の感情の位置をピンで読み取れるという。人間の抱く《後味》をコントロールすることで、他者に与える印象を自由に自己演出できる。そういう内容が書かれていて、この本のタイトルもこれに由来するようだ。

ばかばかしい。

そんなものは単なる訓練の賜物であり、花にも似たような能力は備わっている。晶穂のこともそうだし、図書館の文庫コーナーを眺めれば、ページを開くことなく自分好みの本を見つける事ができる。それは、《初代》マイク老原の言うような特殊能力でも何でもない。本棚を探して、本を選び、借りる。読む。これは気に入った。成功した。これは違う。失敗した。それを何度も繰り返す。次第に、本の表紙の傾向を頭の中のデータベースと照らし合わせ、棚で見かけただけでその本が自分にとって気に入るものかどうか分かるようになる。つまり、経験による予測に過ぎないのだ。

人に上手く説明することはできないが、名作にはタイトルと作者名と出版社名に美しい調和がある。『情緒のピン』――この本は予想通り、そうでもない内容だ。花は首を振って本をテーブルに置いた。そのとき襖が開き、磨器子がお盆を持って姿を現した。

「ロールケーキ好きだっけ？　昨日買ってあったんだけど、良かったら食べてって」

緑茶とケーキとはどういうことだと訝ったが、甘い物は好きなので素直に応じた。切り分けられたそれを口に運ぶと味こそ良好だったが、皿の隅に茶染みがついているのを見て嫌な気分になった。花は自分が潔癖症であるとは思っていないが、どうも磨器子の家にいると落ち着かない。子供の頃からそうだったかも知れない。この家は薄汚れた部分も含めてバランスがとれてしまっていて、それが花の肌には合わない。

磨器子が卓袱台の上の本に気づいた。拾い上げてパラパラとめくる。

「私ね、マイク老原の大ファンなの。初代も、二代目も。だから今回彼がこの村に来てくれるって聞いてもうほんと舞い上がってたわ」

たしかにファンでもなければ買わない本だろう。人の好みにケチをつける趣味はないので、花は黙って頷いた。気をよくしたのか磨器子はさらに話し続ける。

「今まで誰にも言ってないけど、実は彼のファンサイトも毎日チェックしているのよ」

「そんなのあるんですね」

「本当に助かるわ。おかげで、彼がいつどこののど自慢大会に出てるかもチェックできるのよ。公式サイトより情報が早いときもあってさ。その人きっと何かマイク本人につてがある人なんだわ」

マイク老原にそこまで熱心なファンがいることにも驚いたが、公式サイトの存在にも驚かされた。まあ、なければ仕事の告知もできない。たしかに必要なのだろう。

「東京とか、便利のいいところに住んでたら、行ける大会は全部行ってたと思う。でもここじゃあねえ。せいぜい山を越えて市内か福島か仙台に行くくらいしかできないわ。頑張って新潟だけど、西の方は道路がそんなによくないからねえ」

「結構行ってるんですか?」磨器子は仕事を休みがちだと以前杉井が言っていた。彼女は自慢げに手を開いて言う。

「まあ、ね。今回の大会の三週間前には大船渡でやってたのよ。それは見に行ったわよ。

仕事を休んで。でも、有給の範囲だから誰にも文句は言わせないわ」

そして自分のロールケーキを一口かじった。「そのときは、なんとかお話しできないかって思って、大会が終わったあと彼のことをつけたの。そして彼の泊まっているホテルをつきとめて、ちょうど空いていたから隣の部屋を借りたわ。壁にコップを当てて聞き耳を立てたけど、さすがに中の様子は聞こえなかった。残念」

花は次第に、部屋を包む匂いをきつく感じていた。その発生源である磨器子にも、少しずつネガティブな感情が膨らんでくる。気づかれない程度に顔をしかめる。磨器子の恰好がいやに若作りなのも気に障る。鮮やかな青いスカートも、白髪染めが過剰な真っ黒いおかっぱも、テレビに出てくる街角の女子大生のようだ。そのくせ顔は年相応なのがアンバランスで奇妙に感じる。

少しずつ、花はなぜ自分が磨器子を嫌っているのかわかり始めていた。

「だけど次の日も、彼が出かけるタイミングを見計らって一緒に出て、こっそりあとをつけて行ったの。そしたらすっごい電車を乗り継いで、どこかの温泉街まで行ってさ。観光かしらって思ったら、もう、やあねえ。歓楽街の方へ消えていったわ」

他人の領域にズケズケと踏み込み、そこに罪悪感を抱いていないからだ。

「老原さんなら、さっきお話ししましたけどいい人でしたよ」

それは磨器子に対する対抗心だったかもしれない。あんたの好きな人物と、ストーカーじみたことをする相手と、自分はさっき直に話してきたぞ、という自慢だ。すると磨器子は無表情になった。ぞわりと違和感を覚える。うらやましがられると思ったが、この態度はそれではない。違和感はすぐに驚異に変わった。

「いい人？　んなわけないじゃん。アイツはろくでもない男よ」

打って変わった冷たさだった。やけにドスのきいた低い声。唐突すぎる変化だ。数秒前まで、自分は如何に彼のファンなのか、嬉々として語っていたではないか。

「あいつはクズよ。遠くにある高嶺の花でいて欲しかったけど、やっぱり直に見ちゃうと幻滅しかないわね。ああ、今回ののど自慢大会は最悪だった。私が好きで応援していた人がクズだったって知る羽目になったんだから」

どこかのスイッチを押してしまって、磨器子の人格が別人のものと入れ替わったのではないかと思った。彼女は涙袋の弛みを揺らすように目を細め、せせら笑う。

「マイク老原なんてもう知らない。もう、あの人のことは何とも思っていない。だいたいアイツ、ものすごいケチなのよ。土産物屋に来たくせに村のモノは何も買わなくてさ。金がないでもあるまいに」

卓袱台の本を一度手に取ると、適当なページで開き両端を握る。そのまま力を込めて背表紙から縦に引き裂いた。あまりのことに、花は身動き一つできなかった。

磨器子は半端に裂けた本を畳の上に放り投げると、湯飲みを摑んで中身を本にぶちまけた。それからガンと音を立てて卓袱台に叩きつける。

「なんで、あいつなの？　なんで私のところに来てくれないの？　こんなにファンだったのに。意味が分からない。完全に腹が立つ」

「落ち着いてください。何があったんですか？」びしょ濡れになった畳を横目に磨器子を宥めようとするが、まったく手に負えない。

「何って、何よ。あいつはいつもそう。いつも、私の欲しいものを全部奪っていく。しかも今回は、私が欲しくても手に入らないと思って諦めていたものを、いとも簡単に。あいつの手垢のついたものなんて、もう要らない」

「とにかく落ち着いて。お茶も拭かなきゃ。磨器子さん、火傷はしてない？」

「ねえ花ちゃん。昨日マイク老原が何をしたか、知ってる？」

磨器子がにたりとした目で見上げる。曰く、事件が発生して解決した翌日、つまり昨日。マイク老原は別荘を買う算段をしていたという。

「昨日のお昼に、土産物屋で彼に会ったのよ。本当に偶然で、私、舞い上がって嬉しくなっちゃって。握手も快く受けてくれたし、運命だって思ってたの。ついに願いが叶ったんだって。信じていれば、夢は叶うんだって」

信じていれば夢は叶う。よく耳にするお題目だ。「夢は叶う」――磨器子はその題目を唱えることで、いつかそうなるに違いないと自分を信じ込ませてきた。江戸時代の人が

《ええじゃないか》と喚きながら踊り歩いたり、タレントのオーディションで主催者が言う《今までにない才能を待っている!》というやつみたいに、そういうふうに言ってればいつか勝手に世の中が良くなるだとか、いつかすごい才能が勝手にやって来て勝手に世の中を席巻してくれると思っているのだ。たまたまやって来たベル男と会ったことを勝手に運命と決めつけ、何があったかは知らないが、イメージを崩されたと一方的に怒っている。

「磨器子さん。順番に話して。何があったのか私に教えてくださいよ」

人の話を献身的に聞くことは、晶穂のおかげで慣れている。疲れているとか飽きているとかを見せないで、寄り添って声をかける。すると人は次第に落ち着いてくるのだ。磨器子は何度か嘆息して言った。

「聞いてよ花ちゃん。あの男、私の夕食の誘いを断ったのよ」

「そりゃ、ファンの人とは軽々しく仲良くなったりしないものでしょう」

「だったら、なんで咲子はいいのよ? あの男、私の誘いは断ったくせに、咲子の案内で別荘を見た夜、二人で一緒にお酒を飲んでたのよ」

彼女は卓袱台を拳で殴りつけ、その衝撃で花の湯飲みから茶が零れた。「ちょっと磨器子さん、落ち着いて」宥めるが、磨器子の怒りは収まる気配がない。

ようやく花にも彼女の怒りの矛先が見えた。磨器子は昔から咲子を目の敵にしている。

なんでも磨器子が一度だけ結婚寸前までいった男性が、咲子を見た瞬間に彼女に一目惚れしてしまい、磨器子はそのままフラれたとか。それ以来彼女は咲子を恨んでいるのだ。日ごろから、一回り以上も歳の離れた咲子のやることなすことにいちいち嫌味を言っては、自分の優位性を示してばかりいる。いくら磨器子が咲子を嫌っても、この辺の人はみんな内心思っている。磨器子が結婚を逃したのは咲子のせいなどではなく、このようにいつまでも恨みを溜め込んで昇華できないでいる性分のせいだと。

「あの男、朝からずっと村をうろついてて、咲子の店で別荘を決めてきた。それから昼にあの気色悪い刑事と一緒の席で食事して、そこまでは良かったわよ。嬉しかった。もしかしたらマイク老原がこの村の住人になるんですもの。生きてて良かったたって、人生の絶頂を感じたわ。それが、なんてことなの……咲子と楽しそうに夕食を……そしてあいつの部屋に消えたのよ」

「そんな話、誰から聞いたの?」

「見たの!」

運悪く彼女も同じ時間に同じ店にいたということか。狭い村だから、あり得ないことではない。ともあれ花は、ここにいると自分が磨り減ってしまうと感じた。「あの、磨器子さん。私は」声が掠れるのをぐっと堪えて言う。「長居するつもりはないの。お邪魔でしょうし」

「邪魔じゃないわよ。全然ゆっくりしてくれていいのよ」無理やりに猫なで声を作るが、表情が追いついていない。頬が引きつっている。

「でも、家に帰って夕飯も作りたいし」

「まだ一六時前じゃない。夕飯なんて小一時間もあればできるでしょう？　たまにはお話ししましょうよ。本当に、あの女ったら酷(ひど)いと思わない？」

花の内心など少しも知らずに、磨器子は相変わらず咲子への嫉妬(しっと)を爆発させている。

「だから私は、あの女とマイク老原の結託を何としてもぶち壊してやらなくちゃって思ったのよ。それで先手を打って、正隆さんに電話したのさ。あなたがシェアハウスに使いたいって言っていた別荘地の一角を買おうとしている奴(やつ)がいるってね。ほら、あの……土居(どい)さんとこのガキが、お母さんの認知症で苦労しているでしょう？　そういうのを村人でケアできる場所を作るべきだって正隆さんは言っていたから。案の定、正隆さんはすぐに何とかするって言ってたわ」

磨器子は隙間なく喋り、一人吹き出してまた言った。

「憧れの別荘が老人ホームになったら、マイク老原は泣いて悔しがるでしょうね」

花は嘆息し、半ば独り言のように呟(つぶや)いた。

「……殺虫剤をまいたのね」

磨器子の表情はきょとんとしたものだった。花が少し前に図書館で読んだ本の中に似たような短編があったのだが、磨器子がそれを意識したというわけではなさそうだ。気になる少女が他の男と楽しそうだから、彼女の大切にしている花壇を枯らしてやった。そんな無意味な衝動の話だ。磨器子はその主人公と同じで、全てぶち壊すことでどうにもならない欲求を有耶無耶にしている。子供が駄々をこねるのと同じだ。

「さっきから花ちゃんはおかしなことを言うよね。私が咲子に嫉妬しているとでもいうの？　私の方がお金も知能も持っているのに」

「そりゃ、マイク老原と寝たからでしょ」

咲子は磨器子と同じく独り身とはいえ、まだまだ若い。容姿も言わずもがな。一方磨器子は昔こそ美しかったのかも知れないが、中年太りが始まってからは見知らぬ男性を誰彼構わず惹きつける魅力があるとはとても言えない。その上、磨器子の内面は咲子への嫉妬がガスのように充満している。もしも花が大櫃見に住み続けたら、自分もいつか彼女のように誰かへの嫉妬で身体が膨らんでしまうのではないか。そう恐怖を覚えるほどだった。

「つまらないわ、花ちゃん。他の話をしましょうか」

もう話すことなどないと喉まで出かかったが、これも堪える。磨器子のペースに乗っては駄目だ。気取られないように深呼吸する。

「父に渡す書類というのはどこですか？」

そもそも彼女は、父・神野俊作のお使いでやってきただけなのだ。俊作の文人木が東京の盆栽展で優秀賞を取り、セレモニーに招待された。ついては、その記事を大槻見村の広報誌に載せるので、原稿の確認をしてほしいという。その担当者が磨器子であった。だから俊作の代理で花が受け取りに来た。それだけのはずなのに。冷蔵庫の前まで時間を戻したかった。こんなことになるなら、メモなど無視すれば良かった。

「お父さんの原稿は、そこの棚にささっているわ。心配しなくてもちゃんと後で渡すから。それより花ちゃん、私、どうも話運びが下手なのよね。誰かに言ってもらいたいことを言わせようとするんだけど、いつも言ってもらえないの。昔からこんなだから、結婚もできずにここまで来ちゃったのよね。ははは、今は関係ないか」

乾いた笑いを見せる磨器子に花は居住まいを正す。暴力的なことをされる心配はないだろうが、とても嫌な思いをするだろう。そういう予感に支配されていた。

「相手に言ってもらいたいことを言わせるのは簡単ですよ。大きく分けて二つあります。一つはそれを言った方が得だと思わせること。もう一つはそれを言わないと損すると思わせること。前者は、具体的には報酬や安心を与えることですね。言ったら何かもらえるとか、言ったらスッキリするとか」

後者には脅迫や強要も含まれるが、もちろんあえて言わない。

「でも私、花ちゃんにあげて喜んで貰えるものって何も持ってないのよね。服のサイズは合わないし、合ったとしてもセンスが違うでしょう? 私のはおばさんっぽいのばっかり。花ちゃんも地味だけど、作りが若いやつを選んでいるもんね」

花はそれほど服にこだわる方ではない。今身につけているのも去年街のバーゲンで買った化繊のセーターだ。この集落の若者で服にうるさいのは巴山晶穂くらいだ。

「それに未成年にお金を支払うのは教育上良くないわ。もしあなたのお父さんに知られたら怒られちゃう。お父さんていうのはもちろん生きている方のね」

磨器子の無感情な笑顔を見ていると、その顔の毛穴から膿が染み出てくる錯覚を感じた。何を言わせたいのか知らないが、彼女は後者の方法を選ぶと決めたらしい。磨器子ごときに出自を知られていることが悔しくて涙がこみ上げてくるが、ぐっと堪える。そのことを知っているのは、身内と巴山家で働いている数人だけだと思っていたのに。

「花ちゃんさあ。今ビックリしたでしょ？　他にも私、いろんなことを知っているよ。あんたと晶穂ちゃんが一生懸命変な踊りの練習をしてたことや、他にもね」

背中を無数の蟻が這い上がってくるような感覚を覚える。絶対に表情を変えるものかと歯を食いしばる。何か、何か言わなくては。喉がからからに渇いているが、咳き込むのを抑えてなんとか絞り出した。

「……いろんなことを知ってるって。まるで探偵ですね」

「そんなカッコイイものじゃないって。推理とか調査とかしたわけじゃないからね。ただ、知っているのさ」

「見ていたことは分かりました」ベル男のファンだという名目で、ストーカー行為に及んでいた。きっと似たようなことが習慣的に行われているのだろう。そういえば、かつて杉井も磨器子に監視されていたと言っていた。男子トイレに入ったら磨器子と同じ香水の臭いが残っていたから、きっと忍び込んで何かしていた、あのババアに見られている――なんて怒っていて、そのときは考えすぎとしか思わなかったが、あながち嘘ではないのかもしれない。

「そう。見ていたんだ」

　磨器子はおどけるように目尻を下げた。

「今回の事件。表向きに起きたことを見てみようか。のど自慢大会の開催中に、公民館の裏の雑木林で御館の死体が発見された。状況から、犯人は杉井かと思われた。ところが問い詰めてみたら、あいつは遺体に手を加えて発見を遅らせようとしただけだった。実際には不慮の事故だった。ここまではいいね」

「というか、それが全てでしょう」

「まあ、ね。おかしくて仕方がなかったわ。杉井のあの慌てようと言ったら」

「無理もないでしょう。危うく殺人犯にされるところだったんだから」

「そりゃ、誰かの助け船がなければ、あの本田とかいう刑事は杉井が犯人だと決めつけていただろうね。それもそれで面白そうだったけれど、私が何より面白いと思ったのは、そこじゃなくて」くっくっくっと嫌らしく笑う。「計画が頓挫したら困るっていうね、そのことばかりで焦っている杉井の浅はかさときたら滑稽で仕方がなかったよ」

「それは私や晶穂のためを思ってくれてのことだし」

「おお、庇うんだ？　そういやアンタら、多機能トイレでこっそり逢い引きする仲だもんね。なんか抱き合っていたみたいだけど？」

背中を這う蟻たちが全身へ蠢きだした。思い当たるのは一つ。あの、遺体を隠した後の話だ。トイレの窓から忍び込むとき、確かに杉井に抱きかかえられた。そのことは誰にも、もちろん警察にも言っていない。誰も知らないし、見られてもいないはずだった。大体、磨器子はあのとき公民館の中にはいなかったはずではないか。

何でそれを？　言いかけて口をつぐんだ花を見て、磨器子は大きく笑みを歪めた。

「だから言ってるじゃん。私は全部知っているって」

「どういう意味？　まるで、現場にいたみたいじゃないですか」

「いないよ。私はあのとき、杉井に頼まれて椅子の調達に走り回っていたからね。でも知っている。だってあのトイレにはカメラが仕掛けてあるから」

「……は？」

「公民館はさ。講堂と、会議室と、多機能トイレに仕掛けてあるよ。もちろんそれを知っているのは私だけで、見るのも聞くのも私だけだけどね。講堂は野良猫が潜り込んで緞帳で爪を研ぐから、見つけてやろうと思って。トイレは普段は見ないけど、若い男女がときどき入り込んで長々と出てこないから、そういうときの出歯亀用。会議室はほら、いろんな情報を知りたいじゃん？」

何でもなさそうに言うと、口元をおさえて吹き出すのを堪える仕草。

「事件のあった夜に、何か映っていないかとチェックしていたんだよ。そしたら杉井が入ってなかなか出てこないからさ。確認してみたら、窓から花ちゃんが入ってきて、杉井と抱き合って、杉井の頰に手を回して……やだもう」大仰に手を振る。

「花ちゃんが窓の外から入ってきたってことは、十中八九御館の部屋から逃げてきたんだろう？」

「……磨器子さん。私に何を言わせたいの？」

いつの間にか磨器子は冷静さを取り戻していて、むしろ混乱しているのは花の方だった。磨器子はその混乱の真ん中に針を刺すかのように、醜悪に顔を歪めて言った。

「アンタらがどうやって御館を殺したか、だよ」

◆

一つの本質的な事実として、人は皆、胸の内にパラレルワールドを抱いて生きている。

片想いの相手が優しく接してくれたり、逆に嫌いな奴をこてんぱんに言い負かしてやったり。日々の予定に追われるのではなく、好きなときに南洋のリゾートで海を眺めたり。現実と地続きであるとはとても言えないような、妄想とも呼べる理想だ。マイク老原は今、その平行世界へと、自らの実在する二本の足で着実に近づいているという実感があった。

頭の中に描かれていたのは、カナダ風建築の屋敷。

昨日、咲子に案内された別荘の庭は美しかった。深呼吸して緑の匂いを肺に詰め込むと、細胞が活生化した気分になった。テラスの木が一部朽ちていたが、そんなものはペンキを塗り直せば充分だし、柿の木が一本生えているのがシンボリックでいたく気に入った。

咲子曰く、山の南側の斜面だから日当たりは良好とのこと。床下収納や風呂場に湿気が溜まりやすいという話だが、布団乾燥機と除湿機はもとより買うつもりだ。雪が降ったら屋根の雪下ろしをしなくちゃいけないが、そういう不便ささえ逆に魅力に感じる。

あの別荘へ続く道。そこへ至るには関所を越えねばならない。門番がいて、名を《依頼人》という。老原はとある建物の前に立ち、その入口を見つめた。

「さて、関所だ」

コンコン、と静かにドアをノックする。

電柱に計一二台。広場にはそれぞれの道路に繋がる箇所に角度を変えて二台ずつ。大時計から、広場の全景が入るように一台。村の入口のところには三台。川沿いは、橋の両端に必ず。別荘地に向かう橋のところには四台。加えて、公共の建物——公民館、郷土資料館、観光案内所、バス停、駐車場、消防団の詰め所、足湯の庵など、可能な限り、人の出入りと顔が分かるように隠して。

以上がカメラ。

◇

次に、この村の公民館や商工会議所。土産物屋や飲食店の店内、厨房。訪ねたことのある民家の居間や寝室にも。

これが盗聴器。

「カメラが三七台。盗聴器が八六機。この大櫃見には仕掛けてあるのさ」

赤竹磨器子は全て自分の手によるものだと語ってみせた。「たとえば巴山邸の客間にも、床の間のコンセントの裏に盗聴器があるし、花ちゃんの家……家の中にはないけれど、庭には一つ隠してあるわ。どこかは内緒だけど」

奥の部屋に通されて、花は言葉を失った。本来六畳ほどであろう寝室の、四方の壁にメタルラックがズラリと並び、四角い機械がぎゅうぎゅうに積まれている。各ラックには、安物と思しきプラスチック製のサーキュレーターが取り付けられて、機械へ向けてひたすらに風を送っていた。窓もベニヤで潰されていて、部屋の中は昼間なのに薄暗い。ベッドの周囲を囲むようにモニターが並べられ、村の風景やどこかの部屋が、モニターによっては四分割で映し出されている。誰もいない公民館の講堂。大時計の下のベンチで休んでいるお年寄り。相変わらず撮影を続けているマスコミ。通りかかった誰かを呼び止め、インタビューを申し込んだようだ。けれども無下に断わられた。断った人物は緑色の上着を着ていて、あれはマイク老原だ。少しも歩みを止めることなく画面の外へ消えていった。そういうのがここでは全部丸見えで、まるでテレビアニメやドラマで見るようなサイコな犯人の部屋だ。

「この村は携帯電話の電波が悪いだろう？　通常携帯電話が使用する二・四ギガヘルツの電波帯を、こいつらが占有しているからさ。五ギガヘルツの装置を村中に行き渡る分だけ用意するのは、結構な出費だったよ」

そういえば、村のＷｉ－Ｆｉを手配したのは磨器子だ。また、室内で奇妙なのは機械類だけではなかった。壁の空いているところには居間と同様に、いや、それ以上に大量のメモ書きが貼られている。こちらの文字は皆、太いマジックで書き殴られていて、はっきりと読むことができた。

一〇月一五日、内田、「香水臭い」と言われた。許さない。

二月一二日、蕎麦屋、「話が長い」と言われた。マズい蕎麦を出すくせに。

四月一九日、御館、温泉の素の誤発注を詰られた。小さなことだろ。殺したい。


これは、彼女が言われた悪口のメモだ。他にも「火曜二三時、〇〇と××がこっそり会合、商工会議所」とか「第三日曜、△△と◇◇の逢い引き、公園の東屋」とか、村人の秘密が書き出されている。これらはつまり。

「全部見ていた。昨日もね。マイク老原と咲子が楽しそうにぼたん鍋をつくところも、日本酒の熱燗を次から次に頼んで飲み干すのも、マイクが咲子の頬を撫でたところも、深夜前に二人が咲子の家に帰っていったことも」

磨器子の指さした先に貼られているのは「四月三〇日、マイク老原と宮間咲子が猪鍋屋」とあった。その隣には「常習、杉井、トイレで喫煙」の文字。

花は内心で杉井に謝罪する。彼の言っていたことは事実だったのだ。磨器子は杉井の隠れ煙草のことで、男子トイレの個室にも監視カメラを仕掛けたのだろう。気分が悪くなり、それは機械類の駆動音が振動で伝わってくるせいだと気づく。ここにいたら自分の頭がおかしくなると感じ、花は目を伏せて逃げるように居間に戻った。

恐ろしいことだった。この村のことは、全て彼女の自宅の寝室に設置された一六台のパソコンでモニタリングされており、八つのディスプレイにはいつでもどの画面でも切り替えて表示する事ができるという。見えない視神経と聴覚神経が、大櫃見全体に張り巡らされているのだ。

なぜ、この女性は自分にこんなものを見せるのか。花は何度も唾を飲もうとするが、喉の奥が微かに動くだけだ。もしかすると吐きたいのかもしれない。よろめきながら湯飲みを摑み、すっかり冷め切ったお茶を飲み干した。

「磨器子さん、なんでこんなことを……犯罪でしょう?」

「違う違う。私が花ちゃんに言わせたいのはそんなことじゃないよ。安心して。秘密は守るから。だって花ちゃんと杉井のしたことを人に信じさせるためには、この部屋のことを言わなきゃじゃん? それは困るし。私たちは、もう一蓮托生なのよ」

磨器子は長く溜め息を吐き、子供に言い聞かせるように言う。

「カメラは……あれよ。昔のことだけど、婚約者に裏切られてさ。そのとき痛感したんだ。私は人の表側だけしか知らないってことに。それで、身近な人たちの本性を見たくなった。見なくちゃいけないって使命感が湧いてきたんだ。この村の、私が関わる全ての人間の内面までなるべく正確に把握しようって思った。そんなに大きな村じゃないから、電気系統の仕組みさえ理解すればあとは簡単だった。この村では電波傍受とかハイテクな事件が起きることはないから、誰も気づかなかったんだろうね」

早口に捲し立て、自分の湯飲みにお茶を注ぐ。それを一気に飲み干して、再び猫なで声を出す。

「御館の死は事故ってことになっているけど、あるんだろう？　警察にも気づかれていない真相が」

「そんなこと――」

「動機はいいのよ。それより、私は咲子を殺したいの。だから花ちゃんからやり方を聞きたいの。聞いたらあとは自分でやるから。成功したら、マイク老原のことを許してあげて、もう一度彼のことを大切に思うことができる気がするのよ。私ね。実は一度、のど自慢大会に出たことがあるのよ。まだテレビ放送されていた頃。そのときはちょうど初代と二代目が代替わりする引き継ぎの回で、二人とも私に優しくしてくれた。特に二代目は私の手を取り、目を見て微笑んでくれた。この調子で頑張ってくださいって。村で仲間はずれにされていた私を、それでも一生懸命生きていた私を、認めてくれた最初の人と言ってもいいわ。だから、今度は私の番。咲子みたいなろくでもない女から彼を助けて、彼の最大の理解者になってあげるの」

磨器子はおもむろに立ち上がり、ＤＶＤの棚を漁った。「ほら、あった」程なくテレビに映し出されたのは古い番組の録画だ。「若いでしょ？　記念にとっておいたのよ」

画面の中では、黒マントと緑マント、二人のベル男に挟まれて小太りの女性がはにかんでいた。顔の造作はたしかに磨器子で、二〇〇三年ということなので、三〇歳くらいだろう。

『――次にご登場いただいたのは、Ｘ県からお越しの赤竹磨器子さんです。本日はよろしくどうぞ。赤竹さんは県庁にお勤めで、今日はご親戚の皆様が応援に駆けつけてくれているとか』

会場の前列付近から、ぱらぱらと拍手が湧いた。頭をかく磨器子の姿には愛嬌があり、今現在の歪つな性格が想像できない。

『それでは参りましょう。歌って頂くのは、宇多田ヒカルさんの「Can You Keep A Secret?」です』

上手いとは言えぬが一生懸命な歌唱が終わると、緑マントの若いベル男がカンカラカンカンと軽やかな鐘を鳴らした。深い帽子で見えづらかったが、その顔はまさしく花がさっき広場で話したマイク老原だ。彼は歌い終えて上気した表情の磨器子に歩み寄り、肩に手を回して笑顔を向けた。

「木訥な歌声の裏に、深い情念を感じました。あなた、もっと自分を出してみては？　たとえばその控えめな香水を、もっとたっぷり振りかけるようなことです。そうすればきっと良い人生が待っていますよ」

横目で磨器子を見ると穏やかな表情になっていた。そういうことか。彼女のきつい香水は、このときの言葉を額面通りに実践したものなのだ。

「ありがとうございます！」画面の磨器子が頭を下げたところで、再生は停止した。箱の外の磨器子が花に向かって得意げに笑う。

「これ見たら、なんだか気分が落ち着いてきたわ。ね？　マイク老原と私は、この頃から通じ合っているのよ。今回再会できたのも運命。彼は私のことを忘れているだけ」

ふと、花の目には壁の日めくりカレンダーが映った。毎日異なる標語や諺が書かれているやつだ。今日の日付の脇にはこんな言葉が添えられていた。

下手の考え休むに似たり。

磨器子はマイク老原への妄想に囚われ、更に咲子への反発も相まって、全ての感情が裏返しになってしまった。それゆえマイク老原を罵倒した。生来的に、執着心が暴走する人間なのだろう。では、そこに自分が巻き込まれているのはなぜか。

「私も杉井さんも、御館様を殺してなんて……」

「まだしらを切るの？　だって花ちゃん、知ってたよね？　杉井も。御館の命が危険にさらされているって。だから午後に様子を見に行った。御館の事故死が事実かどうかは置いておくにしても、少なくともあの日、二人が御館の死体を隠したのは間違いないよね？　でもそれって、どう考えても要領が良すぎる。普通だったらもっと狼狽えるし、雪玉を作ろうなんて咄嗟に思いついたりしない。思いつけるような精神状態でいられるはずがない。最初から死は予定されていた。そう考えると合点がいくわ」

「そんなわけありません。大櫃見は大騒ぎでしょう？　私はこんなこと望んでいない」

「じゃあ、予定は不確定だった。それなら？」磨器子は全身を乗り出してきた。

「私も全部は見えていない。トイレの盗聴器で聞いたやりとりだけだと、大したことはわからなかった。御館を殺すにしても、もっと後で殺す予定だったのか。あるいは殺すまでのつもりじゃなかったのか。この辺りを考えるとどうにもぐるぐるしてまとまらないのよ。こんなことなら御館の部屋とマイク老原の控え室にもカメラを仕掛けておくんだったって激しく後悔したわ。ゲストルーム側は、藤江公孝の事務所が事前の部屋チェックをするって言うから、念のため避けたのよ。ああ失敗。でもカメラなんてなくても、私は自力で一つ思いついたの。もし、ここにもう一人第三者がいたら。全員の行動の合間を縫って暗躍する、黒幕のような存在がいたら。一件バラバラな状況に秩序が与えられ、全部がすっと腑に落ちる気がするんだ。つまり、そんな存在へ繋がる鍵を、あんたと杉井は知っているんじゃないかって思うんだ」

「思い込みですよ」花は後ずさる。「磨器子さんは人の気持ちがわからないから、変に裏側を勘ぐってこんがらがっているだけ」

言い捨てるように、急いで立ち上がる。

「帰ります。あと、そのカメラ？　のこと、みんなに言いますので。私のことも好きに言って結構です」

そのまま振り返らずに玄関に向かう。ブーツに足を入れ、片方ずつ紐を結んでいく。スニーカーを履いて来るべきだったと後悔する。少しでも早くここを出たかったが、そのときふと、あんまりにも言われっぱなしだったことが悔しくなり、振り向かないで言ってやろうと思った。

「一つ、教えてあげます。ベル男から別荘を奪って大櫃見から追い出しても、咲子さんを悔しがらせることにはならないわ。だってあの人がよその男を家に連れ込むなんていつものことだし」

それは完全に失敗だった。

「磨器子さんには唯一無二の存在でも、咲子さんにとってはベル男なんてひと山いくらの男の中の一人に過ぎ――」

背後から、磨器子の腕が花の首に回された。屈んで靴を履いていた途中だったので、上から覆い被さられた形だ。そのまま部屋の中まで引きずり込まれる。

「私、あんたのことも嫌いなのよ。だって咲子に顔そっくり。いくら親戚だからって、あんたんとこ遺伝子強すぎなのよ！」

耳元で喚(わめ)かれる。横目で見れば、磨器子の顔から表情が消え、口元に泡が妙に光っている。「ちょっ、待っ――」声がまともに出ない。こういうときにどうすればいいのかわからない。武道の心得なんてないし、これまでの人生で誰かに襲われたことなどなかったから。一方、磨器子も同じ様子で、これまで誰かを襲ったことなどないらしい。衝動に任せて組み付いたはいいが、そこからどうしたらいいのかわからない様子だ。部屋の真ん中まで引っ張ってくると花を仰向(あおむ)けにして、馬乗りになって体重を押し付けている。花は直感的にマズいと思った。磨器子から伝わる感情は、とにかく相手を制圧したいという欲求のみ。磨器子は花の、馬乗りになったときにすぐに目につくいちばん無防備で脆弱(ぜいじゃく)な箇所――首に目をつけた。手をかけられて、絶望的な気持ちが花を包む。腕力ではたぶん敵(かな)わない。磨器子の分厚い両手のひらが、首に押しつけられる。「やめ、て、くださいっ」しかし磨器子の表情は全てから耳を閉ざしたそれで、何も聞こえていない。死ぬかも知れない。隆之介もいまわの際にこんなことを思ったのだろうかと感じた。

そのとき、コンコンとドアが鳴った。

誰か、誰だ？　花の脳裏に疑問が浮かぶが、誰でもいい。助けて、しかし声は出ない。喉を押さえられて、口は開くも音にならない喘(あえ)ぎばかりで、マズい。コンコン、誰でもいいのに、誰でもいいから、そのドアを開けて――なぜかベル男が想起された。さっきどこかへ歩いていくのが、磨器子のカメラに映っていた。それがここで、彼が来てくれたら心強いのに。

意識が遠のくのを必死で堪えていると、少し後にガタリと派手な音と男の人の大声、それからもみくちゃにされて、磨器子のわめき声が急に耳元から遠くに離れていった。花の喉に掛けられた重圧はなくなり、口をぱくぱくと、心臓のリズムと呼吸が合わなくて、仰向けになったまま身もだえする。ようやく一度深く息を吸って、身を守ろうと俯（うつぶ）せになり、何度も呼吸を繰り返す。口元に、溜まっていた床の埃があって、吸い込んでしまった気がするが、そんなことに意識を向けてはいられなかった。涙が流れてくるのを感じて、とにかく落ち着かなければいけないと言い聞かせ、目を閉じて長く深呼吸する。二度、三度。そのまま床に突っ伏していると、頭の先に男が屈んだ。

「神野花さん？　大丈夫でしたか？　返事できる？」

ようやく定まった視点が像を結んだのは、顔色の悪い男——山住刑事だった。

◇

十数分後、磨器子は交番の巡査に連行されていった。花は山住に連れられて、広場の大時計そばのベンチに座っている。一七時を告げる『赤とんぼ』の鳴り終わるのを待って、花は口を開いた。

「助けてくれてありがとうございます」

「いや、無事で良かった」山住は頭を掻く。「まさかあんなことになっていたとは思わなくて、咄嗟には身体が反応しなかったほどです。自分もまだまだだ」

山住は大きく嘆息し、紙コップのコーヒーを一口含んだ。

「それにしてもここのコーヒーは美味い」

「そうなんですか？　他の町に出たことないのでわからないけど」花は喉元を押さえる。

多少違和感は残るが、問題はなさそうだ。

「水がいいんだと聞きました。外のコーヒーと飲み比べたら、きっと故郷を誇りに思いますよ」

「楽しみです。そうだ、刑事さんはどうして磨器子さんの家に来たんですか？」

「ああ、そのことですが……」山住は周囲を窺って人がいないのを確認してから言う。

「赤竹磨器子に用事があったわけじゃないんです」

「……私ですか？」

山住は頷いた。「ご自宅は留守でしたし、巴山家にもいらっしゃらなかった。ご親戚の宮間咲子さんに聞いたところ、磨器子さんの家に行く用事があったはずだ、と伺いまして」

さすがに狭い村である。たまたま思い出した用事なのに、見事に行き先を当てられてしまった。しかしおかげで助かった。もしかしたら、自分はもう二度とあの場所から外へ出ることなく死んでいたかもしれないのだ。無意識に身震いが出た。

磨器子は立派な暴行犯であるため、今夜は留置場で過ごすことになるそうだ。その後のことは親などと相談するように言われている。

「神野花さんに伺いたいのは、隆之介氏の死亡事故についてです」

山住が気遣うように言ったのを聞いて、直感的に花は、杉井が話したのだろうと思った。自分が杉井と一緒に隆之介の死体を雪玉にしたことを、この刑事は調査に来たのだろうと。しかし一つの疑問が湧く。

「刑事さんは東京の人ですよね。御館様の事件の担当ではないでしょう？」

彼には訛りが全然ない。もう一人の本田刑事や、花を聴取した女性警官は訛り丸出しだったのに。山住は小さく頭を下げる。

「説明が足りずに済みませんでした。私は確かに隆之介氏の事件の捜査をしているのではありません。もしあなたが何かそれについて有用な情報をお持ちなら、担当者……本田刑事に連絡して、お話しする機会を用意することもできます。新しい証言は出ていないようですし」

彼の様子に含むところは感じられなかった。杉井は花について何も言っていないらしい。磨器子なんかに気づかれたのに、刑事からは一度も気づかれていないことに可笑しさを感じ、つい口も顔も緩みかけた。が、それにも気づかず山住は続ける。

「私が花さんに聞きたいのはですね。お父様の神野俊作氏についてです」

山住は東京で死亡した喜多嶋大慈という探偵について調べているという。その人物は山住のかつての後輩で、たいへん聡明で探究心に溢れていた。そして、彼が最後に調べていたのは大櫃見だった。

「彼は遺した手帳の中で書いています。たまたま知り合った男にメモを盗まれた、と。そのメモには、殺し屋への連絡方法が記されていた」

「殺し屋……」花の胸にぞわりとした感情がわき上がった。そんな漠然とした存在を追って、この刑事はわざわざ東京からこんな田舎までやって来たのか。

「私は、喜多嶋大慈は殺し屋の組織の情報を外部に漏らしたせいで、報復として殺害されたのだと考えています」

またしても喉の渇きを感じながら、花は訊ねた。「その情報と父に何の関係が？」

「神野俊作氏は今、どちらに？」

「わかりません。父はよく村外へ旅行しますが、行き先を聞かされることは稀です。ただ、趣味で盆栽をしているので、今回もその類かと。よくどこかへ出品して、そういったコミュニティの案内状が家に届いているし」

「実は喜多嶋も盆栽が趣味でしてね。学生の頃から嗜んでいました。そして去年の年末。

喜多嶋とあなたの父・神野俊作氏は東京の盆栽クラブで出会っています。これは他の参加者から裏が取れている」

「そこで父が探偵から情報を得たと？」ならばそれは、山住がある疑惑を抱いていることを表している。案の定、彼は頷いた。

「私は、隆之介氏の死は事故ではなく、殺し屋の手によるものだと思っています。依頼人は神野俊作氏。今日ここにいないのも、自分に疑念がかかるのを避けるため」

「殺し屋なんて現実にいるとは思えませんが……それに、御館様のことは事故として処理されたのでしょう？」

「検視すべきだと言ったんですがね。担当ではないので受け入れられませんでした。すれば何か分かったとも思いますが、本田刑事は、事故で確定とみている」

「じゃあ——」何を聞いても今更だろうに。

「私の考えはまだ仮説です。この仮説を追った結果がハズレだとしたら、それでも構いません。ただ、そう考えることで辻褄が合う以上、調べる他はない」

「辻褄？　父が殺し屋を雇うことが？　御館様を殺す動機がないでしょう」

すると山住は頭を掻きながら苦々しく答えた。

「失礼ながら、あなたのことについて調べさせていただきました」

「……はあ」どうやら、この刑事は自分と神野俊作に血縁関係がないことを知っているらしい。

　山住は、殺し屋が巴山隆之介を狙うだろうと考え、現地入りした。しかし時既に遅く、隆之介は亡くなってしまった。それで手がかりを失ったが、ふと気づいたという。

「殺し屋が来るということは、依頼人がいるはず。依頼人を見つければそこから組織へ繋がる手がかりを得られて、私は喜多嶋の無念を晴らせる」

「敵討ちですか？」

「公私混同になるので、そういう言い方は避けていますが……実際はそうです。私は絶対に犯人を捕まえる」

「父と私の関係をご存じなら、何も隠すつもりはありません。ただ、私はそれを知らないことになっているので、他所(よそ)で言うときは注意してください」

「これは失礼」そのことに今思い当たったらしく、山住は深々と頭を下げた。

「ただ、それでも父が殺し屋を呼んだとは思えません。だって今更じゃないですか。一七年以上も前のことです。恨みってそんなに持続するものなんですかね」

「ずっと方法がなかったんでしょう。そこに、実現可能な方法が得られた……その辺を聞きたくて俊作氏と連絡が取りたいんです。違うならそれでいい。しかし生憎(あいにく)つかまらなくて。ですので、娘さんのあなたから何か情報を得られないかと思っています」

「申し訳ないですが、お役に立てそうにはありません」

率直な事実だった。実際に花は俊作がどこにいるのか知らない。携帯電話の番号は知っているが、そんなもの、この刑事は既に入手しているだろう。それよりも……。探偵の話を聞かされて、花は戦慄（せんりつ）を覚えていた。なるほど、確かに俊作はそういう動機で、喜多嶋大慈から情報を入手——恐らく盗んだのだろう。しかし、それを実行に移すことはなかった。これだけは間違いない。

俊作はたしかに、東京からメモを持ち帰った。そこにはたしかに、殺し屋のことが書かれていた。そのメモの行く末を、花は知っている。とっくに灰になって、この世からは消滅している。磨器子が巴山家のプライベート・エリアにまでは盗聴器を仕掛けられなかったことに感謝した。あれはそう、のど自慢大会の日程が決まったくらいのことだった。

◇

《一〇年ぶりの嵐？　モチ来てる／乗ってきた小船？　モチ沈んだ／電話線？　聞くまでもないでしょ、モチ切れてる／館の主人？　モチ仮面》

「何これ、バカみてー。何の仮面よ？」

「ひょっとこ。さっきモチ死んだ」

「ミステリアスさも何もあったもんじゃないな」

巴山家の居間で、杉井と晶穂と三人。みんなで花の持ってきた歌詞の微調整をしようと言いつつふざけ合っていたときだ。何かのついでに、花は携帯電話に収められた一枚の写真を二人に見せた。

「何それ？」晶穂が覗き込んで言う。

「お父さんが捨てたんだと思う。台所のゴミ箱の脇にクシャクシャで落ちてた」

「何かのメモだな。何のメモ？」杉井も身を乗り出してきた。

写真を拡大すると、そのメモにはこのように書かれていた。


【殺人請負】
① 遂行は、依頼が受理されてから二ヶ月以内。延期の場合は料金を減額。
② 支払いは、依頼金と成功報酬に分けて送金のこと。方法は別途指示。
③ 依頼対象は、日本国内に滞在する者に限る。
④ 殺人依頼の全てを請け負えるわけではないことに留意。
⑤ 事故死、他殺、自殺の偽装も可能。

俊作は数日前まで東京の盆栽クラブの展示会に呼ばれ、パーティーで知り合った人物と意気投合し、遅くまで飲み明かしたそうだ。このメモはたぶんその男から入手したものだろう。

最後まで読んで、晶穂は声をあげて笑い出した。

「なんだこれ！　このご時世にこんなアヤシイものがまだまかり通っているなんて。絶対詐欺（さぎ）じゃん」

「お父さん、村の外の人とお酒飲むとすぐ羽目を外して、誰彼構わず仲良くなってくるから。注意しておかなくちゃ」

「馬鹿みてー。あんたのお父さん、なんか変だよね。ピュアっていうか。私、前から思ってた」晶穂がだらりと床に伸びた。そのままゴロゴロし出して、「ちょっと休憩ー」と目を閉じてしまった。

その様子にやれやれといった表情で顔をすくめ、今度は杉井が携帯電話を手に取る。しばし凝視して頷くと、突然言った。

「このサイト、見てみようぜ」

「サイト？」何もアカウントやURLの類はなかったはずだ。しかし彼の指さす先、紙の端に暗号のような走り書きがあった。《4a3d1k／5g2a／4d2b5h／1c1 ｄ５ｇ》といった、英数の文字列だ。

「それアドレスじゃないでしょう?」

しかし杉井は得意げに指を立てる。「僕、これ知っているんだ。このパターンの暗号を使う奴(やつ)が、昔知り合いにいてさ」

曰く、この文字列は数字とアルファベットで一組となっているという。「数字は文章の行数。アルファベットは取り上げる文字の位置を表す。最初の４ａなら、四行目の一文字目……《殺》、３ｄは《象》だな」

「ふうん。途中のスラッシュは?」

「区切りだよ。その塊ごとにダブルクォーテーションで囲むんだ。って、たぶんそうだってだけだけど……」

杉井はノートパソコンのブラウザを立ち上げると、検索エンジンを表示し、彼の言うルール通りに文字を打ち込んでいく。

「さて、これを検索にかける。と……」

エンターキーを押すと、一件だけ検索結果が表示された。「見ろ。ビンゴだ」

アクセスした先は真っ白なページだ。しかし目を凝らせば、薄いグレーの文字で、これまたランダムに生成されたような英数字の長い文字列が数行記載されていた。花は眉をひそめる。「文字化けしてません?」

杉井はブラウザのタブをもう一つ起動し、アドレスバーに文字列を打ち込んだ。先ほどと同じルールで、画面上の文字化けにしか見えない文章の中から文字を拾い上げていく。出来あがったURLにジャンプしたとき、花は息を飲んだ。

「うわっ……」

薄いグリーンの背景の、シンプルなデザインのページだった。しかしその画面には俊作のメモと全く同じ内容の文言が記載されている。《支払いは、依頼金と成功報酬に分けて送金のこと》という文言を見ながら、詐欺だったらここまで手の込んだことをするだろうかと考えた。しかし花にはよくわからなかった。

「ここから送るのか?」

サイトの下部には文字入力できるテキストエリアと送信ボタンが置いてあり、必要事項を入力することで殺人の依頼ができるようだ。「花ちゃんは、誰か殺したい奴いる?」杉井が訊ねて、花は顔をしかめる。

「いるわけありません」

「だよなあ。殺したいほど憎い奴なんて、そうそういるもんじゃないよなあ」

「何それ。馬鹿じゃないの?」晶穂は狸(たぬき)寝入りだったようで、薄目で苦笑した。

三人で笑い合っていると、そのうちドアが開いて誰かが帰宅した。振り向くと晶穂の父・正隆で、杉井は咄嗟にノートパソコンを閉じる。

「花ちゃん、杉井さん、いらっしゃい」正隆は軽く微笑んで台所へ向かった。大きな段ボール箱を抱えていて、土産物の在庫品のようである。磨器子が誤発注して大量に余ったそうで、ひとまず巴山家の台所の隅に置かれることになったらしい。

花と杉井は顔を見合わせ、ゴロゴロと寝っ転がっている晶穂を引っ張って立ち上がらせると彼女の部屋へ移動した。この話はそれきりで、巴山家を出る頃には花はそんなこと忘れてしまっていた。

翌日、学校で会った晶穂は苦笑いして花に告げた。

「昨日さ、変なページ見たじゃん？」

「変？　ああ、あの暗号みたいな」

「あれさ。パソコン閉じて、そのまま忘れてたの」

「急にお父さんが来たからね」言って気づいたが、パソコン自体も晶穂の家に置きっ放しだ。基本的には杉井が持ち歩いているが、この頃はそういうことがままあった。

「それでさ。今朝ちょっと見たら、どうもお父さんも見たっぽいんだよね」晶穂はバツの悪そうな表情で肩をすくめる。

「あちゃー。まあでも誤魔化せるでしょう。晶穂のお父さんってあんまりパソコン詳しい人じゃないもんね」それに、ぱっと見はただのジョークサイトにしか思えない。

「そうなんだけど……それが……」どうも晶穂の口調は歯切れが悪い。「どうしたの？

怒られた?」訊ねる花に首を振る。言いにくそうに周囲を見回し、声を潜めた。

「もう一度アクセスしたら、送信ボタンの代わりにこう表示されていたの。《このサイトから再度依頼を送ることはできません》って」

晶穂の話によると、何度更新しても同じ表示で、つまり誰かによって送信ボタンが押されたに違いないとのことだった。が、結局、正隆がよくわからないまま操作してうっかり押してしまっただけだろうという結論になった。そもそもがくだらない話なのだ。父・俊作の持ってきた手の込んだおふざけに、意図せずまんまと引っかかってしまったようなものだ。そう信じて疑わなかった。花も、晶穂も。杉井に話しても、バカバカしいと一笑に付された。

この話は今度こそ終わりのはずだった。しかし、しばらく後に認識が一変する。きっかけはある日のニュース。公民館の会議室で、杉井はテレビを見て呟いた。

「あ、この男……」

「知り合い?」

「昔、ちょっと。名前を忘れてて、島田か田島かどっちだっけと思っていたが、喜多嶋だったのか……」

その後の杉井の態度は明らかにおかしかった。晶穂と会うと、何かにつけて家族の様子を訊ねた。最初は「今更アイドル活動に反対されたらたまらん」とか、そういうことかと思っていたが、花はある予感を抱き、二人きりの瞬間を見計らって杉井に訊ねた。

「この間のニュースでやっていた、亡くなった探偵の人。どういう知り合いですか？」

杉井は一瞬沈黙したが、視線を外さない花に根負けし、渋々答えた。

「変なサイトの暗号があっただろう？　あの暗号を教えてくれたのが彼なんだ。会っていたのは七〜八年前だけど、色々と……アイドルの居場所の情報や、こっそり録画したライブ映像なんかを、あの形式の暗号で入れるメンバーズ・サイトを作って公開していたんだ」

「それって、今回のあのサイトのメモを書いたのが彼だってこと？」

「他にももちろん知っている人間はいるから、そうとは言いきれないけれど……ただ喜多嶋は、たしか盆栽が趣味だと話していた気がする」

「だとしたら、マズくないですか？　あの探偵さんは、下手したらあのメモをお父さんに流出させたせいで消されたとか……」

「うーん……そう言われると、考えすぎだろうって気もしてくるが……。ただの事故かも知れないし、でなくても探偵なら他にも色々と危ない橋を渡っていただろうし」

「その危ない橋っていうのが、あのメモだったりして」

杉井はしばらく腕を組んで考え込んでいたが、やがて珍しく真剣な顔で花に言った。

「念のため、スマホにまだあの画像が残っているなら、すぐに消すんだ」

二人は、あのメモが本物かもしれないという疑いから逃れることができなくなっていた。バイアスのかかった認識だと笑い飛ばせる瞬間と、そうじゃなかったらどうしようと胸のざわつく瞬間が交互に訪れ、二人を苦しめた。いずれにせよ晶穂の言葉を考えれば、正隆がそのサイトから何らかの依頼をしたということになる。晶穂にはこのことを黙っておくと口裏を合わせた。

花は個人的に喜多嶋大慈についてインターネットを使って調べた。不倫調査や素行調査、盗聴器発見などの仕事を請け負っていた。とあるニュースサイトによれば彼は亡くなる直前まで大櫃見について調べていたというが、それは実際のところ逆なのだろうとすぐにわかった。殺し屋のことを調べていて、次の動きが大櫃見にあると察したのだ。

花と杉井は話し合った。正隆が殺し屋を雇ったとしたら誰を殺そうと依頼したのか。

「御館しか考えられない」言ったのは杉井だ。「父はとっとと引退して自分に跡目を継がせるべきだって、何かにつけて言っているから」

「でも、御館様はもうすごいおじいちゃんです。放っておいても、言い方は悪いけど時間の問題でしょ？」

「それが、たぶんそうでもなくなったんだ。その原因の一端は僕たちにもある」

この頃の杉井は隆之介と頻繁に打ち合わせをしていた。週に数回、多いときは一日おきに巴山家を訪れ、隆之介と二人で何か話し合っていた。

「ヒッツ☆ミーならただのお遊びじゃん。晶穂が飽きればそれまでですよ」

「花ちゃんにとってはそうかもしれないけれど、晶穂ちゃんは本気で東京でアイドルになろうとしているし、御館はそれを全力でバックアップしようとしている」

だとして、それがどう関係してくるのか。

「東京でアイドルになる上で、成功するのに一番大切なのは何だと思う？」

自分のことはこっちに置いといて、見てくれとか才能とか……あとは運だろう。しかし杉井は首を振る。「広告宣伝費だ」

花は理解した。正隆の望みは、相続した財産でこの村を住みよい場所にすることだ。もしヒッツ☆ミーがタレント活動をするとなると、莫大なお金が要る。

「すぐに大手芸能プロダクションに目をかけてもらって、拾い上げてもらえたら別だ。でも、ただのご当地アイドルなんて日本中どこにでもいる。そんな中で二人がいきなりそうなる可能性は高くない。だとすると、当面の活動を支えるためには相応の予算がいる。もしそこに御館がお金を注ぎ込むとなれば……」

「正隆さんが相続するお金が減る」花は嘆息した。「でも、それだけで？」それなら、アイドル活動の調子をいくらか見守ってからでも遅くはないはずだ。「だいたい、宣伝費が問題なら狙われるのは御館様だけじゃないでしょう？　御館様は何度かプロジェクトの拡大に難色を示したけれど、それをキーチさんが説得して今に至っているとも聞いていますよ。なら、殺されるのはキーチさんかも」

しかし杉井は首を横に振った。問題はそれだけではなかったのだ。

「最近になってわかったことがあるんだ。そういえば巴山家の周辺を嗅ぎ回っている奴がいると聞いていたが、それが喜多嶋だったのかもしれないな」

「どういうこと？」

「御館には隠し子がいる」

花は一瞬、それが当然自分のことを指すのだと思った。が、杉井は彼女に目も向けず、同じ調子で続ける。

「もうずっと昔の、僕が生まれる前で、親の代の頃の話だ。御館には光之って兄がいたんだが、ダムが出来て一年くらいの頃に事故で亡くなった。実はその前後、御館は光之さんの奥さんと不倫していて、子供をもうけたらしい」

「……その人は今どこに？」

「わからない。光之さんが死んだ後、未亡人となったその女性はすぐに村を出た。そしてどこか遠い街で子供を産んで、育てたということだ。御館は最近になってその居場所を知って、なるべく近いうちに自分の子供として認知すると言いだしたらしい」

「そんな、何十年も前の話でしょ？　向こうだって今更そんなこと言われたって」

「僕もそう思うが、考えてもみろ。今、御館が死んだとして、遺産を相続する立場にあるのは誰だ?」

　頭の中で思い描く。正隆と夫人の清恵。その娘の晶穂。正隆の弟の隆二。以上だ。「あ、でも——」それは現在、過去の話になったということだ。隆之介が隠し子の存在を認知したら、そちらにも遺産相続の権利が発生する。

「向こう方はひょっとしたら経済状況が苦しいかも知れない。だったら、貰えるものはなんだって貰おうとするだろう。すると正隆さんの取り分が減ることになる」

「でも、そのくらいなら正隆さんだって受け入れるんじゃないの? だって自分の親のしでかしたことだし、正隆さんにしてみれば兄弟にあたる人でしょう?」

「それだけなら、まだな。ところがさらに厄介なことに、御館の隠し子は他にもいるらしい。どれだけいるのかわからないが、光之さんの一件から芋づる式に全部が明らかになるかもしれない。もし御館がその全員を自分の子として認知するなんて言い出したら、遺産相続はどれほどこじれるか」

　花は青ざめた。遺産はともかく、下手をすれば自分の血筋の秘密が晶穂の知るところになるかもしれない。それは望むところではない。杉井は花の表情を、巴山隆之介のおぞましい過去に嫌悪を覚えたのだと思ったようだ。吐き捨てるようにこう続けた。

「だったら、御館を今殺してしまってとっとと遺産相続を行ってしまった方が賢明だ。正隆さんはそう考えるだろう」

というか、隠し子のことがバレたらこの村はメチャクチャだ。誰が誰の子供かわかったものじゃないのだから。村内の家族関係は破綻し、金絡みのイザコザがあちこちで勃発し、マスコミの格好の餌食にもなるだろう。もしかすると正隆は、そのような状況から村を守る為に隆之介を殺したかったのではないか。杉井よりも内情を知る花には、その方が納得できる理屈だった。

そしてのど自慢大会の日、実際に隆之介は死んだ。

杉井も花も、正隆にそのことを訊ねてはいない。訊ねられるはずはない。殺し屋を雇ったのかなんて聞けるはずはない。隆之介の死が事故だと知ったとき、花は杉井にすぐ相談したかった。事故とはとても考えられなかった。しかし、色々聞きたかったのに、杉井は逮捕されてしまって話せず終(じま)いだ。花はそれから長いこと頭を悩ませたが、結局答えは出なかった。

◇

今、山住と話したことで、ようやく確信に至った。胸の中におぼろげにたゆたっていた様々な要素が、溶け合って一つの新しい形を形成した。

殺し屋はやって来ていた。

探偵・喜多嶋大慈は秘密を摑んで組織を探ろうとしたから殺された。そして、その秘密を入手した者が、この大櫃見で殺し屋に殺人を依頼した。

最初に秘密を手にした俊作はそれを行使しなかった。仮に本当に隆之介を殺したかったのだとしても、暗号が解けなかったからだ。しかし。暗号をふざけ半分で広め、殺人依頼のきっかけを作ったのは、花に他ならない。鼓動が速くなる。

花の隣に一人分ほどのスペースを空けて座っている山住が、感情を押し殺すように嘆息した。

「何でもいいんです。最近の俊作さんの動向で、おかしなことを言っていたとか、気になるものを見つけたとかあれば、どうかお教えいただけませんかね」

山住に全てを話すわけにはいかない。それは喜多嶋の犯した過(あやま)ちと同じ行為で、自分を喜多嶋と同じ未来へ導く呪文となりかねない。

責められているのが自分でよかった、と花は思った。もしも晶穂だったら、耐えきれずに知っていることを洗いざらい話してしまっていただろう。

時間稼ぎを気取られぬよう、おもむろにスマートフォンを取り出す。

「スマホに日記をつけているので、ちょっと見返してみますね」

口ではそう言いながら、山住に見えないように晶穂にメッセージを送る。

〈今どこ？　何してる？〉

二日ぶりのコンタクトにしては簡素だが、取り繕っている暇はない。それよりも、昨日と今朝、晶穂からの大量のメッセージを無視してしまっている。もし彼女が怒っていたら返事が来ないかも知れない。花はスマートフォンを両手で抱え、祈るように画面を見つめた。

返事は思いのほか、すぐに来た。

〈別に。ずっと家だけど。何か用?〉

ずっと無視されていた腹いせか少々穏当でない様子だが、花からの質問には答えてくれた。会話はできる。もう一度晶穂へ〈メッセージ送信。〈誰か来てない?〉

五秒で返事。〈よくわかったね。ベル男が来てるよ〉

ということは。薄々感じていた疑念が、正解へと姿を変えた。ベル男・マイク老原が殺し屋なのだ。

まず。依頼人は、花たちが見たインターネットのサイトから隆之介殺害を依頼した。そして前払いの依頼金を払った。その後隆之介は死に、死は事故として処理された。

更に。ベル男はこの村に別荘を買おうとした。ところが磨器子の策略により、他人に先に手をつけられる形になった。他人——それが巴山正隆だということは、すぐに分かるはず。ベル男は咲子と懇意なのだから。咲子は秘密を頑なに隠し通せるタイプではない。

そして。ベル男が、別荘の件を直訴するために巴山正隆を訪ねる——これならまだ話は分かる。けれど……。

〈何しに来たの？　ベル男〉

〈私と話したかったんだって。私のファンにでもなったのかな。今、お茶の用意してる〉

違うのだ！　嫌な予感が的中し、胸がざわつく。

依頼人は、成功報酬の支払いを拒んだ。きっと「事故死だから」とでも言ったのだろう。

ベル男は後払い分の報酬を受け取り損ねたそうだし、大きな買い物をするのでお金を工面する必要があるとも言っていた。彼は今まさに、別荘を買うお金の工面のため、報酬の回収を企んでいる。そう、依頼人——巴山晶穂に会いに来たのだ。

一瞬「のど自慢大会自体が仕組まれたものでは？」という疑問が過る。まさか杉井もグル？　だって、ベル男の顔なんて、きっと誰も気にしていない。テレビに出ていた人物とやって来た人物が別人でも、誰も気づかない。殺し屋がベル男のフリをしてやって来た？　いや、ここ大櫃見に限って言えば、それは不可能だ。赤竹磨器子がいる。マイク老原に尋常じゃない執着を持つ彼女が、ニセモノに気づかないはずがない。

とすると、ベル男はベル男にして殺し屋なのだ。

杉井は正隆が依頼人だと考えていたけれど、よくよく思えばあり得ない。殺人サイトにアクセスしたノートパソコンにはロックがかかっているので、ディスプレイを閉じた後でもう一度アクティブにするためには指紋認証による解除が必要だ。登録してあるのは杉井と晶穂と花。正隆には解除できない。従って、晶穂が嘘をついたのは明らかだ。彼女が自分でもう一度サイトにアクセスし、隆之介殺人を依頼したのだ。指紋認証のことを晶穂は失念しているのだろう。花だってずっと見過ごしていた。もしかしたら杉井はもっと早く気づいていたかも知れないけれど、真実は分からない。

　支払いの件も晶穂なら筋が通る。前払い分は隆之介から生前贈与されたお金を使用した。ところが、隆之介の死によって彼女の口座は正隆に管理されるようになった。生前贈与は遣えないし、隆之介の死亡保険も降りたとしても晶穂の自由にはできなくなった。だから成功報酬の支払いが不可能になったのだ。

　花はすぐにでも自分の考えていることを晶穂に報せたかった。晶穂が依頼人であることには気づいたし、ベル男が殺し屋なのだ。しかし、万が一彼女のスマートフォンがベル男に見られでもしたら不味い。東京の探偵のように自分も晶穂も殺されてしまうだろう。ベル男が単独の殺し屋とは考えづらい。あのようなウェブサイトで依頼を受けている以上、そういう組織が存在し、彼はその中の一人なのだ。ベル男一人を告発して片付く問題ではない。

〈お父さんは？〉ひとまず晶穂に返信し、自分に言い聞かせる。私は何ができる？

〈弔問のお客様相手にてんてこ舞いだよ。今日は全然会ってない〉

手の中でスマートフォンが震えて、晶穂から立て続けにメッセージが届く。

〈やっぱ芸能人だし、何かいいおもてなしの方法はないもんかね〉

もてなしちゃダメ！　追い払わなくちゃ！

ベル男と晶穂を二人きりにさせては駄目だ。どうすればいい？　わからない。どれほど手を伸ばしても思考に手応えがなく、ただ空を切る感覚しか得られない。そろそろ隣の山住も、こちらの様子を不審がっている。横目で見ると、まずいことに目が合ってしまった。

「もしかして誰かと連絡を取っていますか？　何か心当たりがあるんでしょうか？」

いっそ彼に全てを話してしまうべきなのだろうか。仮にそれで今を乗り切ることができたとしても、後々に致命的な失敗として返ってくるかもしれない。

こちらに向けて身を乗り出してきた山住の視線は強く、花の心に絡みつくようだ。

「神野花さんね。私も必死なんです。どんな些細なことでもいい」

駄目だ。それよりも、集中すべきだ。ベル男を晶穂の家から、この大櫃見から追い出す方法。それも、誰にも私がやったとは気づかれずに。

「花さん。私はあなたを疑いたくない。巴山晶穂さんが、杉井が逮捕された翌朝、私を訪ねてわざわざあなたの潔白を訴えていきましたよ」

晶穂が焦がれる杉井よりも自分を優先してくれた事実に、目頭が熱くなる。今度は自分が晶穂を守る。でも、どうすれば？

「もういいや。悪いけど時間切れ」

山住が痺れを切らしたように肩をいからせ、花のスマートフォンに手をかけた。てっぺんを指先でつまれ、手の中からもぎ取られそうになるのを必死に堪える。そのとき。

「あ、いたいた！　花！」

見れば、広場の入口の方で咲子が手を振っていた。彼女は花たちの方へ駆け寄ってくると、スマートフォンを掴み合う二人の姿を気にもせずに、はあはあと肩で息を整えながら言った。

「あんた、磨器子さんに襲われたんだって？　大丈夫？　怪我はない？」

「……あ、うん。大丈夫」頷く花に安堵の表情を浮かべると、咲子は山住に向いた。

「刑事さんが助けてくれたんですってね。ありがとうございます。花は私が連れて帰りますので、どうかご心配なく」

深く頭を下げる。その様子に山住は躊躇いながらも、花のスマートフォンから手を放すことなく答えた。

「そのことですが、彼女に聞きたいことがあります。さっきから態度がはっきりせず、私に誤魔化して誰かと連絡を取っている。何か、隠し事があると感じるもので」

「は？　何それ。あなた、人の姪っ子を、本人の前でそんなに堂々と嘘つき呼ばわりするの？」

「疑うことが仕事ですから」

「冗談、自分こそ犯罪者みたいな風貌しているくせに」

「それは今は無関係です。だいたい、私は俊作氏のことを聞きたかっただけだ。しかし彼女の態度を見る限り、今は俊作氏よりも彼女の方が隆之介氏の事件の真相に近い場所にいるのではないかと思っています」

「あるわけないでしょ、そんなこと！　あれは事故なんでしょう？　これ以上花が変なことに巻き込まれたらどうするの？」

「既に渦中にいると言っているんです。私に相談してくれたら力を貸せると思います。彼女を危険に巻き込むことはない」

こんなことをしている間に、ベル男は晶穂をどうするか分からない。今にも致命的な瞬間を迎えるかもしれない。しかし頭は混濁したまま、靄は晴れない。

「だったら無能もいいところだわ。事故のことで花にどうこう言う前に、磨器子さんをきっちり絞って相応しい箱にぶち込んで頂戴。それが警察の仕事でしょ？」

「その仕事なら、私以外の者がきちんとやっております」

「じゃあアンタの出る幕はないわ。帰れ！」

そのときだった。花の元に、何かの啓示が降りてきた。磨器子だ。咲子がその名を口にしたことで、花の脳裏に彼女の言った言葉がふいに引っ張り出された。

『アイツ、ものすごいケチなのよ。土産物屋に来たくせに村のモノは何も買わなくてさ』

花にはこういう瞬間がときどき訪れる。世界がバラバラになって、その中から重要な要素だけが拾い上げられて、目の前に浮かぶ瞬間。

先ほど酷い目に遭わされたのに、赤竹磨器子に感謝を覚える。

殺し屋にしてチューブラー・ベル演奏者——ベル男の手から晶穂を守るのは、他でもない。この村、この土地、大櫃見だ。

咲子と山住が言い合っている隙に、花は未だ無骨な指につままれたままのスマートフォンに自らの細い指を滑らせ、文章を形作る。

〈おもてなしなら、渡すものは一つしかないでしょ。やっぱ名物だよね〉

送信ボタンを押して、そこからの花は祈るばかりだった。彼女の隣と正面では相変わらず言葉の応酬が繰り広げられている。

「何もなければそれでいいんです。しかし、花さんは明らかに動揺していて、明らかに何かを隠している。私にとって非常に重要な情報かもしれない以上、ここで彼女を帰すわけにはいかないんです」

「だとしてもそれって任意よね。市井の人々の善意で成り立っている職業なんだから、もう少しわきまえるべきでしょう」

「皆さんが善意を向けてくださるうちは任意ですが、そうでないとなればそうでなくなることもあり得ますよ」

「何それ、脅迫しているの？　あんたどこの所属？　手帳見せなさいよ」

「見せても状況は変わりませんよ。私はここの県警ではありませんので、私に命令を出せる人間は近くにいません。私に命令を出す上司は、全てを私に一任しています。あなたの苦情はどこにも届かない」

咲子がぐっと喉を詰まらせた。勢い任せで言える分の論理が尽きたのだろう。その隙に山住は畳みかける。

「宮間咲子さん。どうか落ち着いてください。私は花さんに害為す者では決してない。ただ、情報を知りたいだけです。きっと今、彼女はこのスマホの中に私の欲している情報を持っている。それを、見せてもらいたいだけです」

「どこに言いふらされるかわかったもんじゃないわ。ていうかとっととスマホから手ぇ離せ！」

「お断わりです。私は、どんな内容でも決して外に漏らしません。それとも、見られるとマズいものが入っているんですかね」

「女子高生のプライバシーを強引に見ようとするのはどうかって話をしているの」

「心配要りません。彼女を侮辱することは決してありませんから。それにたとえここで私が引き下がっても、彼女が事件に深く関わる情報を持っているなら、あるいは彼女自身が何かしらの関わりを持ってるなら、後々もっと厳しい追及が待っている。何もないなら、早めにそれを証明した方が得策です。ここでスマホの中身を見せていただけるなら、それだけで済むんです」

咲子は花に目を向けるが、どうすべきかわからない様子だ。花は内心で感謝した。彼女の行動は、保護者不在の花を外敵から守りたいという一心によるものだ。彼女の向ける視線は花に何らかの疑いを抱く類では一切なく、守り切れない自分についての謝罪のようなものだった。しかし、もう何も心配はない。たった今、スマートフォンは振動し、新しく届いたメッセージを表示した。花は咲子の視線をまっすぐ見返して頷く。

「大丈夫。ありがとう、咲子さん」

そして、自らスマートフォンを山住に押しつけた。山住はディスプレイを自分の側に向けると、そこに並ぶ晶穂と花のやりとりを凝視する。家にベル男やって来るのでどうしようとソワソワしている晶穂の様子。そして、その最後。

〈温泉の素をあげたら、ベル男がとっとと帰った〉

見開いた目で画面を見つめ、山住が喘ぐように声を漏らした。

「こ、これはどういう……？」

「ごめんなさい。急に晶穂からメッセージが来たから、ちょっとそっちに集中しなくちゃと思って。私にとって一番大事なのは晶穂だから。他の情報も、何なら好きに見てもらっていいですよ。何もないと思うけど」

山住は花に無言でスマートフォンを返すと、明らかに落胆の表情を見せた。

彼とは裏腹に、花は内心で安堵していた。脱力してベンチにへたり込みそうになるのを堪える。予想通りベル男は殺し屋で、別荘を取り戻す金策のために巴山家を訪ねていたのだ。そして今、彼はそれを諦めた。

「咲子さん。帰ろう」ダウンのジッパーを目一杯上げ、花は山住に頭を下げた。

「力になれなくてごめんなさい。もしどうしても行き詰まるようなら、磨器子さんの家を調べてみてください。奥の部屋。何かの役に立つかどうかはわからないけど、いい結果を祈っています」

◇

咲子の家で食事をとると、晶穂とは広場のベンチで落ち合った。ぼんやりと光る大時計は夜一〇時近くを指している。

「一体何なの？　ベル男が来て帰るまでの間に何が起きたのか、全然分からない」

晶穂が混乱と困惑をぐちゃぐちゃに混ぜた表情で花に詰め寄った。

「何も起きてないよ。晶穂が彼にお土産を渡した。それだけ」

ベル男はこの村に別荘を買うつもりだった。咲子に紹介してもらって、手付金も支払った。なのに、突然正隆があの土地を買うと言い出した。咲子もさすがに、巴山の息のかかった案件を袖にはできない。結果、ベル男は別荘を買い逃す危機に陥った——その説明を聞いても、晶穂のぐちゃぐちゃはまだ解けない。

「だとすると、ベル男はその話をお父さんとするためにうちに来たんじゃないの？　私に用があるって言ってたけど」

花は周囲に誰もいないのを確認すると、ベル男が殺し屋であることを告げた。

晶穂が硬直し、息を飲んだのがわかった。赤いニットにくるまれた彼女の表情からは、さっきまでと一転して生気が失われている。晶穂が見せていた混乱は、祖父の死そのものに対するものではなかった。その因果の元と果てに自分がいることに由来していたのだ。自分の行いが祖父の死を招き、祖父の死により晶穂には逃れられない呪いがかけられた。大時計の長針が動く微かな音を二度聞いた後、ようやく絞り出した言葉はこうだった。

「知ってたの……？」

「知らないけど、さっき想像した」

殺し屋はマイク老原。依頼人は巴山晶穂。理由は杉井稀一郎。

晶穂は杉井に惹かれていた。自分をアイドルとして世に放ってくれるプロデューサーとしてではなく、年長の兄貴分としてでもなく、一人の男性として。けれど巴山家での実権を握る隆之介はそれを絶対に認めなかった。将来は杉井と結婚したい。晶穂は一度ならず隆之介に自分の気持ちを話したが、隆之介が首を縦に振ることはなく、やがて晶穂がその話をする素振りを見せただけで頭ごなしに怒鳴られるようになった。次第に晶穂は、これまで自分を守ってくれていたはずの祖父のことが、大きな壁であると感じるようになっていった。そんなときに、花の持ってきたメモから杉井が殺人サイトのＵＲＬに辿り着いた。二人の帰宅後、置き去りにされたパソコンを晶穂はもう一度開いた。

「なんで私、あんなことしたんだろう……」

晶穂は言葉少なに真相を語った。そのときは、サイトが本物だとはまったく思っておらず、ただの憂さ晴らしのつもりだったという。しかし、その夜に隆之介から決定的なことを伝えられた。

「これ以上キーちゃんのことを言うのならアイドル活動もさせないし、会わせることもしないって言われたの。杉井稀一郎は仕事をする上では有能でも、人間的な品格を備えているとは思えないんだって。ヒッツ☆ミーの話も、村おこしでやるだけだから東京に進出する必要もないって。今回限りだって言いだして、それで、私――」

殺人サイトに指示されるままに依頼金を振り込んでいたという。サイトに再度アクセスした際、振り込み方法についての指示が表示されたらしい。

俯いて、両手で顔を覆う。

「最初は、おじいちゃんが認めてくれなくても、アイドルになって東京に出られればそこからは私の勝手だって思ってた。だからヒッツ☆ミーが少しでも魅力的になるように頑張った。でも、東京に出ることも許してもらえなくなったらどうしようもない。そう思ったら、おじいちゃんが憎くて仕方なくなって――」

心の内壁から剝がれ落ちた言葉が彼女の口から絶え間なく溢れ出てくる。

「どうしよう。本当におじいちゃんが殺されるなんて、夢にも思っていなかった。いや、それは嘘。お金を払った時点で、もしかしたらって思った。でも、私のあの行動が、おじいちゃんを死なせたっていう実感がない。ただ怖い。自分が何を引き起こしたのかも、これから何を引き起こすのかも、見えない。やっぱり私もベル男に――」

「いいから。もう大丈夫だから」花は晶穂の頭を抱き寄せる。

「本当に？　なんでわかるの？　なんでベル男は帰ったの？」

隆之介の弔問に訪れたマイク老原が晶穂にも挨拶したいと言っている。使用人からそう聞かされて、自室にいた晶穂はリビングに降りた。不慣れながらも緑茶を入れ、羊羹を用意し、更に「おもてなし」と称して温泉の素のギフトセットを差し出した。そこで菓子楊枝を忘れたことに気づき、キッチンへ行って戻ると、マイク老原は既に帰っていた……とのことだった。

「晶穂のあげた温泉の素のおかげだよ。よく《名物》で気づいたね」

「……それしかないもの。温泉の素は、磨器子さんの誤発注のせいで家に在庫がいっぱいあるし。でもそこに何の意味があったのかは全然わからない」

晶穂は温泉の素の一包みをポケットから取り出した。受け取って効能欄を見ると、花の記憶通りそこにはこう書かれていた。

《大櫃見の水は地下水が流れ込むことにより天然の明礬(みょうばん)を多く含み、普通の水に比べてやや酸性です。溶けた雪で中和されてちょうどよくなる冬期の温泉は、身体の殺菌を行い、お肌の質を向上させます。》

磨器子によれば、ベル男は川の水を調べていたという。だとすると彼は水にかなりのこだわりを持っていて、もしかすると別荘を選んだ決め手の一つかも知れない。ならばこの効能欄を読めば気づくと踏んだ。

「この辺の水質は、普段はもっと違うからね」

大櫃見の水や温泉が素晴らしいのは雪の降る間だけだ。それ以外はピリピリして、薄めないと長湯なんてできたものじゃない。

「水？　どうして水がそんなに重要なの？」

「彼にとっていい意味でってことなら、それは分からないけれど。でも、彼にとって悪い意味でならはっきりしている。酸性の強い水の中で、彼は生活することができない。だってベル男だから」

不思議そうに首を傾げる晶穂だが、しばらく考えて、あっと声をあげた。

「そうか。楽器――」

花と晶穂がかつて吹奏楽部に入ったとき、ある事情からすぐに辞めざるを得なかった。自宅で練習しようとすると、金管楽器が錆びるのだ。

「ベル男は、大櫃見では大事なチューブラー・ベルを持つことができない。錆びちゃうから」

彼の夢は、別荘で犬を飼い、楽器を演奏することだ。それが叶わぬならば、別荘を持つ意味がなくなる。バカバカしさに、花は思わず笑みを浮かべた。「だから、もう大丈夫。全部解決したの。明日からまた普通の日々が始まるよ」

穏やかに告げる花だが、対して晶穂は目を伏せる。頼りない街灯の光の中、白い息を吐き出して言う。

「それは無理だよ……私は、同じ日々に戻れるとは思わない。だって、もう全部壊れちゃった。壊しちゃった。キーちゃんもいないし、おじいちゃんも殺しちゃった……」

「落ち着いて、晶穂」花は彼女を抱き寄せる。「大丈夫、大丈夫」彼女にかけられた呪いを打ち消すように、何度も何度も言い聞かせる。

「私も、一緒に抱えていくから」

胸の中で晶穂は言葉にならない微かな呻きをあげ、花は彼女の背中をずっと撫で続けた。それからしばらく後、晶穂が小さな声で呟いた。

「キーちゃんが戻ってきたら、三人で村を出ようよ。どこに行ってもきっと楽しいよ」

実現はしないだろう。杉井は、処遇はどうあれ免職は免れない。彼のことはどちらかといえば善人だと思うが、公務員として、尚且つ隆之介の後ろ盾があったからこそ今までやってこられただけで、別の土地で今から何かを始めて何者かになれるとはとうてい思えなかった。それに、晶穂も隆之介を失った今、これまでのような自由はない。正隆は保守的な人間で、彼女が県外に進学することにすら難色を示すだろう。そして花は。あれから五時間程経っている。山住刑事はとっくに磨器子の寝室に入っただろう。事件の頃の公民館の映像を見れば、状況をすぐ理解するに違いない。そうしたら、あとは……。一抹の罪悪感を覚えながら願う。これから晶穂が直面するであろう人生の様々な問題を、一緒になって精一杯乗り越えていきたい。自分の引き起こしたことに対して、責任を取りたい。

花は立ち上がり、晶穂に手を差し出した。

「誰もいないね」

「……うん？　そうだね」晶穂は不思議そうな顔ながらも、反射のように花の手を握る。そのまま引っ張られて立ち上がる。

「街灯も全然役に立ってない。こんなに暗かったら誰にも見えない。ねえ。せっかくだし、歌っとかない？」

目の前には、まだ解体されていないのど自慢大会のステージがある。花の言葉を理解した晶穂は、強引に作ったやけっぱちの笑顔で訊ねる。

「歌うって、何を？」

「どれがいいかな。何でもいいよ。でもやっぱ、殺し屋のやつ？」

その夜、広場に響いた歌声については、二人以外の誰にも無関係なものだ。全ては二人の記憶の中だけに残ればいい。花は眼前の闇の中、がらんどうの観客席の端っこに、こちらを見つめて手を振るベル男を見たような気がした。振り付け通りにくるりとターンするとその姿は消えていて、或いは幻を見たのだろうか。ただ、歌声が風に紛れて消えていく中、花は心の中で痛切に感じていた。

私たちの一生とは、望むとか、望まざるとかどうでも良くて、他人の一生に寄り添うためのものなのだ。

エピローグ

～旅の終わり

喜多嶋大慈はカラオケが得意で、プロ級の歌唱力を持っていたそうだ。もしも聞く機会があったなら、私はどれだけ鐘を鳴らしただろう？　そう考えながら、大荷物を抱えてタクシーに乗りこんだのは、大櫃見からの帰途であった。

無用な別荘を買わずに済んだのは良いことだ。どれほど魅力的な物件でも、そもそもの希望と合致していなければ意味がない。喩えるなら、遂に出会えた運命の人が犬アレルギーだったのと同じくらいのショックだが、人生とはそういうものだろう。悲しみの中にある僅かばかりの心地よさに身を委ねる。

気持ちは前向きだった。宮間咲子には先ほど電話を一本入れただけだが、手付金をまるまる返してもらえることになった。不幸中の幸いだ。そして何より、巴山晶穂という女の子。彼女から温泉の素を受け取っていなければ、何もかも後の祭りだっただろう。すんでの所で私を救ってくれた、彼女は女神だ。幸多からんことを！

そこまで書くと、老原はポータブル・キーボードをぱたりと畳んだ。腕時計を見れば間もなく正午だ。ここが『歓喜の歌』の流れる場所ではないことを寂しく感じながら、宇都宮駅のホームでベンチに座り、東京行きの新幹線を待っていた。

昨晩連絡を取り損ねていたので、古賀に電話する。一回目のコールが鳴り終わる前に彼女は出た。

『お疲れさま。お金の件ならもう少し待って』珍しく、疲れた様子だった。

「それなら急ぐ必要はなくなったよ。別荘はナシだ」

『あら、残念ね』

「依頼人とも会ったが、交渉はしていない。別荘に不都合があると気づいて、やる気がなくなってしまったんだ。成功報酬の話も忘れてくれ」

『最初から期待していないわ。仕方のないことはあるもの。でも、依頼人と接触できるとは思ってなかったから驚きだわ。あなた、探偵の方が向いているんじゃない？』

「運が良かったのさ。それに、古賀さんは実際に大櫃見に来ていないからね。行けば分かるよ。あの場所で、殺し屋を雇える程の金額を支払える人物はごく限られている」

最初に思いついたのは巴山正隆だった。彼には財も動機もある。しかし、すぐに候補から外れた。なぜなら別荘の買い手だからだ。宮間咲子の家で迎えた朝、彼女は老原の別荘を即金で購入しようという人物について口を閉ざしたが、手遅れだった。老原は気づいていないふりをしたが、咲子が廊下で携帯電話に出ている間に固定電話の方に一枚のＦＡＸが届いた。件（くだん）の別荘に関する書類の請求書で、送信者名は巴山正隆だった。

別荘を土地ごと一括で買えるだけの資金を持つ彼が、殺し屋への報酬を渋ることなどあるだろうか？　ルールを破ったらどんなペナルティがあるかも分からない世界なのに。従って正隆は依頼人ではない。老原はそう考えた。

同じ理由から、依頼人は報酬を「払わない」のではなく「払えない」のだと見た方が筋が通る。そして、依頼金は払えたのに成功報酬は払えなくなってしまった。その状況に該当しうる人物は、大櫃見には一人だけだった。巴山晶穂に辿り着けたのも咲子のおかげだ。磨器子をお喋りと揶揄していたが、真夜中の彼女も大概なものだった。

『なんにせよ、あなたが依頼人を殺さなかったことは賢明な判断だわ』

「最初から殺すつもりはなかったよ。大櫃見でこれ以上人が死んだらさすがに怪しまれる。だいたい、ペナルティのたびに人を殺すようなことがあっては、我々こそが社会から駆除されるべき病巣だ。だとしたら僕は自殺するしかなくなる」

『依頼人を殺さなかったのは、仕事への誇り故ってことね』

「まあね」老原はこみ上げる可笑しさを押し殺し、古賀に訊ねる。「何か取り込み中だった？　妙に声が忙しないが」

『ああ、うん……まあ、もう終わったと言えば終わったのだけれど……』

隠し事があるというよりは、どう説明すべきかまとまらないといったふうだった。『あなたが大櫃見で会ったっていう刑事？　なんていう名前だっけ』

「忘れちまった……いや、山住だ」

『その山住が、Ｘ県から自分のとこのボスに連絡を入れて捜査員を一斉に投入したのよ。既に組織の何人かが警察に連れて行かれたわ』

「なんでまた？　ひょっとして、僕は何かやらかしたのか？　考えられない」

『あなたとは無関係よ。死んだ探偵がいるでしょ？　喜多嶋だっけ』古賀曰く、山住の持つ喜多嶋の手帳には《殺人依頼》サイトのＵＲＬが独自の暗号で書き残されていた。更に、喜多嶋のアドレス帳を洗い直した際に、隆之介の死体遺棄で聴取されている杉井稀一郎の名前――正確には、彼が昔使用していたＳＮＳ上でのニックネームが見つかったという。二人は実は知己であり、杉井が暗号の解法を知っていたとのことだった。

『捕らえていた神野俊作も、警察に保護されちゃったみたい。情報の移動した経路を吐かせたら始末する予定だったのに、何も吐かず終い』

老原はその名前を聞き流すことに苦心した。喜多嶋大慈からＵＲＬを盗んだ男。ＵＲＬは一つではなく、ある法則の下で自動生成される。複数回使用されることはなく、処理が済めばサイトは遮断される。新しいＵＲＬは過去の利用者から《紹介》という形で新規客に伝えられるため、どういう経路で依頼人がそれを入手したのか管理できる。ところが今回、過去の客→喜多嶋大慈（紹介）→神野俊作（窃取）からその後、どういう経路でもって殺人依頼が為されたのか、組織は追えずにいた。老原はそのミッシング・リンクを知っている。神野俊作の娘・花。彼女が俊作からＵＲＬを入手し、彼女から巴山晶穂へと至ったことを、組織は知りようがないだろう。そもそも古賀自体、依頼人が女子高生であることまでは把握していないはずだ。

古賀が電話口で溜め息をつく。『おかげで組織のメンバーの半分くらいが取り調べを受けてるわ。雰囲気を見るに、何人かはそのまま帰って来ずにおさらばでしょうね』

おそらく喜多嶋は複数の過去客から《紹介》を受けていたのだろう。あの不健康そうな山住刑事は未使用のURLにアクセスし、サイトの情報を解析した。日本の警察の力もなかなか侮れない。組織の使用しているサーバー、引いてはデータの受け取り先のパソコンまで割り出すことに成功したのだから。「古賀さんは?」

『私は平気。サーバーには国籍も身元も偽装してアクセスしていたもの。他にも無事なメンバーはいるわ。捕まった連中は、セキュリティ意識の低い奴らね』

組織は特定の拠点を持たない。各コーディネーターが状況に応じ、抱えているエージェントに仕事を振る。社会に潜むウイルスのようなものだ。

『使っている口座も個別だから彼らと私たちが繋がることはないし、むしろ脇の甘い連中を厄介払いできたとも言えるけど。そうそう。あなた、さっき自分で「運が良かった」って言ったけど本当だわ。山住刑事は組織本体に狙いを定めてやって来たけど、殺し屋……つまりあなたを狙って追いかけてきてもおかしくはなかったはずでしょ?』

「それなら、どちらかというと彼にツキがなかったんだろう。彼は大槻見に来た奴が喜多嶋を殺したとまでは考えていなかったんじゃないかな。だから末端の殺し屋ではなく、大元を追うことに専念した。二択を誤ったんだ」

より正確に言えば、山住は殺し屋を追うという選択肢を選べなかった。なぜかと言えば、神野花だ。隆之介の死体遺棄において杉井と花が共犯なのは、決定的な物証こそ出ていないが明らかだ。そして、公民館には出入口以外にも隠しカメラが仕掛けられていた。そこには二人が共犯であるという疑念を揺るぎない事実へと変える証拠が映っていただろう。では、隠しカメラの設置主は？　赤竹磨器子だ。土産物屋で、老原が川や別荘を見ていたことを指摘されたときに気づいた。昨晩旅館で、磨器子が花を家に呼んで暴行に及んだという話を耳にした。興味はないが、その件で磨器子の監視カメラは警察の知るところとなったろう。もし花が自ら山住にカメラの存在を伝えたとすれば、したたかな少女だ。彼女は山住に自分を差し出すことで、逆に自分の身を守らせた。なぜなら、映像を見た山住は、事実関係を正しく把握したはずだ。花の目的は、のど自慢大会などどうでもよくて、とにかく依頼人を隠すことだったと。山住は愚かだが、馬鹿ではない。

山住は馬鹿ではない故に、花を巻き込むことができなかった。或いは、山住には本気さが足りなかったのかも知れない。老原は思う。自分は別荘のためなら何でもしたし、花も晶穂を守るためにはそうだろう。しかし山住は、復讐のためとはいえ花を危険に晒すことができなかった。復讐者気取りのくせに、お行儀が良すぎだ。監視カメラの映像を彼らが捜査に使うことはないだろう。花から情報が漏れたとあれば、報復として彼女は殺されることになる。花を問い詰めれば殺し屋がマイク老原だと知ることもできたのに。本当に愚かなことだ。奴は今後常に命を狙われる立場になる。組織に追われながら、仇を追う一生。

『喜多嶋殺しの犯人が捕まえた中にいないと気づけば、山住刑事はまたあなたの前に現れるかもね』

「何度でもやり過ごすよ。僕は証拠を残さない」

目の前を、通過する新幹線が轟音と共に走り抜けた。そのせいで聞こえなかったが、どうやら古賀は笑ったようだ。『あなたの言葉を聞いて安心したわ』

先ほどまでの忙しない緊張感が抜けていて、やはり笑ったようだった。『うち、今回の事でちょっとゴタつくかもしれない。それで、今後あなたはどうするつもりか心配だったの。もし辞めるっていうなら、引き止めるわけにもいかないし』

「そんなことか」老原は苦笑して答えた。「僕は今の仕事にやりがいを感じているよ。正直、早く次の仕事を回して欲しいくらいさ」

『ありがとう』老原の回答は期待通りのようで、古賀の声はいつになく柔和だった。

『今後は、お金の支払いを早めにするから』

「気にしなくていいのに」

『そうさせて。だって、今となってはあなたは私の……組織のエースだもの』

老原は内心でほくそ笑む。思った以上に上出来だ。ノートパソコンを広げるとブラウザを立ち上げ、ネットバンキングのサイトを表示させる。残高を見て満悦する。

マイク老原は、巴山晶穂の成功報酬を現金で受け取った。本当に一〇倍のペナルティを課すことも考えなくはなかったが、そんなことをせずとも充分な大金だ。独り占めして良いという言質は取っているのだから、古賀に言う必要はない。

神野花に手玉に取られた山住が、溜飲を下げるために組織に手を出そうとサイトの解析に勤しんでいた頃。その神野花はマイク老原と両想いの状態にあった。

山住がどれほど敵討ちを願っても、花にとっては興味の外の出来事だった。しかし、老原は違う。彼の願いは、花の願いと一本の線で結ばれていた。

昨夜、夜の大櫃見にて。ステージで踊る神野花に、一瞬だけサイリュームを振って合図した。「歌う機会があったら聞きに来て」の約束の晩、広場近くの宿にいたら風に流され微かな歌声。踊る姿に例のエーテルを見て、老原は自分が花に「呼ばれた」のだと確信した。彼女が自分を呼ぶ理由など、一つしかない。案の定、花は老原が椅子に残したメモを見て、深夜一時に雑木林の中の祠に姿を現した。巴山晶穂に代わって成功報酬を支払うためだ。ボストンバッグを抱えて、そこには父親の蓄えた「口止め金」の一部が入っている。花のほかに合図を見た者はいないし、彼女が人を呼んで待ち伏せすることはあり得なかった。金のことを明かせば、そのまま自分の出生のことが明るみに出るのだから。老原は祠の陰で声だけを彼女に向けた。

「二人の歌声はとても美しかったよ」

「……どうも」

お世辞と思っているようだったが、本心だった。鐘があったら最高の音色を響かせたかったし、鐘の代わりに大きな拍手で称えたい衝動を抑えることは大変だった。どこまでも純粋な巴山晶穂。晶穂を必死に守ろうとする神野花もまた、邪悪ではない純粋な格式を備えていた。

老原は花から、その後山住に何も聞かれていないこと、メモや組織に繋がるものは一切所持していないことを確認し、金を受け取った。代わりに巴山晶穂の身の安全を約束した。

タクシーは、重さ五キロはあるボストンバッグを抱える老原の「仕事の都合でどうしても急ぐ必要がある」という言葉を真に受けて、未明の山道を飛ばしてくれた。ネットカフェで多少時間を潰した後、宇都宮駅前の百貨店で上等なスーツとアタッシュケースを買うと、それらに身を包み、銀行で偽名の口座に金を預けた。ケースとスーツはすぐに捨てた。早めの昼食には餃子を食べ、そして今に至る。

ベル男は大いなる達成感と共に、旅の終わりを迎えていた。大金を手にしたし、組織内で足を引っ張る連中も減った。古賀の覚えもなお一層良くなるだろう。頭の中で盛大に鐘の音が響く。美しいメロディで、『緑マントのシンフォニー』と名付けた。

老原の内心など知る由もなく、電話の向こうで古賀が言う。

『ちなみに、山梨に一つ依頼があるわ。もちろん東京に戻ってからでいいけれど』

「山梨といえば最近は出来のいい国産ワインを作るって聞くね」

電話を切って、老原はブラウザのブックマークから重宝している不動産サイトへアクセスした。そしてすぐににんまりと笑みを浮かべる。良さげな物件がたくさんあるじゃないか。

トラックパッドに指を走らせながら、無意識に鼻歌を口ずさんでいた。はて、この歌は何だったっけかな。ああ、そうだ。

私は殺し屋、給料出たら、欲しいものが山とある。

のど自慢殺人事件

一〇〇字書評

切り取り線

購買動機（新聞、雑誌名を記入するか、あるいは○をつけてください）	
□（　　　　　　　　　）の広告を見て	
□（　　　　　　　　　）の書評を見て	
□ 知人のすすめで	□ タイトルに惹かれて
□ カバーが良かったから	□ 内容が面白そうだから
□ 好きな作家だから	□ 好きな分野の本だから

・最近、最も感銘を受けた作品名をお書き下さい

・あなたのお好きな作家名をお書き下さい

・その他、ご要望がありましたらお書き下さい

住所	〒				
氏名		職業		年齢	
Eメール	※携帯には配信できません		新刊情報等のメール配信を 希望する・しない		

この本の感想を、編集部までお寄せいただけたらありがたく存じます。今後の企画の参考にさせていただきます。Eメールでも結構です。

いただいた「一〇〇字書評」は、新聞・雑誌等に紹介させていただくことがあります。その場合はお礼として特製図書カードを差し上げます。

前ページの原稿用紙に書評をお書きの上、切り取り、左記までお送り下さい。宛先の住所は不要です。

なお、ご記入いただいたお名前、ご住所等は、書評紹介の事前了解、謝礼のお届けのためだけに利用し、そのほかの目的のために利用することはありません。

〒一〇一-八七〇一
祥伝社文庫編集長 坂口芳和
電話 〇三（三二六五）二〇八〇

祥伝社ホームページの「ブックレビュー」からも、書き込めます。
http://www.shodensha.co.jp/bookreview/

祥伝社文庫

のど自慢殺人事件

平成29年10月20日　初版第1刷発行

著　者　高木敦史
発行者　辻　浩明
発行所　祥伝社
東京都千代田区神田神保町3-3
〒101-8701
電話　03（3265）2081（販売部）
電話　03（3265）2080（編集部）
電話　03（3265）3622（業務部）
http://www.shodensha.co.jp/
印刷所　萩原印刷
製本所　ナショナル製本
カバーフォーマットデザイン　芥 陽子

 ISBN978-4-396-34360-6 C0193

〈祥伝社文庫　今月の新刊〉

内田康夫
喪われた道〈新装版〉
浅見光彦、修善寺で難事件に挑む！　すべての謎は「失はれし道」に通じる？

宇佐美まこと
死はすぐそこの影の中
深い水底に沈んだはずの村から、二転三転して真実が浮かび上がる……戦慄のミステリー。

小杉健治
裁きの扉
悪徳弁護士が封印した過去——幼稚園の土地取引に端を発する社会派ミステリーの傑作。

高木敦史
のど自慢殺人事件
アイドルお披露目イベント、その参加者全員が容疑者？　雪深き村で前代未聞の大事件！

西條奈加
六花落々
「雪の形をどうしても確かめたく——」古河藩の物書見習が、蘭学を通して見た世界とは。

岡本さとる
二度の別れ　取次屋栄三
長屋で起きた捨て子騒動をきっかけに、又平やお染たちが心に刻み、歩み出した道とは。

経塚丸雄
すっからかん　落ちぶれ若様奮闘記
改易により親戚筋に預となった若殿様。少ない銭をやりくりし、股肱の臣に頭を抱え……。

有馬美季子
源氏豆腐　縄のれん福寿
包丁に祈りを捧げ、料理に心を籠める。客を癒すため、女将は今日も、板場に立つ。

睦月影郎
美女手形　夕立ち新九郎・日光街道艶巡り
味と匂いが濃いほど高まる男・夕立ち新九郎。日光街道は、今日も艶めく美女日和！

仁木英之
くるすの残光　最後の審判
天草四郎の力を継ぐ隠れ切支丹忍者たちの最後の戦い！　異能バトル&長屋人情譚、完結。

藤井邦夫
冬椋鳥　素浪人稼業
渡り鳥は誰の許へ⁉　矢吹平八郎、健気な娘のため、父親捜しに奔走！　シリーズ第15弾。